Sergej Snegow

Die Fahrt des Sternenpflugs

Sergej Snegow

Die Fahrt des Sternenpflugs

Erstes Buch
des phantastischen Romans
Menschen wie Götter

Verlag MIR Moskau
Verlag Das Neue Berlin

Originaltitel:
Люди как боги (книга первая)
Галактическая разведка
Zuerst erschienen in der Anthologie
«Эллинский секрет»
Verlag «Лениздат», Leningrad 1966
Aus dem Russischen von Heinz Kübart

Illustrationen von Günter Lück

ISBN 3-360-00128-1
1. Auflage dieser Ausgabe
Gemeinschaftsausgabe:
Verlag MIR, Moskau, und Verlag Das Neue Berlin, Berlin

Lizenz-Nr.: 409-160/233/86 · LSV 7204
Umschlag- und Einbandentwurf: Günter Lück/Jens Prockat
Satz und Druck: UdSSR
622 725 1
00780

Erster Teil

Die Konferenz auf der Ora

1

Für mich begann diese Geschichte am zweiten Tag nach meiner Rückkehr zur Erde. Als ich über den Kratern des Kilimandscharo spazierenflog, traf ich Lussin, der auf einem feuerspeienden Drachen ritt.

Ich fliege ungern auf Drachen. Und die schwerfälligen Pegasusse kann ich schon gar nicht leiden. Für Flüge auf der Erde benutze ich am liebsten die Aviettes – die sind zuverlässiger und bequemer. Lussin kann sich eine Fortbewegung ohne Drachen nicht vorstellen. In der Schule, als diese stinkenden Scheusale gerade in Mode kamen, bezwang er auf einem Übungsdrachen Sechstausender. Der Drachen krepierte bald darauf, obwohl er eine Sauerstoffmaske getragen hatte, und Lussin erhielt einen Monat Stallverbot. Das war dreiundvierzig Jahre her, doch Lussin war nicht vernünftiger geworden. Er behauptet, die Art seiner Vorfahren rege sich in ihm, die diese seltsamen Wesen vergötterten. Meiner Meinung nach versucht er um jeden Preis originell zu sein. André Scherstjuk und er wären bereit, ihre Haut umzustülpen, um aufzufallen – solche Burschen sind das!

Als vom Indischen Ozean ein rauch- und flammenumhüllter Drachen heranbrauste, war mir sofort klar, daß Lussin darauf saß. Er schrie mir einen Gruß zu und landete am Krater Kibo. Zwei Jahre lang hatten wir uns nicht gesehen. Lussin weidete sich an meiner Überraschung.

Der Drachen war etwa zehn Meter lang. Schlapp hatte er sich auf den Steinen ausgestreckt, müde schloß er die vorgewölbten grünen Augen, seine mageren Flanken – sie waren mit orangefarbenen Schuppen gepanzert – dehnten sich und fielen zusammen, die schweißnassen Flügel zitterten. Über dem Kopf des Tieres wölkte Rauch, beim Ausatmen schoß eine Flamme aus dem Rachen.

„Das letzte Modell“, sagte Lussin. „Zwei Jahre hat die Züchtung gedauert.“

Lussin arbeitet im Institut für Neue Formen – dem INF –, unentwegt brüstet er sich, daß bei ihnen lebendige Neubildungen geschaffen würden, zu denen es die Natur noch in einer Milliarde Jahren nicht gebracht hätte. Einiges, die sprechenden Delphine zum Beispiel, ist ihnen tatsächlich recht gut gelungen. Der Drachen, der wie ein Vulkan rauchte, war meiner Ansicht nach nicht schön.

„Dieser ganze Kulissenzauber ist doch überflüssig, sofern er natürlich nicht als Kinderschreck gedacht ist.“

Lussin klopfte dem Drachen liebevoll eins der zwölf Froschbeine. „Eindrucksvoll. Muß auf die Ora. Die werden Augen machen.“

Es wurmt mich, wenn über die Ora gesprochen wird. Die Hälfte meiner Freunde fliegt hin, ich bin nicht dabei. Selbstverständlich wurmt mich nicht ihr Glück, sondern die Tatsache, daß sie die hochinteressante Begegnung mit den Bewohnern anderer Welten in eine primitive Spielzeugausstellung verwandeln wollen. Was soll nicht alles mitgeschleppt werden!

„Unsinn! Keiner wird dein Fossil eines Blickes würdigen. Jeder Sternenbewohner ist wunderbarer als alle eure Raritäten. Die Maschinen werden dort bestimmt weit mehr Interesse finden."

Lussin schüttelte lächelnd den Kopf. „Du bist neidisch, Eli. Ein vorsintflutliches Gefühl. Zeit vor den Drachen. Ich verstehe. Ich an deiner Stelle auch."

Lussin spricht gleichsam in Hieroglyphen. Wir haben uns an seine Ausdrucksweise gewöhnt, Fremde verstehen ihn nicht immer. Aber mit denen unterhält er sich ohnehin nicht gern.

Sein Vorwurf verstimmte mich.

„Willst du Einzelheiten", fragte er. „Wirst staunen."

Ich nickte, damit ihn meine Gleichgültigkeit nicht bedrückte. Seinen Worten entnahm ich, daß im Magen des Drachens Brennstoffe zur Synthese gebracht wurden und dem Drachen selbst davon nicht kalt, nicht heiß war. Lussin arbeitete an dem Thema „Die Materialisierung von Ungeheuern der antiken Folklore". Der feuerspeiende Drachen war sein viertes Modell, assyrische Löwen und ägyptische Sphinxe sollten folgen.

„Gott Horus mit dem Falkenkopf möcht' ich", sagte Lussin. „Ist noch nicht bestätigt. Hoffentlich."

Mir fiel ein, daß André eine von ihm verfaßte Symphonie mit dem Titel „Die Harmonie der

Sternensphären“ zur Ora mitnehmen wollte und daß die Uraufführung am Abend in Kairo stattfand. Ich stehe Andrés musikalischer Begabung skeptisch gegenüber, aber lieber Musik als qualmende Lindwürmer.

Lussin fuhr auf. „Wußte ich nicht. Los, nach Kairo!“

2

Der erste, den wir in Kairo trafen, war Allan Krus. Er war zwei Stunden vor uns eingetroffen und kam mit einem Köfferchen aus der Sternenroutenkammer. Im Koffer trug er wie immer Bücher. Allan schwärmt für solchen Plunder. In dieser Hinsicht gleicht er Pawel Romero – der hat ebenfalls eine Schwäche für Bücher. Pawel benötigt sie zu Studienzwecken, Allan dagegen stöbert zum Spaß darin. „Du schärfst dein Gefühl für die Gegenwart, wenn du in den bröckligen Zeitschriften des zwanzigsten Jahrhunderts blätterst“, sagte er und lachte. Als er erfuhr, wohin wir wollten, blieb er stehen. „Und deshalb seid ihr nach Kairo gekommen? Ihr hättet doch den Konzertsaal einschalten und euch die Musik von fern anhören können!“

„Andrés Symphonie muß in Spezialräumen gehört werden. Seine Musik ist kein Vergnügen, sondern schwere körperliche Arbeit.“

Allan schloß sich uns an. „Ich muß mit André sprechen“, sagte er drohend. „Im Konzert knöpfe ich ihn mir mal vor. Das letzte Modell seiner transportablen Dechiffriergeräte taugt überhaupt nichts."

„Geh langsamer und fuchtele nicht mit dem Koffer vor meiner Nase herum. Du hast da doch bestimmt fünfzig Kilo drin?"

„Dreiundsechzig. Laßt euch erzählen, wie wir uns auf dem Procyon durch Andrés Leichtsinn blamiert haben!"

Von der Blamage auf dem Procyon hatten wir gehört. Auf der Erde und auf den Planeten wußte jeder von diesem Vorfall. Allans Expedition probierte ein leichteres Sternenpflugmodell aus, das für Passagierschnelltransporte gedacht war. In der Umgebung des Sonnensystems ist es verboten, auf Hochtouren zu gehen, und die Strecke von elfeinhalb Lichtjahren legten sie in neununddreißig gewöhnlichen Tagen zurück. Im Sternbild Kleiner Hund konnten sie ebenfalls nicht zeigen, was in ihrem Sternenpflug steckte, dort waren sie nur hundertmal schneller als das Licht. Dafür machten sie in diesem Sternbild, im Planetensystem des Procyon, ohne das zu wissen, endlich eine fünf Jahrhunderte zuvor prophezeite Entdeckung – sie fanden vernunftbegabte Moose. Für den zweiten der drei Procyonplaneten reichten Licht und Wärme nicht aus, und rotes Moos bedeckte die Felsen. Die Kosmonauten untersuchten das Moos, ermittelten aber nichts weiter, als daß die Pflanzen schwache Magnetwellen ausstrahlten. Die Große Akademische Maschine fand heraus, daß die aufgezeichneten Strahlungen Sprache waren. Es gelang, die Sätze zu entschlüsseln: „Wer seid ihr? Woher kommt ihr? Wie habt ihr die Fähigkeit der Fortbewegung in euch ausgebildet?“ Die unbeweglichen Moose waren von der menschlichen Kunst des Gehens am meisten beeindruckt.

„Und an allem war sein blödes DP-2 schuld!“ polterte Allan. „Ohne Zweifel ist es besser als die am Arm zu tragenden Dechiffriergeräte, die sind gerade gut genug, um sich mit Hunden und Vögeln zu unterhalten. Auf dem Pollux zum Beispiel, in den Zwillingen, haben wir uns ganz gut mit hochorganisierten Fischen unterhalten. Die lustigen Nereiden erzeugten Ultraschallwellen, wir lernten, unsere Worte in ebensolche Wellen zu übersetzen. Ihr kennt das ja aus den Sendungen...

Jedenfalls ist Andrés Gerät für schwierige Fälle unbrauchbar. Eine merkwürdig hilflose Maschine, aber sie wird als letzter Schrei der Technik gepriesen!“

Allan hielt plötzlich inne und verkündete erregt: „Die Sternenroutenkammer hat heute eine seltsame Mitteilung erhalten. Näheres weiß keiner, doch soviel steht fest: Neue vernunftbegabte Wesen sind entdeckt. So etwas wie Menschen. Anscheinend wüten auf ihren Planeten weit schlimmere Kriege als seinerzeit bei den Menschen.“

Heut wundere ich mich, wie gleichgültig wir Allan anhörten. Die Menschheitsgeschichte nahm von da an einen anderen Lauf. Doch Lussin und ich erkundigten uns nicht einmal, wer die Nachricht gebracht habe und worin die neuentdeckten Wesen den Menschen ähnlich seien. Ich äußerte nur die Vermutung, sie müßten fernab der nächsten

Sterne wohnen – in unserem Galaxisbezirk hatte man von ihresgleichen nie gehört.

„Ich weiß nicht“, antwortete Allan. „Die Große Akademische Maschine prüft bereits den zweiten Tag die empfangene Information. Morgen oder übermorgen wird man uns allen die Ergebnisse mitteilen.“

„Warten wir also bis morgen“, sagte ich. „Und wenn es bis übermorgen dauert, dann ertrage ich das auch.“

Lussin war derselben Meinung. Andrés Konzert beschäftigte ihn mehr als die letzten Entdeckungen. In diesen Monaten vor der Konferenz auf der Ora hatten wir immerfort von neuen vernunftbegabten Wesen zu hören bekommen, die den Sternenexpeditionen begegnen würden, und das Gefühl für das Ungewöhnliche verloren. Das Erstaunliche war alltäglich geworden.

3

Unbeweglich saßen wir in unseren Sesseln, klammerten uns überrascht an die Lehnen, denn wir rasten in wahnsinnigem Tempo abwärts. Der Zustand der Schwerelosigkeit trat so plötzlich ein, daß mir beklommen wurde. Die anderen Zuschauer fühlten sich gewiß nicht besser. Dann erklang eine zarte Melodie, bunte Wolken ballten sich, und die Schwere kehrte wieder. Die Melodie schwoll an, die Elektronenorgel brauste mit allen ihren vierundzwanzigtausend Stimmen, tanzende Strahlen durchdrangen die bunten Wolken, alles verging in einem farbenprächtigen Funkenregen, weder die Wände noch die Decke waren zu sehen, noch die weitab Sitzenden, die Nachbarn hatten sich in Fackeln von kaltem Licht verwandelt. Gleich darauf wurde das Licht wärmer, die Melodie schneller, die Schwere nahm zu, Hitzewellen durchfluteten die Luft. Ich war drauf und dran, die Jacke abzuwerfen, als ein blauer Blitz den Saal erhellte, violette Flammen züngelten auf, stechender Eiswind erhob sich. Niemand vermochte sich abzuwenden, das Gesicht mit den Händen zu schützen. Die Vereisung überfiel den Raum beim Pfeifen und Surren der Elektronenstimmen. Rasch steigerte sich die Überlastung, den Lungen wurde der Sauerstoff knapp. Abermals jaulten die Trompeten, sangen die Saiten, klirrten Kupfer und Silber, in dem violetten Dunst zuckten orangene Zungen. Wärmewogen lösten den Eishauch ab, die Überlastung ließ nach, mündete in Schwerelosigkeit. Die Luft, aromatisch und wohllautend, strömte von selber in die Luftröhre, der Kopf schwindelte mir von den feinen Tönen, den zarten Farben, der Wärme und der Leichtigkeit im Körper.

Das wiederholte sich dreimal – purpurrote Hitze bei Trompetenschall und ungestüm zunehmender Schwerelosigkeit, schneidend blaue Kälte bei Überlastung, fast Ersticken, melodische Wiedergeburt, zartrosa ins Orangene übergehend, von Wärme umfächelt. Dann setzte zum letztenmal heftiger Frost ein, Hitze fegte über uns hinweg, und sonnig, wie vor dem Konzert, flammte die Saaldecke auf.

Der erste Teil der Symphonie war zu Ende.

„Er ist übergeschnappt!“ rief Allan entrüstet.

„So ein ungereimtes Zeug hätte ich nicht einmal von André erwartet! Weshalb habt ihr mich hergeschleppt?“

Lussin beobachtete schweigend das erregte Publikum, und ich erwiderte: „Niemand hat dich hergeschleppt, du bist von selbst gekommen. Und was dich erwartete, wußtest du genau. Ich hatte dich gewarnt, daß Andrés Musik nur Bärennaturen ertragen könnten.“

„Ich bin eine Bärennatur, aber das ist auch für mich zuviel! Ist der zweite Teil etwa auch so schrecklich?“

Ich reichte ihm die Einladung. Darauf stand: „André Scherstjuk, Die Harmonie der Sternensphären – Symphonie für Ton, Licht, Wärme, Druck und Schwere. Erster Teil: Der Weltenlauf. Zweiter Teil: Die Menschen und die Himmelsbewohner. Dritter Teil: Das Ewige als Leben.“

4

Nach dem ungestümen ersten Teil erwies sich der zweite als ruhig. Oder hatten wir gelernt, geduldig alles über uns ergehen zu lassen? Die Hauptsache war jedenfalls das Licht – wogender grüngelber Dunst, rote Explosionen, violette Streifen, die sich schlängelten, Funken und Pfeile, die herabschwirrten wie beim Polarlicht, dann wurde nach und nach alles von zartrosa Nebel überzogen, in dem man mit Freuden versunken wäre, Gefühle und Gedanken schlummerten ein. Melodisch tönten die Elektronenstimmen, Schwere und Druck nahmen bald gemessen zu, bald schwanden sie, die Kälte, die uns überfiel, war nicht so schneidend wie vorher, die Hitze, die sie ablöste, verbrannte uns nicht. Kurzum, dieser Teil gefiel mir, er war zu ertragen. Für Andrés Werke wollte das schon etwas heißen.

Dafür hatten wir im dritten Teil nichts zu lachen. „Das Ewige als Leben“ hätte einen ins Grab bringen können. Offenbar wollte André beweisen, daß das Leben nicht einfach sei, und er erreichte sein Ziel. Ungefähr zwanzig Minuten, wenn nicht mehr, wurden wir gesengt, vereist, betäubt, geblendet. Die Symphonie endete, doch im Saal blieben alle benommen sitzen. Einige sahen derart zerquält aus, daß ich lachen mußte. Allan frohlockte stimmgewaltig. So ist es stets mit ihm: Das Ungewöhnliche verblüfft ihn zunächst, dann begeistert es ihn.

„Eine starke Symphonie!“ schrie er. „Solch ein Konzertchen auf die Wesen von Alpha Centauri oder Sirius kippen – die sind da nicht sehr knochig –, und es bleibt ein feuchter Fleck übrig.“

Nach dem Konzert fand sich rasch das Häuflein Freunde ein. Ich wurde müde beim Händeschütteln. Die hübsche Jeanne Uspenskaja, Andrés Frau, strahlte. Sie ist immer ungemein stolz, wenn André etwas gelingt, und sie hat oft Grund, stolz zu sein. In diesem Falle allerdings hätte Jeanne sich mit ihrer Freude etwas zurückhalten sollen.

„Du hast dich verändert, Eli“, sagte sie. „Es ist nicht zu fassen, wie braungebrannt und gut du aussiehst. Hör mal, hast du dich etwa verliebt?“

Ich wußte, warum sie so laut sprach. Leonid Mrawa und Olga Trondike kamen auf uns zu. Der gestrenge Leonid wirkte beinahe heiter, Olga war wie immer ausgeglichen und fröhlich. Bestimmt hatte sie Jeannes Anspielung verstanden, doch sie ließ sich nichts anmerken. Leonid preßte meine Hand, daß ich stöhnte. Dieser Riese – er und Allan sind zwei Meter dreißig lang – hatte die fixe Idee, ich stünde ihm im Wege. Ich hatte den Verdacht, daß Olga ihn in seinem Wahn bestärkte. Das war um so verwunderlicher, weil Olga, darin ist sie ganz anders als Jeanne, überhaupt nicht kokett ist.

„Ich freue mich, dich zu sehen, Eli", sagte Olga. „Ich dachte, du wärst zum Mars geflogen."

„Warum bin ich dann nicht auf dem Mars zu sehen?" brummte ich. „Wir haben die siebente künstliche Sonne auf dem Pluto montiert, hast du von dem mal gehört?"

„Ein gelbroter Zwerg von normaler Dichte, Mächtigkeit achttausend Albert. Vor kurzem habe ich errechnet, daß diese Mächtigkeit für ein normales Funktionieren nicht ausreicht. Hast du meinen Bericht gelesen, Eli?"

„Nein. Von deinen Berichten kriege ich Kopfschmerzen, so hochwissenschaftlich sind sie."

Olga hörte gelassen zu, ihre Wangen waren leicht gerötet. Ich bin überzeugt, sie erfaßte gar nicht den Inhalt meiner Worte, ihr genügte, daß ich sprach. Sie hörte nur meine Stimme.

Jeanne rief: „Du hast meine Frage nicht beantwortet, Eli!"

„Ja", sagte ich. „Ich habe mich verliebt. Und

weißt du, in wen? In dich. Ich habe es lange verheimlicht, nun habe ich nicht mehr die Kraft dazu. Was wirst du tun?“

„Ich werd’s überleben, Eli. Kann sein, ich erzähle es André, damit er weiß, was er für Freunde hat.“

Sie drehte mir den Rücken zu. Jeanne will allen gefallen, und sie ist böse, wenn man sich darüber lustig macht.

„Allan hat eine Neuigkeit“, sagte ich, um dem Gespräch eine andere Wendung zu geben. „Allan, wiederhole doch mal, was du uns über die neuen Entdeckungen gesagt hast.“

Und wieder, wie vorher Lussin und ich, hatte keiner den nötigen Ernst für Allans Mitteilungen. Gleichgültig nahm man sie zur Kenntnis, als spräche er über Lappalien und nicht über die wichtigste Information, die die Menschheit derzeit erhielt. Wenn ich heute an jene Tage zurückdenke, dann suche ich vergeblich zu begreifen, warum wir damals so unverzeihlich leichtfertig waren. Dabei galten Leonid und Olga, Kapitäne ferner Sternenflüge, schon lange als erfahrene Raumfahrer. Wer, wenn nicht sie, hätte erkennen müssen, was in den Sternenwelten, auf unseren galaktischen Trassen, die Entdeckung von Wesen bedeutete, die so verständig und mächtig wie wir waren. Leonid war sogar noch leichtfertiger als ich. Er wehrte Allan geradezu ab. Unsere kleine künstliche Sonne auf dem Pluto interessierte ihn mehr.

„Ich wundere mich, wie konservativ ihr seid“, sagte er. „Ihr baut einen riesigen Satelliten, heizt ihn ein, bis er sich in einen winzigen Himmelskörper verwandelt, und vertrödelt dafür Jahre, wie unsere Großväter vor zwei Jahrhunderten. Wozu das? Ein Sternenpflug würde binnen vierundzwanzig Stunden Dutzende von künstlichen Sonnen aller projektierten Größen und Temperaturen zünden. Keine Montage, kein Einheizen, kurzum, nichts außer dem Befehl: Eine Sonne entzünden und an Ort und Stelle bringen!"

„Durchaus richtig", griff Allan auf, seine seltsamen Neuigkeiten hatte er sofort vergessen. Er freute sich, daß der Sternenpflug gelobt wurde. Auf sein Schiff war er maßlos stolz. „Für uns ist es eine Kleinigkeit – ein säuberliches Sonnchen zusammenzurollen und einem Planeten hinzuwerfen, der Wärme und Licht braucht."

„Großartig", sagte ich. „Viel besser als die Feuerbrände, die Lussin in den Bäuchen der armen Drachen entfacht. Aber warum werden die Sternenpflüge nicht tatsächlich benutzt, um kleine Sonnen herzustellen?"

Olga sagte: „Sicherlich wäre es einfacher, Sonnen mit Hilfe der Sternenpflüge herzustellen. Doch würde man sie in der Umgebung unseres Systems starten, bestünde die Gefahr, daß der kosmische Raum aus dem Gleichgewicht käme."

Leonid sagte: „Es ist nicht bewiesen, daß das Gleichgewicht katastrophal gestört würde..."

„Das Gegenteil auch nicht", erwiderte Olga. „Ein Versuch würde uns die Lösung bringen, doch ein Mißerfolg wäre nicht wiedergutzumachen."

5

Wir schlenderten untergefaßt in einer Reihe – Jeanne, Olga, André, Pawel, Lussin, ich, Leonid und Allan. Ich sagte, ein Kunstwerk müsse Genuß bereiten, dürfte einen nicht völlig erschöpfen. Nach Andrés Symphonie jedoch nehme man am besten eine erfrischende Strahlungsdusche, um wieder zu Kräften zu kommen. Manches sei nicht schlecht daran – einige Melodien und Farbeffekte, die Kälte zur Überlastung und die Hitze zur Schwerelosigkeit, aber in solchen Dosen, so übertrieben, verwandle sich Genuß in Qual.

„Mir gefallen nur die Musik und die Farben", bemerkte Pawel Romero. „Ich muß bekennen, daß modische Überlastungen, Schwerelosigkeiten, der Druck, die Hitze und dergleichen mein Gemüt überhaupt nicht ansprechen."

„Höre nicht auf sie!" sagte Jeanne. „Sie mögen dich nicht. Allein ich verstehe dich. Deine Symphonie habe ich von Anfang bis Ende ertragen, nur einmal habe ich vor Angst aufgeschrien."

Andrés Wort zur Verteidigung der Symphonie gefiel mir weit besser als die Symphonie selbst. „In unserer Epoche gereicht es dem Menschen zur Schande, seine Lebenswelt für die einzig annehmbare auszugeben. Seine irdischen Gewohnheiten taugen nur für ihn, es lohnt nicht, sie über die Grenzen des Sonnensystems hinaus zu verbreiten. Aber empfindet der Mensch nicht die Einheit des Lebens im All, verbinden ihn nicht Tausende von Fäden mit den seltsamen Geschöpfen anderer

Welten? Das ist nicht die Gemeinsamkeit der Details und des Äußeren, nein, das ist die Gemeinsamkeit des lebendigen Verstandes. Davon eben, von der Einheit der vernunftbegabten Wesen des Alls, handelt die Symphonie. Meine Musik ist nicht irdisch, sondern kosmisch, sie enthüllt die Ähnlichkeit alles Lebendigen. Und wenn vieles in der Symphonie für den Menschen schwierig ist, so ist das kein Unglück, vielleicht entspricht gerade das dem Geschmack anderer Wesen. Dies und das hat euch gefallen, manches wird den Wegabewohnern gefallen, etwas anderes erfreut die Ankömmlinge vom Fomalhaut. Mein Werk ist gelungen, wenn es die verschiedenen Wesen innerlich bewegt. Die Harmonie des Alls erschöpft sich nicht darin, was sich in euren Herzen vollzieht."

Romero lächelte spöttisch. „Mit Ihrem Werk haben Sie den armen Menschen streng auf sein bescheidenes Plätzchen im All verwiesen, aber es ist doch möglich, daß sich der Mensch nicht mit der Rolle eines Mitteldings zwischen einer scharfsinnigen Eidechse und einem dümmlichen Engel abfindet. Haben Sie daran nicht gedacht, André?"

André wartete, was ich sagen würde. Ich wollte ihn nicht betrüben, durfte mich aber auch nicht in Schweigen hüllen. „Deine Absichten sind vortrefflich, André, doch nicht zu verwirklichen. Mir scheint, es gibt keine Kunstwerke, die auf sämtliche vernunftbegabten Wesen des Alls wirken. Das Menschliche dem Menschen. Und den denkenden Fischen etwas Besonderes, das sich vielleicht unserem Verständnis verschließt."

Ich erinnere mich keines Falls, daß André einem Gegner sofort nachgegeben hätte. Unbedingt sucht er überraschende Züge, erfindet verwickelte Varianten, die nachgeprüft werden müssen – um seine Niederlage nicht einzugestehen.

„Mögen die Sternenbewohner selbst unseren Streit entscheiden. Setzen wir die Diskussion auf der Ora fort!"

Wir wurden verlegen. Es fiel mir schwer, André anzusehen.

„Weißt du denn nicht", sagte Olga vorwurfsvoll, „daß Eli nicht mit uns zur Ora fliegt?"

6

André blickte mich an, als glaubte er es nicht.

„Nichts zu machen", sagte ich. „Ihr begebt euch auf die Reise, um mit Sternenbewohnern Bekanntschaft zu schließen, und ich breche wieder auf, um künstliche Sonnen zu montieren, sobald ich meine dienstlichen Aufträge auf der Erde erledigt habe."

„Der Leichenbitterton paßt nicht zu deiner spöttischen Visage", rief André. „Ich will wissen, warum es sich plötzlich so ergeben hat!"

Ich erklärte, von Plötzlichkeit könne keine Rede sein. Als die Anwärter ausgesucht wurden, habe man bei mir nicht die Vorzüge gefunden, mit denen meine Freunde glänzten. Ohne Olga, Allan und Leonid seien ferne Reisen unmöglich – sie seien Ingenieure und Kommandeure kosmischer Schiffe. André dürfe ebenfalls nicht übergangen werden – kaum jemand könne sich mit ihm im Entschlüsseln unbekannter Sprachen messen. Lussin werde möglicherweise andere Lebensformen kennenlernen und dann versuchen, einige von ihnen künstlich nachzubilden. Der Altertumskenner Romero müsse erst recht dabeisein. Wer weiß, ob nicht manche Gebräuche und Gesetze der neuentdeckten Gesellschaften wiederholten, was einst schon auf Erden blühte und verwelkte! Wer aber braucht mich dort?

„Mein Lebtag habe ich keinen größeren Dummkopf als dich getroffen!“ schrie André. „Hast du dich bemüht, in die Expedition aufgenommen zu werden? Was hast du dafür getan?“

Geduldig erläuterte ich André, daß ich mich vor einem Jahr für den Ausscheidungswettbewerb gemeldet hatte. Vor drei Monaten hatte die Große Staatsmaschine mit der Bearbeitung des Materials begonnen. Insgesamt hatten sich rund sechzig Millionen Menschen beworben, nach dem ersten Ausscheid, der nach Alter und Gesundheit vorgenommen wurde, blieben dreieinviertel Millionen übrig.

„Warst du unter denen, die den ersten Ausscheid überstanden?“

„Ja. Aber leichter wurde mir davon nicht. Konsequent engte die Maschine den Kreis der Ausgewählten ein. Schließlich waren noch hunderttausend Menschen übrig, die alle Wettbewerbsbedingungen erfüllten, unter diesen war wiederum ich. Dann entschied das Los. Auf mich fiel eine Niete.“

Andrés Miene hatte sich verdüstert. Ich erriet, daß er eine Möglichkeit suchte, meinen Antrag zu erneuern.

„Ohne Eli fahre ich nicht!“ sagte er fest. „Schon

in der Schule haben wir davon geträumt, die erste Reise in andere Sternbilder gemeinsam zu unternehmen."

„Ich habe einen Plan", erklärte Romero. „Ich werde Wera bitten, Eli zu helfen. In fünf Minuten fliege ich in die Hauptstadt. Um elf erfahren Sie, Eli, ob Ihnen das Schicksal günstig ist."

7

In Kairo liebe ich die Sommerabende, obwohl sich die klimatischen Unterschiede der einzelnen Breiten gemildert haben, seit es die Erdachsenverwaltung versteht, unseren Planeten im Raum zu orientieren. Ich kann mich noch erinnern, daß zur Winterszeit in der Antarktis unkontrollierte Schneestürme wüteten. Vor etwa fünfzehn Jahren wurde ernsthaft erwogen, ob man auf der Erde nicht ein festgelegtes Klima einführen sollte – ewiger Sommer in den Tropen, ewiger Frühling in den hohen Breiten. Die Idee, an den Scheiteln des Planeten ständig Frühling und in den zentralen Breiten unaufhörlich Hitze zu haben, wurde jedoch verworfen – zum Glück, denn unser Gefühl begehrt Abwechslung und wehrt sich gegen Einförmigkeit. Der heutige, nach Monaten und Wochen aufgeschlüsselte Wechsel von Wärme und Kälte, Regen und Sonne, Wind und Stille behagt mir.

Jeder Ort hat seinen besonderen Reiz. Die Meteorologen können sich noch so anstrengen, die Luft in Grönland und Jakutien wird nie so aromatisch und schmeichelnd wie im Süden sein. Im Norden ist die Welt rauh, in den Tropen wirkt die Natur versonnen und zärtlich. Die Musikalität eines südlichen Abends, der von Wohlgerüchen prall ist wie ein Schrei, erregt mich.

Elf Uhr war schon vorbei. Ich hätte Wera mit Hilfe ihrer Chiffre rufen können. Lieber nicht, sagte ich mir, sie denkt dann womöglich, ich will betteln.

Ich war noch keine zwei Schritte gegangen, als in der Allee die Videosäule aufflammte und sich Weras Silhouette darin abzeichnete.

„Bruder“, sagte Wera, „nach deiner Ankunft auf der Erde hättest du zu mir kommen sollen!“

„Ich habe hier dienstlich zu tun“, sagte ich. „Und ich wußte nicht, daß es auf eurer wirren Welt Mode geworden ist, Besuche zu machen.“

„Du hast dich wenig verändert, Eli“, bemerkte sie.

„Andere finden, ich hätte mich sehr verändert“, erwiderte ich.

Ihr Lächeln erlosch. Unablässig, als glaube sie nicht, daß ich es sei, hielt sie ihren Blick auf mich gerichtet. Sie dachte über mich nach, damit ihr kein Fehler unterlief. So hatte ich sie immer gekannt – impulsiv, brüsk, aber stets gerecht.

„Und nun willst du zur Ora fliegen?“

„Darf ein Mensch nicht wollen, was ihm gerade einfällt?“

„Nicht alle Wünsche lassen sich verwirklichen, Eli.“

„Das habe ich schon im Kursus ‚Die Grenzen des Möglichen‘ gelernt, und wenn ich mich recht erinnere, für Verständigkeit die beste Note erhalten, die Zwölf.“

„Ich fürchte, deine Verständigkeit hat gerade für das Examen gereicht. Komm morgen abend. Es hat sich manches geändert, vielleicht geht dein Wunsch in Erfüllung.“

Die Videosäule erlosch.

8

Mag sein, ich bin sentimental, aber mir stockt der Atem, wenn ich dem Sternenhimmel mutterseelenallein gegenüberstehe. Unsere Vorfahren, die Hirten, wurden beim Anblick des Alls, das mit Tausenden Augen über ihnen glitzerte, von Angst gepackt. Sie ahnten nicht, wie unermeßlich groß die Welt ringsum ist, und fühlten sich verschwindend klein vor diesem Sternenmeer. Ich möchte den fernen Welten immer die Hände hinhalten, möchte ebenso flammen und blinken, ebenso schreien, im Weltall gleißend schreien!

„Was hast du?“ fragte André, als er auf den Balkon kam. „Du siehst verstört aus.“

„Ich genieße den Himmel – nichts weiter.“

Er setzte sich in den Sessel und versank ebenfalls im Anblick der Sterne. Bald hatte auch er ein seltsam verklärtes Gesicht, wie alle, die der Erhabenheit des Weltalls teilhaftig werden.

Die Sternensphäre drehte langsam die Himmelslichter um die unsichtbare Achse. Der samtschwarze Himmel war dicht über uns. Anscheinend brauchten wir nur die Hände auszustrecken, um die Sterne zu berühren. Am nördlichen Horizont funkelte der Große Bär, im Zenit brannte der riesengroße

Orion, grimmig lohte der Sirius, und etwas tiefer, ebenfalls beinah am Horizont, erhob sich triumphierend das Kreuz des Südens, im Kiel loderte das rotgrüne Feuer des Kanopus. Die Luft war so klar, daß ich ohne Mühe die Himmelskörper siebenter Größe erkannte, doch von dem heftigen Funkeln der Sterne nullter Größe und der mit negativen Werten schmerzten mir die Augen.

André sagte leise: „Dort aber, in den unermeßlichen Abgründen des Alls, werden wir uns nach unserer Erde sehnen. Manchmal denke ich an die Menschen, die in den Kosmos geflogen sind, bevor der Tanew-Effekt verwendet wurde. Sie waren Sklaven jämmerlicher Geschwindigkeiten, erreichten nicht die des Lichts, ihr kleines Leben langte nicht, um zurückzukehren, sie wußten das – dennoch strebten sie vorwärts."

„Willst du sagen, daß sie Helden waren?"

Lächelnd schloß ich die Lider. Das orangene Auge des wutschnaubenden Himmelstieres, des Aldebaran, schien auf mich herabzustürzen. Einundzwanzig Parallaxensekunden, fünfundsechzig Lichtjahre trennten uns. Dort auf der Seite des Aldebarans flog irgendwo ein unsichtbarer künstlicher Planet – die Ora.

„Vor vierhundertzwanzig Jahren sind Robert List und Eduard Kamagin mit ihren Kameraden im Raum verschwunden", sagte André nachdenklich. „Vielleicht jagt ihr Schiff immer noch wie ein verirrter Himmelskörper dahin, und die toten Kosmonauten halten mit verwesten Fingern die Steuerhebel umklammert. Wie müssen diese Männer gelitten haben, wenn sie an die ewig unerreichbare Erde dachten!“

Ich drehte mich nach André um. „Warum so traurig, mein Freund?“

„Ich habe Angst, Jeanne allein zu lassen“, sagte er finster.

„Du brauchst dir doch keine Sorgen zu machen. Mißglückte Entbindungen gibt es längst nicht mehr!“

„Nein, nein, das ist es nicht...“

Er schwieg eine Weile, als sei er unschlüssig. Unschlüssig ist André nur in Ausnahmefällen.

„Bevor Jeanne und ich heirateten, befragten wir die Auskunftsmaschine, ob wir für ein gemeinsames Familienleben geeignet seien. Die Auskunftsmaschine erklärte, wir paßten zu neununddreißig Prozent zueinander.“

„Tatsächlich? Das hätte ich nicht gedacht.“

„Das hatten wir selbst nicht erwartet. Wir liebten uns und hatten deshalb wahrscheinlich nicht bemerkt, daß Trennendes zwischen uns war. Ich war wie vor den Kopf geschlagen, Jeanne weinte.“

„Ich erinnere mich, vor der Hochzeit liefst du griesgrämig umher...“

„Da muß man ja griesgrämig werden! Man will heiraten und erhält die Prognose, die Ehe werde scheitern... Schließlich sagte ich zu Jeanne: Gut, und wenn es nur neununddreißig Prozent sind! In alten Zeiten haben die Menschen geheiratet, selbst wenn sie nur zu zwei oder drei Prozent zusammenpaßten. Während der ersten Wochen unserer Ehe lasen wir uns jeden Wunsch von den Augen ab, einer steckte vor dem anderen zurück, damit ja kein Zank ausbrach. Dann kühlten wir ab, und wieder tauchte die Angst auf, ob nicht die unheilvollen einundsechzig Prozent die Oberhand über die kostbaren neununddreißig gewinnen würden. Erneut befragten wir die Auskunftsmaschine. Und was war? Wir paßten nun zu vierundsiebzig Prozent zueinander!"

„Oho!"

„Ja. Vierundsiebzig. Wir atmeten auf, doch die Sorge blieb. Du brauchst nicht zu lächeln. Ob ich nun zu Jeanne passe oder nicht, ich will sie auf keinen Fall verlieren. An dem Tag, als sich entschied, daß ich zur Ora reisen würde, erhielten wir die letzte Auskunft – unsere Übereinstimmung hat dreiundneunzig Prozent erreicht. Aber auch die sieben Prozent liegen mir wie ein Stein auf der Seele. Sicher, wenn ich auf der Erde bliebe..."

„Alle Verliebten sind dumm. Wenn ich dich anschaue, bin ich froh, daß ich nicht verliebt bin."

Ich mußte an mich halten, um nicht zu lachen, solch ein Gesicht zog er. „Kennst du die Legende von Philemon und Baucis? Sie waren das treueste Ehepaar unter den Menschen, und die Götter schenkten ihnen das Glück, am selben Tag zu sterben. Nach ihrem Tod wurden sie in eine Eiche und eine Linde verwandelt. Romero sammelte sämtliches Material über Philemon und Baucis und legte es der Auskunftsmaschine vor. Rate mal, wieviel sich ergab! Siebenundachtzig, sechs Prozent weniger als bei dir, du Kauz!"

André fand nichts einzuwenden, und ich wartete mit meinem letzten Argument auf. Alle Lebensäußerungen auf Erden wären zu sehr der maschinellen Programmierung unterstellt. Sicher, die gigantische Arbeit, die auf der Erde vollbracht werde, um alle Planeten zu lenken, sei ohne Automaten nicht durchführbar. Aber wozu die Bereiche maschinell steuern lassen, wo man leicht mit dem eigenen Gefühl und dem Verstand auskommen könne? Und wenn ich mich verliebte, dann würde ich mich bemühen, zur Geliebten zärtlich zu sein, ohne zu fragen, ob wir füreinander taugten – die Kraft unserer Liebe wäre der Maßstab, ob wir übereinstimmten. Küsse, die eine Maschine gebilligt habe, schmeckten mir nicht! „Ich bin mit Romero für das Alte, meine aber genau wie er, daß bei unseren Vorfahren vieles vernünftiger war – ihre Neigungen programmierten sie jedenfalls nicht."

André fauchte. „Was weißt du denn von den alten Zeiten? Woher willst du wissen, daß unsere Vorfahren ihr Leben nicht programmierten? Und ihre sozialen Gesetze? Ihre Bestimmungen für gutes Verhalten? Ist das kein Lebensprogramm? Wärest du nur mal durch eine der alten Städte gepilgert! Da war doch jeder Schritt programmiert: Überquere die Straße an bestimmten Stellen und nur bei grünem Licht, halte dich nicht auf und renne nicht, bleibe um Gottes willen nicht auf der Fahrbahn stehen, gehe rechts und überhole links – Tausende kleinster Reglementierungen, die wir längst vergessen haben. Und ihre Festessen? Das war schon kein Programm mehr, sondern geradezu ein heiliges Ritual von alkoholischen Getränken, Vorspeisen, wechselnden Gängen und Trinksprüchen! Ich behaupte das Gegenteil von dem, was du sagst: Wir sind unvergleichlich freier als unsere Vorväter, unsere Schutz- und Auskunftsmaschinen schränken uns nicht ein, sondern gewährleisten unsere Freiheit. So ist das, mein ungeratener Maschinenstürmer."

Es fällt mir schwer, mit André zu streiten. Um den Bruchteil einer Sekunde begreift er schneller als ich, und schamlos nutzt er das aus. Er läßt einem keine Zeit, die Antworten zu bedenken.

9

Am Morgen erfuhr ich, daß an diesem Tag in den mittleren Breiten das Fest des Großen Sommergewitters gefeiert werde.

In den Straßen von Kairo war deutlich zu spüren, daß wichtige Ereignisse bevorstanden, Aerobusse und Aviettes glitten durch die Luft, die Flügel von Pegasussen rauschten, stumme Drachen schlängelten sich dahin. Ich sprang in einen Aerobus und genoß aus der Höhe das Panorama der gigantischen Stadt. Auf der Erde ist Kairo farbenprächtig und vielgestaltig, aus der Luft herrschen zwei Farben vor – Grün und Weiß, eine angenehme Kombination fürs Auge. Wir überholten nicht weniger als hundert Pegasusse und fliegende Lindwürmer, ehe wir den Bahnhof erreichten. Die Expresse nach dem Norden starteten minütlich.

Laut Plan begann das Gewitter um zwölf. Über dem Mittelmeer stießen wir in den ersten Wolkentransport. Ich wußte, daß vom Stillen und vom Atlantischen Ozean Tausende Kubikkilometer Wasser aufgeworfen und wochenlang in Wasserräumen gesammelt wurden, bis es Zeit war, sie zum Fest-

land zu schieben. Daß auch das unter Naturschutz stehende Mittelmeer Wolkensammelarena geworden war, bedeutete eine Überraschung für mich. Auf der Erde hatte sich in den zwei Jahren meiner Abwesenheit viel Neues ereignet. Ich wäre gern zum Stillen Ozean geflogen und hätte zugeschaut, wie die gigantischen, in Zehnkilometerschichten gepreßten Wolken in Bewegung kamen, aus der Höhe, wohin man sie getrieben hatte, herabschwebten und auf vorgeschriebenen Bahnen davonsegelten.

Der Wind hatte eine Geschwindigkeit von ungefähr dreißig Metern in der Sekunde, das Mittelmeer kochte, mit jedem Kilometer wurde es dunkler vor dem Fenster. Der Expreß wandte sich nach Osten und tauchte in helles Sonnenlicht. Ich bestaunte die kunstvolle Formation des Wolkentransports – eine kilometerlange Nebelmasse segelte in so sauberer Front dahin, als wäre sie mit einem Lineal ausgerichtet. Der Übergang vom Dunkel ins Licht kam unvermittelt.

In der Hauptstadt trafen wir um elf ein. An der Kreuzung Grüner Prospekt und Rote Straße stiegen wir aus. Der Grüne Prospekt wimmelt an Festtagen von Menschen, deshalb bog ich lieber in die Rote Straße ein. Das ist zwar nicht die schönste der vierundzwanzig Magistralen der Hauptstadt, doch ich liebe sie. Die nicht allzu hohen Gebäude, sie haben dreißig bis vierzig Stockwerke, gleichen Kuben und Polygonen, Hochgartenterrassen umgürten sie, Plattformen zum Spazierengehen. Mir gefallen die lebhaften Farben dieser Straße – Rot in einer Unmenge von Schattierungen. Manche Gebäude recken sich wie himbeerfarbene Zungen, andere dehnen sich zu blutroten Feuerwänden, wieder andere lodern gleich orangefarbenen Büschen.

Flüge auf Pegasussen waren in der Hauptstadt nach wie vor verboten, dafür waren die Einwohner mit Aviettes in die Luft gestiegen. Wie stets waren die Kinder aus dem Häuschen; diese Racker brauchen nur einen Anlaß, um herumzutollen. Gibt es einen besseren als das Große Sommergewitter? Waghalsig schossen sie Purzelbäume zwischen Häusern und Bäumen. Ich wußte, daß die Beschützerinnen sie behüteten, dennoch stockte mir der Atem, als die Knirpse anfingen, im Herabpurzeln von den vierzigsten Stockwerken zu wetteifern. Einer von diesen zehnjährigen Draufgängern kam auf mich zugestürzt. Die Beschützerin bog seine Aviette selbstverständlich ab, das Bürschchen jagte vorbei und schaukelte etwa zehn Meter von mir entfernt in der Luft.

„Warte, dich kriege ich!" schimpfte ich und mußte an mich halten, um nicht zu lachen.

„Mich kriegen Sie nicht. Keiner kriegt mich." Sofort riß er aufwärts aus und spähte aus Adlershöhe nach einem neuen Opfer.

An der Kreuzung Rote Straße und Sternenprospekt standen freie Aviettes. Ich setzte mich in eine und befahl im stillen: Zur Museumsstadt! Wenig später schwebte die Aviette auf dem Pantheonplatz nieder, am Denkmal für die Kuh.

Ich gehe stets ins Pantheon, wenn ich in die Hauptstadt komme. Heute wird niemand mehr dort beigesetzt. Aber die gewaltigen Geister und Charak-

3–52

tere verflossener Jahrhunderte verdienen ewig geehrt zu werden – unsere Urgroßväter taten es, indem sie ihnen das Pantheon errichteten.

Neben den Denkmälern für Phantasiegestalten, die auf die geistige Entwicklung der Menschheit Einfluß nahmen, stand die Statue Andrej Tanews. Tanews Leben ist nur in großen Zügen bekannt, obwohl seine Gefängnishefte zweihundert Jahre nach seinem Tode gefunden wurden, aber in seiner Geschichte hat sich Wahrheit derart mit Dichtung verquickt, daß nur eins glaubwürdig ist: Anfang des zwanzigsten Jahrhunderts nach der alten Zeitrechnung lebte der Mann, der die Metamorphose von Materie in Raum und von Raum in Materie entdeckte, die später „Tanew-Effekt" genannt wurde.

Der Bildhauer hat Tanew in Gefängniskleidung dargestellt – die Hände auf dem Rücken verschränkt, den Kopf erhoben. Der Häftling blickt in den Nachthimmel, sinnt über die Sterne nach, stellt eine Theorie auf, sie aus dem Nichts zu bilden und ins Nichts zu verwandeln. Es gelang Tanew als erstem, Formeln zur Umwandlung von Raum in Masse auszuarbeiten, und er war der erste, der verkündete, die Zeit werde kommen, da der Mensch wie ein Gott Welten aus dem leeren Raum schaffe und sich schneller als das Licht fortbewege. All das ist in seinen Gefängnisheften zu lesen.

Von Tanew ging ich zu Ngoros Büste. Sie steht unweit der Statuen von Marx und Lenin. Diesen Platz besuche ich, bevor ich etwas Wichtiges in Angriff nehme.

In der Mitte der Galerie erhebt sich auf einem

Piedestal eine Kristallglocke, unter der Ngoros schwarzer Lockenkopf ruht. Er scheint zu leben, doch die fest geschlossenen Augen bezeugen, daß dieses mächtige Gehirn nie mehr zum Leben erwacht. Alles an diesem erstaunlichen Kopf ist mächtig und massiv, heiter und von Güte durchdrungen. Als ich erfuhr – damals ging ich noch zur Schule –, Ngoro habe einen Unfall erlitten und die stümperhafte Medizin seines Jahrhunderts habe nur den von den Schultern getrennten Kopf retten können, schien es mir wunderbar, daß der Kopf redete, dachte, lachte, sogar sang, zur Nacht einschlief, am frühen Morgen erwachte – lebte, normal zweiunddreißig Jahre lebte! Ein antiker Musikant komponierte, taub geworden, die beste seiner Symphonien, Ngoros vom Rumpf getrennter Kopf vollendete die Theorie, wissenschaftliche Systeme mittels Auflösung experimenteller Fakten in mathematischen Reihen zu schaffen. Und als ich mich Ngoros Kopf näherte, erinnerte ich mich, daß die Freunde des Gelehrten oft vor ihm weinten. Ngoro warf ihnen dann Kleinmut vor und wiederholte immer nur, er fühlte sich wohl, da er den Menschen noch nützen könne. Im siebenundsechzigsten Jahr seines Lebens verschied er. Und er wußte, daß er starb, der künstliche Blutkreislauf hatte das Leben des Kopfes verlängern, ihn aber nicht unsterblich machen können. Er verabschiedete sich von den Freunden, grüßte alles Vernünftige und Gute, das noch auf Erden erscheinen würde, und schlief, wie immer gütig lächelnd, zu seiner gewohnten Zeit still ein – diesmal für immer.

Ngoros schwarzes Gesicht lächelte, es war, als sei er heut nacht eingeschlafen, nicht schon vor zweihundert Jahren.

„Die Wolken! Die Wolken!“ wurde auf dem Platz gerufen.

Ich lief zum Ausgang und forderte durch die Beschützerin eine Aviette an.

10

Rasch füllte sich der Himmel. Ich beeilte mich, um mich über der Insel der Museumsstadt aufzuschwingen.

Um mich herum stiegen Hunderte anderer Aviettes auf, über der Stadt waren bereits so viele, daß kein Menschenhirn mehr imstande gewesen wäre, sich in dem Gedränge zurechtzufinden. Ich stellte mir vor, die Große Staatsmaschine falle aus, die Beschützerinnen der sich in der Luft amüsierenden Hauptstadtbewohner verlören die Verbindung zu ihnen, und erschrak. Die Menschen würden zusammenprallen, auf Dächer und Straßen stürzen.

Die Wolken schoben sich wie eine Mauer herauf, und im Nu hatten sie die Hälfte des Firmaments verhüllt. Wild brauste ein Orkan heran, die Aviettes wandten ihm ihre Nasen zu und begannen zu schaukeln. Ich öffnete das Fenster einen Spalt breit und wäre fast erstickt an der hereinschlagenden Luft. Selbst in dieser Höhe war zu hören, wie der Sturm heulte. Dann wurden wir ohne Übergang von Finsternis umhüllt. Ich sah nicht mehr die anderen Flieger, auch mich sah niemand. Die

Sicherheitsmaschinen schützten uns, das wußte ich, aber einen Augenblick lang hatte ich Angst, und ich drehte zur Stadt ab. Die anderen empfanden wahrscheinlich dasselbe, denn als der erste Blitz den Raum erhellte, sah ich ringsum alles abwärts streben.

Mag sein, ich irre mich, aber an diesem Sommerfest scheint mir nicht das Gewitter das schönste, sondern sein Herannahen, der rasende Wolkenflug und die Blitzeschlacht. Das aufzuckende Licht und die grollende Luft verwirrten mich. Ich brüllte und flog in der winzigen Aviette, selber einem Kugelblitz ähnlich. Für die Lichtentladungen waren zwanzig Minuten vorgesehen, und ich jagte ins Entladungszentrum, wo hohe Spannungen gespeichert wurden – ein Luftstoß glich hier einer Explosion, und die Helligkeit des elektrischen Feuers blendete, selbst wenn man eine dunkle Brille trug. Das ist ein Sport der Kühnen, scheint mir. Viele halten ihn für eine Belustigung Unvernünftiger.

Nicht weit von mir flammte ein Blitz mit Dutzenden Zacken und Verästelungen auf, einer riesigen Wurzel ähnlich. Parallel zu ihm züngelte ein anderer, und von oben schoß ein dritter herab. Alles verschmolz zu einem Flammenmeer. Ich vermeinte, mitten in eine Fackel geraten und zu Asche verbrannt zu sein. Aber die drei Blitze erloschen, und über mir – oder beinahe in mir selbst – war ein Donnern und Grollen, als stürze ein Berg zusammen. Geblendet und betäubt, verlor ich sekundenlang das Bewußtsein. Meine Aviette sauste abwärts und fing sich erst über dem Dach eines Hauses. In einer der gelandeten Maschinen erblickte ich ein langhalsiges Mädchen.

Nach den Entladungen setzte strömender Regen ein. Ich preschte in die Stadt – Regen muß man auf der Erde auskosten, nicht in der Luft, und zwar mit seinem Körper, nicht in einer Maschine. Ich landete auf einem Platz und sprang in den Regenguß hinaus. Die Aviette flog sofort zur Haltestelle, während ich zu dem Haus gegenüber lief. Dabei wurde ich bis auf die Haut naß. Unter einem Vordach standen ungefähr zwanzig Personen. Mein Anblick rief Gelächter und Verwunderung hervor, denn ich war nicht entsprechend gekleidet. Hier stand auch das langhalsige Mädchen. Bestimmt war ich ihr auf den ersten Blick unsympathisch gewesen. Sie war die einzige, die mich feindselig musterte.

Höflich sagte ich zu ihr: „Verzeihen Sie, haben wir uns nicht soeben unterhalb der Wolken getroffen?"

„Erheblich unterhalb der Wolken, fast am Boden", sagte sie kühl. „Sie waren wohl durch eine Entladung ins Trudeln gekommen?"

„Ich hatte die Lenkung verloren, bin dann aber in den Bereich der Entladungen zurückgeflogen."

„Das ist mir ebenfalls nicht entgangen, wie Sie sich in der Höhe aufführten." Offenbar wollte sie mich beleidigen. Sie war mittelgroß, ihre Brauen wirkten zu massiv.

„Ich hasse es, wenn man mich sinnlos anstarrt", sagte sie und drehte sich um.

Ich fand keine Antwort und lief davon. Die

Leute unter dem Vordach riefen mir nach, ich solle zurückkommen. Der Regen strömte nicht mehr, sondern stürzte herab. Kaltes Wasser rann mir den Körper hinunter. Die Beschützerin riet mir, wasserdichte Kleidung anzuziehen, wie sie von allen auf der Erde getragen werde. Ich mußte eine Aviette rufen und zum nächsten Kombinat fliegen. Zehn Minuten später schritt ich in der Montur eines Erdbewohners in den Regen hinaus.

Jetzt konnte ich seelenruhig durch die Straßen wandern. Der Regen hatte nicht nachgelassen. Wasser war unter meinen Füßen, neben mir, über mir. Es stürzte herab, brodelte, brüllte, schoß wie wild dahin. Ich sang, doch ringsum war ein solches Tosen, daß ich mich nicht hörte. Die Kolosse des Zentralen Ringes verloren sich in grauer Unsichtbarkeit, mitten am Tag wurde es Nacht. Nur die Wasserwand, die die halbertrunkene Erde und den unsichtbaren Himmel verband, flimmerte und flammte wie das Morgenrot – der Regen erhellte sich selbst den Weg.

Nach einer Weile wurden die schwarzen Wolken fahl, und der Tag verdrängte langsam die künstlich geschaffene Nacht. Die Gebäude und Türme der Anlegestationen wurden sichtbar. Die herabschießenden Wasserbalken zogen sich zu Gerten zusammen, die Gerten verwandelten sich in Fäden, zerfielen zu Strähnen, verringerten sich zu Tropfen – der Regen wanderte nach Osten. Es war sechzehn Uhr, das Gewitter endete genau nach Plan. Es war Zeit, Wera aufzusuchen.

11

Wera ging im Zimmer auf und ab. Sie war die alte und doch anders. Obwohl ich die Veränderung deutlich spürte, fand ich nicht heraus, worin sie sich verändert hatte. Sie umarmte mich und lobte mein Aussehen.

„Du wirst ein Mann, Eli. Bis zu deinem fünfzigsten Jahr warst du ein Knabe, und keineswegs ein Musterknabe."

Ich schwieg und betrachtete sie. So war es bei uns seit jeher. Sie las mir wegen meiner Streiche die Leviten, und ich drehte mich finster weg. Sie war ungeduldig und jähzornig, meine Ungezogenheiten nahm sie sich zu Herzen, und ich ärgerte mich deshalb über sie. Jetzt hatte ich keinen Grund, mich abzuwenden, aber es wollte auch kein ungezwungenes Gespräch zustande kommen. Über unsere Angelegenheiten auf dem Pluto wußte sie ebensogut Bescheid wie ich.

Mitunter blieb sie stehen und verschränkte die Hände im Nacken. Das ist ihre Lieblingshaltung. Stundenlang kann sie so stehen oder umhergehen – die Hände im Nacken verschränkt, das Gesicht erhoben. Ich versuchte es ihr einmal eine halbe Stunde lang gleichzutun, ich brachte es nicht fertig.

Sie stand am Fenster und blickte auf die Stadt. Ich brauchte sie nicht zu drängen. Auch ohne Hü und Hott würde sie mir sagen, warum sie mich zu sich gerufen hatte.

„Hast du deine dienstlichen Angelegenheiten auf der Erde erledigt?" Sie wandte sich um.

„Ja, und mit großem Erfolg. Wir haben sämtliche Materialien und Mechanismen bekommen, die wir angefordert hatten."

„Pawel hat mir erzählt, du bewerbest dich erneut darum, zur Ora zu fliegen. Was zieht dich eigentlich zur Sternenkonferenz? Ich bin mir nicht sicher, ob du richtig verstehst, welche Aufgaben wir auf der Ora lösen wollen. Bisher hat dich gleichgültig gelassen, was andere bewegt."

Ich lachte. Weras Charakter war in den zwei Jahren, da wir uns nicht gesehen hatten, derselbe geblieben, obwohl sie äußerlich anders wirkte. Jedes unserer Gespräche verwandelte sich in eine Prüfung meiner Kenntnisse und Fähigkeiten. Ich nahm mir fest vor, bei dieser neuen Prüfung nicht durchzufallen.

„Gar nicht so gleichgültig, Wera. Regelmäßig habe ich mir die Sendungen von der Erde angehört. Und was die Konferenz auf der Ora betrifft, da klangen uns allen die Ohren."

„Du antwortest nicht auf meine Frage, Eli."

„Dazu bin ich noch gar nicht gekommen. Also folgendes, liebe Schwester: Ihr versammelt auf der Ora die Bewohner der benachbarten Sternenwelten, um ihre Bedürfnisse und Möglichkeiten kennenzulernen, Freundschaftsbande zu knüpfen, den Austausch von Waren und Kenntnissen in Gang zu bringen, interastrale Routen festzulegen. Geplant ist ein Sternenbündnis, das alle vernunftbegabten Wesen unseres Galaxisbezirks vereinigt... Ist das richtig?"

„Ja, durchaus. Und zugleich schon falsch."

„Das verstehe ich nicht.“

„Die allgemein anerkannten Aufgaben der Konferenz hast du exakt wiedergegeben. Aber sicherlich wird es bei diesen Aufgaben nicht bleiben. Mancherlei Unerwartetes ist entdeckt worden...“

Ich erwähnte, was Allan von den Wesen gesagt hatte, die uns glichen und so mächtig waren wie wir.

„Es geht um sie“, bestätigte Wera.

„Allan erzählte, die Information würde bearbeitet. Habt ihr schon ein Ergebnis?“

„Es wird morgen bekanntgegeben. Doch schon das, was wir gestern und heute erfahren haben, genügt, um nachzudenken. Die Neuigkeiten sind unvermittelt über uns hereingebrochen. Selbstverständlich war uns klar, daß wir nur einen unbedeutenden Teil der Galaxis erforscht haben, ein paar tausend Nachbarsterne, und daß es verfrüht sei, Schlußfolgerungen zu ziehen, wenn das überhaupt jemals möglich ist. Aber wir entdeckten eine Sternengesellschaft nach der anderen und stellten fest, daß sie technisch und sozial wenig entwickelt waren, die Bewohner des Aldebaran und der Kapella, des Atair und des Fomalhaut, sogar die Wegabewohner, gar nicht zu reden von den zahllosen Engeln in den Hyaden. Martyn Julianowitsch Spychalski, unser Leiter auf der Ora, hat uns Aufzeichnungen von den Träumen engelähnlicher Wesen geliefert, die auf einem der äußeren Planeten in den Hyaden wohnen, einem Planeten des Flammenden B. Zwei Worte zu diesem Stern: Er ist etwas heißer als die Sonne, hat neun Planeten, die sich ebenfalls wenig von der Erde unterscheiden, und sie alle sind von vier- und zweiflügligen Engeln besiedelt. Ihr gesellschaftliches Lebensniveau ist niedrig – primitive materielle Kultur, Feindschaft zwischen den Stämmen, kein Schrifttum und keine Maschinen. Aber ihre Gehirnstrahlungen haben Tatsachen zutage gefördert, wie wir sie bisher noch nicht kannten. Die Engelähnlichen vom Flammenden B träumen von Wesen, die sich wenig von den Menschen unterscheiden, und sie sehen sie in wahrhaft tragischen Situationen. Es ist interessant, daß die Engel ihre Träume als Abbilder von Märchen erklären, die bei ihnen über irgendwelche klugen und mächtigen höheren Wesen überliefert sind."

„Vielleicht sind es tatsächlich Märchen? Ähnlich unseren Märchen von Recken und Zauberern?"

„Ihre Märchen sind ebenfalls aufgezeichnet – sie wirken kümmerlicher als die Träume. Jedenfalls müssen die menschenähnlichen Wesen von weit her zu den Hyaden gekommen sein. Die Große Akademische Maschine hat ihren Namen mit dem Wort ‚Galakten' übersetzt und nicht mit ‚Sternenbewohner' wie sonst. Das ist noch nicht alles. Darüber, daß es irgendwo im All uns ähnliche Wesen gibt, kann man sich nur freuen – wir wollen uns bemühen, sie kennenzulernen und als Freunde zu gewinnen. Erinnerst du dich, ich sagte, die neuen Entdeckungen riefen Bestürzung und ernste Überlegungen hervor? Die Galakten haben nämlich mächtige Feinde, mit denen sie sich im Zustand eines kosmischen Krieges befinden, der so gewaltig ist, daß wir ihn uns kaum vorstellen können. In diesem Krieg werden nicht mehr nur Wesen und Mechanismen wie in den antiken Schlachten zerstört, sondern Himmelskörper und Planetensysteme. Die Engel nennen die grausamen Wesen, die sich mit den Galakten befehden, Verderber."

„Verderber!" rief ich. „Welch törichter, infantil klingender Name! Er dürfte kaum der geeignete wissenschaftliche Terminus sein."

„Ich denke, die Große Akademische Maschine hat dieses Wort nicht zufällig unter Tausenden anderen ausgewählt, sondern deshalb, weil es ihr Verhalten genau definiert. Eine andere Variante lautet: Zerstörer. Es ist interessant, daß die Maschine auf die Frage, wie die Verderber aussehen, ‚Unklar' geantwortet hat."

„Das muß ja eine harte Nuß sein, wenn es der übermächtigen Maschine nicht gelingt, sie zu knacken!"

„Offenbar reichen die Angaben nicht aus. Die Bezeichnung ‚Zerstörer' steht in assoziativem Zusammenhang mit den entschlüsselten Begriffen ‚Lebendiges vernichten, Welten komprimieren'. Sie scheinen die umgekehrte Tanew-Reaktion zu beherrschen, das heißt, sie schaffen Materie, wobei sie Raum vernichten, sonst lassen sich Welten nicht ‚komprimieren'. Die Galakten aber leisten ihnen Widerstand – deshalb tobt ein Krieg in den interastralen Räumen."

Ein Schauer überlief mich. „Das klingt so grandios, als würdest du eine Götterschlacht beschreiben."

„Ich teile dir lediglich die entschlüsselten Aufzeichnungen mit, mehr nicht. Und was heißt ‚Götterschlacht'? Wir Menschen sind heut weit mächtiger, als einst angenommen wurde, dennoch sind wir Menschen und keine Götter. Der Lichtstrahl bleibt weit hinter unseren galaktischen Schiffen zurück – würde das einem Menschen des zwanzigsten Jahrhunderts nicht übernatürlich erschienen sein? In dem Gewitter hast du mit Blitzen gewetteifert. Vor hundert Jahren hätte man solch einen Zeitvertreib kaum als natürlich betrachtet."

„Das weißt du also auch?"

„Ich habe dich beobachtet. Da du in der Hauptstadt bist, sind von dir riskante Absonderlichkeiten zu erwarten. Weil du diese Stadt für den besten Platz hältst, um Mutwillen zu treiben. Auf dem Pluto warst du zurückhaltender."

„Dort hatte ich zum Vergnügen keine Zeit. Außerdem fehlen dort die Beschützerinnen. Sage mir jetzt, Wera, welche Schlußfolgerung ihr aus der Information über die Galakten und die Verderber zieht!"

„Morgen tritt der Große Rat zusammen, dann werden wir beschließen. Doch bereits jetzt ist klar, daß sich Dutzende von staatswichtigen Fragen ergeben haben, von denen jede eine schnelle Antwort erfordert. Existieren die Verderber und die Galakten noch, oder ist die Information über sie ein Überbleibsel von Katastrophen, die vor Millionen Jahren verhallt sind? Wer von ihnen hat gesiegt in dem kosmischen Streit? Vielleicht sind beide Parteien in ungeheuerlichen Schlachten umgekommen? Und wenn die Verderber und die Galakten noch existieren, wo wohnen sie? Die Planeten des Sonnensystems weisen keine Spur auf, daß sie je hier erschienen wären. Warum nicht? Ist es nicht eine Bedrohung für die Existenz der Menschheit, daß irgendwo auf fernen Sternen diese Wesen wohnen? Zum erstenmal in unserer Geschichte treten wir auf die galaktischen Trassen hinaus – sind sie ungefährlich für uns? Wir haben uns vorgenommen, ein interastrales Bündnis der vernunftbegabten Wesen zu schließen – ist das nicht zu früh? Sollten wir uns besser in unserer kleinen Welt der Sonnenplaneten völlig abkapseln? Auch diese Meinung besteht, Eli! Wir besitzen riesige Ressourcen – wäre es nicht angebracht, sie samt und sonders zum Bau von Verteidigungsanlagen zu verwenden? Vielleicht sollten wir rings um das Sonnensystem künstliche Planetenfestungen errichten – auch darüber muß gesprochen werden. Kurz und gut, eine Vielzahl unvorhergesehener, wichtiger Probleme! Und mit der Lösung einiger von ihnen wirst du dich befassen müssen, Eli – natürlich mit unserer Hilfe."

„Ich freue mich sehr", sagte ich bewegt. „Bedeutet dies, daß ich mit euch zur Ora fahre, oder werde ich eine andere Aufgabe haben?"

„Die Sternenbewohner sind bereits auf dem Weg zur Ora. Wir haben die Pflicht, uns mit den Bewohnern anderer Welten zu treffen, das ist meine Meinung. Ich habe den Auftrag, du weißt es, die Konferenz auf der Ora zu leiten. Dich will ich als Sekretär mitnehmen."

„Als Sekretär? Was ist denn das? Hab' ich noch nie gehört."

„Im Altertum hat es so einen Beruf gegeben.

Das ist sozusagen ein Gehilfe. Ich denke, du wirst es schaffen."

„Das denke ich auch. Mußt du die Große Maschine befragen, ob ich als Sekretär geeignet bin?"

„Die Große Maschine hat die Wahl schon getroffen. Ich hatte als Sekretär einen mutigen, klugen und entschlossenen Menschen verlangt, der imstande ist, sein Leben aufs Spiel zu setzen, und Abenteuer liebt, überhaupt das Unbekannte – niemand weiß ja, womit wir es in den fernen Welten zu tun haben werden. Und die Große Maschine hat dich genannt. Ich freue mich für dich, Eli", sagte sie. „Obwohl es heute mehr Grund zur Sorge als zur Freude gibt. Noch eins, Bruder: Du hast die Erlaubnis, morgen in der Staatsmaschinen-Verwaltung zu sein. Man wird uns zeigen, was entschlüsselt werden konnte. Pünktlich um zehn – verspäte dich nicht!" Sie stand auf, wünschte eine gute Nacht und ging hinaus.

12

Ich setzte mich im achtzigsten Stock in den Garten. Wie lange ich dort saß und woran ich dachte, weiß ich nicht mehr. Wirre Gedanken verflochten sich mit wirren Gefühlen – ich war glücklich und sorgenvoll.

Dann betrachtete ich die nächtliche Stadt.

In den Schulen wird gelehrt, die antiken Städte wären nachts vom Gleißen der Scheinwerfer und der Leuchtstofflampen überflutet gewesen. Sie wären laut gewesen. Auf den Straßen hätten sich Passanten gedrängt. Man baut schon lange nicht mehr solche Gebäudeansammlungen auf einem Fleckchen Erde. Nachts sind die Magistralen der Hauptstadt dunkel und still. Da es keine störende Straßenbeleuchtung gibt, setzen sich die Leute im Dunkeln Konverterbrillen auf und finden sich zurecht.

Ich liebe die nächtlichen Kontraste der Hauptstadt – die dunklen Straßen und Prospekte und die strahlenden Etagenstreifen. Die glitzernde Gebirgskette des Zentralringes verlor sich in der Ferne, hinter dem schwarzen Tal des Parkes erhob sich in Parallelen erleuchteter Etagen der Innere Ring – eine breite Treppe zum Himmel.

Die Museumsstadt, das Zentrum der Hauptstadt, war nicht zu erkennen. Weder die Pyramiden noch die assyrischen und ägyptischen Tempel, weder der Kreml noch die Peterskirche, weder Notre-Dame von Paris noch die Kölner und Mailänder Gotik – diese großartige Baukunst vergangener Jahrhunderte, wiedererrichtet auf einem inselartigen Gelände –, keiner dieser hohen Bauten, die bei Tage deutlich zu sehen sind, verriet sich auch nur durch einen Lichtschimmer. Nur die rote Halbkugel auf dem Zentralen Platz – die Staatsmaschinen-Verwaltung – war in Licht getaucht. Auf der Erde ist es jedermann erlaubt, hinzugehen, wohin er möchte – in die Werke, in die Magazine, in die Institute, in die gesellschaftlichen Paläste, nur dieses eine Gebäude ist verboten. Jeder von uns hatte auf dem Raumbildschirm Tausende Male sämtliche Zimmer und Korridore der berühmten „Denk- und Lenkfabrik“ gesehen, wie sie von einigen genannt wird, doch nur wenige Glückliche können sich rühmen, darinnen gewesen zu sein. Die drei Hauptmechanismen – die Große Staatsmaschine, die Große Akademische Maschine und die Auskunftsmaschine – arbeiten dort unermüdlich, Tag und Nacht, ohne auch nur für eine Sekunde innezuhalten, schon bald zwei Jahrhunderte. Ich blickte auf das rote Gebäude und dachte, daß heute dort eines der schwierigsten Rätsel gelöst wurde, die je vor der Menschheit gestanden hatten, und daß vielleicht das Wohlergehen der Erde davon abhing, ob die Maschinen es richtig entwirrten. Weit fortfliegen würde ich von dieser Stelle, wo es zwischen den hundert Milliarden Elementen der Großen auch meinen eigenen Winkel zu einer Million Zellen gab, meine Beschützerin, meine weise, leidenschaftslose Lehrerin und Führerin. Manchmal habe ich mich über die Beschützerin geärgert, habe sie gefühllos und unnütz genannt und mich sogar meiner ironischen Einstellung gegenüber den lenkenden Maschinen gerühmt. Doch ehrlich gesagt, ich bin ihr verbunden, wie man selten einem Menschen verbunden ist. Sie wendet wachsam Gefahren von mir ab, behütet mich vor Krankheiten und unbedachten Schritten. Und wenn mich etwas plagt, dringt sie da nicht bis zu den Ursachen für Unstimmigkeiten und Mutlosigkeit vor und stellt sie als wichtiges soziales Problem vor die ganze Gesellschaft hin, wenn sie das verdienen? Und wenn mir eine Idee kommt, die für die Menschen nützlich sein könnte, habe ich da nicht die Gewißheit, daß die Beschützerin sie aufgreift, auch wenn ich sie vergesse, sie in den Kode der Großen eingliedert und diese dann unverzüglich realisiert oder der ganzen Menschheit zur Beurteilung vorlegt, sofern solche Aufmerksamkeit angebracht ist? Ich dachte auch daran, daß die Beschützerin, die klein ist, nicht größer als ich selbst, Teil der Großen, Stillschweigen bewahrte, wenn ich mich irrte, falsch handelte, ohne anderen zu schaden. Kein Freund wahrte Geheimnisse wie sie. Nein, für mich war sie nicht einfach ein klug erdachter, kunstvoll zusammengesetzter Teil einer riesigen Maschine, sondern ein eigentümlicher Teil meiner selbst, meine Verbindung zur Menschheit, Millionen Hände, von mir jedermann hingestreckt! Bald würden diese Bande abbrechen, die Große mit ihren hundert Milliarden Elementen ließ sich nicht auf ferne Reisen mitnehmen!

Ich verspürte Lust, ein letztes Mal die Macht der uns dienenden Maschinen zu erproben. Ich befahl der Beschützerin, zu erkunden, wer das Mädchen sei, das mir während des Gewitters aufgefallen war. In meinem Hirn leuchtete die Antwort auf: „Der Auskunftsmaschine genügt das Material nicht."

Ich lehnte den Kopf an einen Oleander und dachte an das Mädchen, an den kurzen Wortwechsel unter dem Vordach, wo wir vor dem Sturzregen Schutz gesucht hatten, und ich sah sie vor mir – zornig, dunkeläugig, mit schmalem Gesicht, langem Hals und breiten Brauen...

„Jetzt genügt das Material", erklang die Stimme der Beschützerin. „Das Mädchen heißt Mary Glun, stammt aus Schottland, hat einen Kursus auf dem Mars absolviert. Dreiundvierzig Jahre alt, ledig. Ihre Leidenschaft gilt der Züchtung von Pflanzenformen für Planeten mit hoher Gravitation und harter Strahlung."

13

Am nächsten Morgen deutete nichts in der Stadt darauf hin, daß tags zuvor ein Fest gefeiert worden war. Wäre ein Fremder in der Hauptstadt erschienen, er würde nicht geglaubt haben, daß dort fünfzehn Millionen Menschen ansässig waren, so leer und still waren die Straßen. Die Kinder waren noch nach dem Fest in die Gärten und Schulen vor der Stadt gebracht worden, die Erwachsenen arbeiteten wieder in den Werken und Instituten. Wenn in den Straßen um sich blickende Leute auftauchten, dann waren das ohne Frage Touristen. Besonders viele bevölkerten die Museumsstadt. Ehe ich die Staatsmaschinen-Verwaltung erreichte, überholte ich ungefähr zehn Touristengruppen.

Vor dem Gebäude traf ich Romero und André.

„Du bist nicht zu uns gekommen", sagte André. „Jeanne hat auf dich gewartet."

„Ich hatte ein wichtiges Gespräch mit Wera."

Die Ergebnisse meines Gesprächs mit Wera kannte André bereits von Romero. Beide gratulierten mir zu meiner Nominierung. Romero und André wirkten besorgt. Auch Allan, Olga und Leonid, die sich im Vestibül zu uns gesellten, sahen unruhig aus. So gelassen wie vor zwei Tagen, als wir uns die erste Mitteilung über Galakten und Zerstörer angehört hatten, war niemand mehr. Nur Lussin war ruhig. Er läßt sich nur von seltsamen Tieren aus der Fassung bringen.

Romero zeigte uns das Gebäude. Die drei Mechanismen – die Große Staatsmaschine, die Große Akademische Maschine und die Auskunftsmaschine – sind in mehrgeschossigen Kellerräumen untergebracht. Wir stiegen nicht hinunter, da es dort langweilig ist – Millionen von Arbeits- und Reservezellen auf Gestellen, Milliarden von aktiven Elementen, für ein ungeschultes Auge ein wildes Durcheinander von Verbindungen. Wir sahen uns die Sitzungssäle an. Hier ist alles großartig. Der Große Rat tagt im Blauen Saal, die Decke imitiert den Sternenhimmel. Wir wurden in den Orangefarbenen Saal gebeten, die Arbeitsstätte der Großen Akademischen Maschine. Er faßt ungefähr fünftausend Personen. Gegen zehn Uhr morgens waren alle Plätze besetzt. Wir sieben wurden in eine Loge geführt. Vorn war der leere Kubus des Raumbildschirms aufgestellt. Alles, was auf dem Bildschirm erscheint, wird über die Stereophone der Erde gesendet. Die heutige Übertragung sollten auch die Sonnenplaneten sehen, solche Bedeutung wurde ihr beigemessen.

Kurz vor elf Uhr zeigte sich ein Mann auf dem trüben Raumbildschirm.

„Martyn Spychalski“, flüsterte André.

Neugierig musterte ich den berühmten Kosmonauten. Seine Schiffe waren unvergleichlich weit in die Sternenräume vorgedrungen, er hatte in Gegenden geweilt, wo vor und nach ihm niemand gewesen war. Obwohl er hundertneunundvierzig Jahre alt war, sah er prächtig aus, sogar seine Stimme hatte jugendlichen Klang.

Er erzählte von der Expedition zum Flammenden B, und wir betrachteten nacheinander die neun Planeten dieses Sterns. Der Stern und die Planeten sind gewöhnliche Himmelskörper, wie es ringsum eine Menge gibt. Als jedoch die geflügelten Planetenbewohner ins Bild kamen, wurde im Saal geflüstert und gelacht. Sie erinnerten wahrhaftig an die Vorstellungen, die die Alten von Engeln hatten. Die Engel vom Flammenden B unterscheiden sich kaum von den Geflügelten, die die übrigen hundertdreißig Himmelskörper in den Hyaden bevölkern – sie sind vielleicht etwas kleiner, und es finden sich weniger Vierflüglige unter ihnen. Die Engel sind jähzornig und händelsüchtig, ohne Rauferei läuft bei ihnen eine Versammlung selten ab. Man zeigte uns ein Scharmützel auf einem städtischen Platz – die Daunen von ihren Flügeln hüllten alles wie in Nebel, und von ihrem Gezeter gellten uns die Ohren. Die Wohnstätten auf den Planeten dieses fernen Sterns in den Hyaden schienen uns äußerst armselig – eingeschossige Baracken mit so schmalen Türen, daß die bedauernswerten Engel nicht hineinfliegen können. Sie müssen hineinkriechen, wobei sie sich die Flügel ramponieren. Auf den zentralen Himmelskörpern der Hyaden lebt sich's bequemer, dort stehen Paläste mit breiten Einflugsportalen zur Verfügung.

Man zeigte uns auch, wie sie schlafen – in einer Reihe auf dem Fußboden ausgestreckt, in Enge und Finsternis, aufspringend und aufschreiend, wenn ihre

Alpträume sie übermannen. Und dann flammten eins nach dem andern die entschlüsselten Traumbilder auf.

Zuerst erblickten wir eine Gestalt. Sie tauchte aus den Nebelschwaden des Vortraums auf und gewann an Leuchtkraft, je tiefer der Traum wurde. Bald war klar, daß das ein Mensch und doch kein Mensch war, ein Wesen, geringer und doch größer als der Mensch. Ruhig blickten uns riesige Augen an, die voller Klugheit und Güte waren, sie nahmen ein Drittel des Gesichtes ein, lange Locken fielen auf die Schultern herab. Der Galakt hob eine Hand, fünf Finger wanden sich daran, bewegten sich nicht wie unsere. Er kratzte sich das Kinn mit einem dieser wendigen Finger und legte die Hand auf die Brust – zwei Finger vorgestreckt, drei zum Handrücken zurückgebogen. Die Hände beeindruckten mich mehr als das Gesicht.

Das zweite Bild zeigte eine Landschaft: himbeerrote Felsen, an die eine ebenso hellrote Flüssigkeit brandete – die Wellenkämme waren grünlich. Über der himbeerfarbenen Flüssigkeit erhob sich eine riesige blaugelbe Leuchte. Ein Schauer überlief mich, so unheildrohend wirkte diese wilde Landschaft, ich begriff nicht gleich, daß es ein Planet des Flammenden B war. Den Felsen erklomm ein Galakt, umringt von geflügelten Bewohnern dieses Planeten, er überragte sie fast um das Doppelte. Der Galakt, meldete die Maschine, sei zwei Meter achtzig groß. Ein Raunen ging durch den Saal, der Galakt war einen halben Meter größer als ein erwachsener Mensch. Ich betrachtete ihn genauer

und erkannte in ihm denselben, den wir im ersten Bild gesehen hatten. Er hielt Umschau, die eine Hand zum Schutz gegen die aufwärts kletternde Leuchte über die Augen gelegt, mit der andern klopfte er den sich schnatternd an ihn drängenden vier- und zweiflügeligen Wichten auf die Schultern.

Hinter dem Felsen kam ein zweiter Galakt hervor, ein Greis mit grauem Bart. Er stieg zu dem ersten hinauf. Beide trugen Gewänder, die den antiken menschlichen glichen – hellgrüne wallende Umhänge.

„Was gibt es Neues?“ fragte der Alte, und ich war erstaunt, daß er wie wir sprach, in der internationalen Sprache. Dann fiel mir ein, daß die Große Akademische Maschine die Traumgesichte der Engel in unser Idiom übersetzt hatte.

„Kein Verderber“, antwortete der Jüngere. „Von Zerstörern keine Spur.“

„Die Zerstörer sind schlau“, sagte der Alte. „Sie erscheinen stets unverhofft. Laß uns vorsichtig sein.“

Schweigend blickten sie auf das rote Meer. Das Bild trübte sich.

„Aufgezeichnet auf dem vierten Planeten des Flammenden B“, teilte die Große Akademische Maschine mit. „Die folgende Aufzeichnung stammt vom achten Planeten desselben Systems.“

Auch dieses Bild begann mit einer Landschaft, doch die Umgebung war grau, fast schwarz – eine einförmige, hüglige Ebene, trübe Sterne am dunklen Himmel. Ein zigarrenförmiges Schiff senkte sich auf die Planetenoberfläche, wobei es Bündel grünlichen Lichts warf.

„Ein kosmisches Photonenschiff“, teilte die Große

Akademische Maschine mit, „ungefähr die gleiche Konstruktion, wie sie von unseren Vorfahren vor vierhundert Jahren erarbeitet wurde.“

„Die erste Stufe der kosmischen Technik“, murmelte Allan. „Ziemlich rar bei Himmelspilgern.“

Im nächsten Bild lag das Photonenschiff auf dem Boden, ringsherum hantierten Galakten und Engel. Die Galakten hielten Kästen in den Händen, die altertümlichen Schweißapparaten glichen, Strahlen und Funken schossen daraus hervor. Auf einem Hügel in der Nähe ragte ein Turm mit rotierendem Scheinwerfer, der unablässig den Himmel absuchte. Aus dem Bugteil des Schiffes schnellte eine kleine Rakete und entschwand in den dunklen Himmel. Die Galakten waren unruhig. Sie mißtrauten dem rotierenden Auge auf dem Turm, warfen mitunter ihre Arbeit plötzlich hin und spähten selber nach den Sternen, die vor dem schwarzen Hintergrund matt blinkten. Die Galakten bewegten sich flink, arbeiteten hastig – offenbar waren sie in Eile.

Als auch dieses Bild erloschen war, wurden Aufzeichnungen vorgeführt, die vom neunten, äußeren Planeten übermittelt worden waren. Sie zeigten weder Menschen noch Gegenstände, sondern Nebelschwaden, geheiligten Staub, der bald den ganzen Raumbildschirm füllte. In diesem Staub wuchsen zwei sich nähernde, spärlich glitzernde Kugeln auf. Ihr Nahen glich einer Verfolgung: Die rechte Kugel schwenkte zum Rande des Bildschirms ab, die linke ereilte sie. Gleich darauf ergoß sich blaues Licht über den Raum, schäumte auf und verschlang beide Kugeln. Ich hatte den Eindruck, als wären die Kugeln beim Zusammenprall explodiert und würden von der Flamme verschlungen. Die Große Akademische Maschine bestätigte, daß hier vom Zusammenprall zweier bislang nicht enträtselter Himmelskörper geträumt worden sei. Zum Schluß verwandelte sich die fahl gewordene blaue Flamme in eine flimmernde Staubwolke.

„Vermutlich eine kosmische Katastrophe", teilte die Maschine mit.

Allan wiegte ungläubig den Kopf. „Kaum", sagte er. „Jedenfalls hat das Ding da wenig Ähnlichkeit mit unseren Methoden zur Annihilation von Materie."

Das sechste kosmische Bild, das auf dem Raumbildschirm aufleuchtete, erinnerte nicht mehr an eine Explosion. Es war die Darstellung eines Sternhaufens. Die Große Akademische Maschine erklärte, der Sternhaufen sei nicht identifiziert worden, doch in den Träumen der geflügelten Bewohner des neunten Planeten erscheine er oft. Der Haufen wirkte bedrohlich auf mich. Er bestand aus fast gleichen Hälften mit vielen tausend Sternen. Sonderbar war, daß die eine Hälfte konzentrierter schien, einer geballten Sternenfaust ähnelte, die voller Wucht in das zweite Häuflein geschlagen hatte, das auseinandergestoben und in Hunderte von isolierten Sternen zerfallen war. André behauptete später, er habe die Sterne der zweiten Hälfte nach dem brutalen Schlag der Sternenfaust jammern gehört. Ich weiß, daß Lichtschreie wahrzunehmen sind, doch ich hatte das Sternengeschrei nicht vernommen.

„Die letzte Aufzeichnung", teilte die Maschine

mit. „Der vierte, der siebente und der neunte Planet. Diesen Traum haben viele Geflügelte. Gezeigt wird das deutlichste Beispiel.“

Von allen Bildern, die wir im Saal der Großen Akademischen Maschine gesehen hatten, war dies das dramatischste. Ein Galakt stürzte wie gefällt zu Boden, der Traum setzte im Augenblick seines Sturzes ein. Dann schlug er, schon liegend, verzweifelt mit den Beinen und wühlte mit seinen wendigen Fingern die Erde auf. Er hob den Kopf und versuchte zu kriechen – kroch auf uns zu. An seinem Hals klaffte eine Wunde, Blut schoß auf seine Arme. Niemals werde ich sein Gesicht vergessen – ein junges, schönes, schreck- und leidverzerrtes Gesicht. Auch ohne die Übersetzung der Maschine verstand ihn jeder von uns. „Hilfe!“ schrie der Galakt voller Entsetzen. „Was ist mit mir? Um Gottes willen, helft!“ Dann verstummte er, streckte uns mit letzter Anstrengung die Hände hin, seine Wangen wurden bleich, allein die unmenschlich großen, strahlenden Augen flehten weiter und forderten Hilfe. Vom Tode gezeichnet, schloß der Jüngling die Augen und zuckte nur schwach, als wollte er so die Fesseln des Todes sprengen. Bewegung ging durch den Saal – die Zuschauer hatten sekundenlang den Atem angehalten.

„Weiß der Teufel, was das bedeutet!“ schimpfte der blasse André. „Doch, der Teufel müßte das wissen!“

„Rache!“ brüllte Leonid außer sich. Er packte meinen Arm und starrte mich mit zornweißen Augen an. „Rache, Eli!“

Allein Romero verlor die Ruhe nicht. „Wen rächen?

Weshalb? Seid ihr sicher, daß hier ein Verbrechen vorliegt und kein Unglücksfall? Vielleicht haben wir ein Ereignis beobachtet, das sich vor Millionen Jahren zugetragen hat."

Erneut begann die Große Akademische Maschine zu sprechen, ihrem Namen machte sie alle Ehre. Sie beschrieb und demonstrierte die Apparatur, mit der sich Träume aufzeichnen lassen, schätzte die Glaubwürdigkeit der entschlüsselten Bilder ein. Es erwies sich, daß die geflügelten Bewohner des Flammenden B vieles von dem, was ihnen in ihren Träumen erschien, nicht erklären konnten. Zum Beispiel hatten sie keine Ahnung von Photonenraketen und Schweißapparaten. Einstmals empfangene starke Eindrücke würden den Nachkommen durch den Vererbungsmechanismus übermittelt, erläuterte die Maschine, dann erzählte sie uns Märchen von Galakten und Verderbern, die auf den Planeten des Flammenden B im Schwange waren.

Nur bei den Engeln dieses Planetensystems waren Überlieferungen über Ankömmlinge aus dem Kosmos entdeckt worden. Sie besagten folgendes: In alten Zeiten waren ihre Planeten finster und unkultiviert, raubgierige Reptilien krochen umher, durch die Luft flogen bisweilen scheue Engel. Blutige Fehden zerfleischten die gefiederten Völker. Die karge Natur brachte wenig hervor, jeder Bissen ging etwa hundertmal von Flügel zu Flügel, von Kralle zu Kralle, ehe er in einen Mund gelangte – so lebten sie unzählige Jahre, und nichts änderte sich.

Doch einmal senkten sich Schiffe vom Himmel

herab, und aus ihnen stiegen die Galakten. Erschreckt verbargen sich die Engel in Höhlen und Wäldern. Als sie sich überzeugt hatten, daß die Ankunft der Galakten nichts Böses verhieß, schwangen sie sich in die Lüfte auf und schwebten mit Adlergeschrei über den Ankömmlingen, wobei sie sogleich wieder aneinandergerieten. Die Galakten sperrten die Raufbolde auf den Schiffen ein und verboten die Kriege auf allen Planeten. Allmählich kehrte Ruhe und Frieden auf den Trabanten des Flammenden B ein. In den Jahren, da die Galakten auf ihnen weilten, verwandelte sich das Antlitz des Planetensystems. Die Sternenwanderer zogen Kanäle, versahen die Siedlungen der Geflügelten mit Komfort, gestalteten die Haine in Gärten um, unterwiesen die Engel in Handwerken, vermittelten ihnen die Kunst, steinerne Wohnstätten zu errichten. Die chaotische Wildheit verwandelte sich in eine geordnete Existenz.

Aber die Galakten fühlten sich als Gäste, nicht als Einwohner auf den Planeten des Flammenden B. Unermüdlich beobachteten sie den Himmel, da sie einen Überfall von dorther fürchteten. Und einmal wurden die Engel Zeugen einer kosmischen Schlacht, die zwischen den Galakten und ihren Feinden entbrannt war. Der Himmel wurde zu einem Flammenmeer, das alles verschlang. Die beiden äußeren Planeten des Systems prallten aufeinander und zerschellten. Auf den verbliebenen Planeten waren Gärten, Städte und Kanäle vernichtet. Keine Spur kündete mehr von der Zivilisation, die die Galakten geschaffen hatten. Als viele Monate nach der Schlacht Engel, die Feuer und Hunger überdauert hatten, aus Höhlen an die Oberfläche ihrer Planeten zurückkehrten, bot sich ihnen ein gräßliches Bild der Verwüstung. Auf einen Schlag waren die geflügelten Völker in die ursprüngliche wilde Existenz zurückgeschleudert. Weder die Galakten noch die Verderber, die sie überfallen hatten, waren irgendwo anzutreffen, und nie mehr tauchten weder die einen noch die anderen im System des Flammenden B auf.

Die Große Akademische Maschine kommentierte die Legenden der Geflügelten so: „Vom neunten Planeten des Flammenden B aus wurden Staubwolken entdeckt, die um das zentrale Gestirn kreisen. Die Hypothese, es handle sich um Reste der einstmals vernichteten beiden Planeten, klingt wahrscheinlich. Auf allen Planeten des Systems wurden unter späteren Anlagerungen Spuren von Zerstörungen und Bränden gefunden. Nach irdischer Rechnung sind sie zweihunderttausend bis eine Million Jahre alt.“

Damit endete die von Spychalski übersandte Information. Die Mitglieder des Großen Rates wurden in den Blauen Saal gebeten.

14

Selbst von weitem sah man André an, daß er ungewöhnlichen Gedanken nachhing. Allan und Leonid schlugen vor, auf Wera zu warten; sie ahnten, daß die Beschlüsse des Großen Rates besonders die Kosmonauten betreffen würden. Romero lud uns in die Hängenden Gärten der Semiramis ein. Er schwärmt für antike Exotik.

Die Aviettes trugen uns in die Viertel Mesopotamiens und Ägyptens und setzten uns auf der oberen Terrasse des Turms zu Babylon ab, am Tempel des Marduk mit der goldenen Statue des mißgestalteten Gottes. Wir gingen auf die mittlere Terrasse hinunter, wo sich die Gärten befinden. Sie sind grün und behaglich, und man hat von hier aus einen guten Blick auf die nähere Umgebung der Museumsstadt – die Pyramiden links und die antiken Tempel rechts. Wir setzten uns auf eine Bank an der Balustrade, über uns rauschten Zypressen und Eukalypten, die in der Landschaft der Hauptstadt seltsam wirken. Auf der Insel jedoch ist das Seltsame alltäglich.

„Ich behaupte, daß unsere Ähnlichkeit mit den Galakten nicht zufällig ist“, erklärte André. „Irgendwie sind wir mit ihnen verwandt. Und sie waren früher als wir zivilisiert.“

„Die Maschinentechnik der Galakten ist hinter unserer zurück“, bemerkte Olga.

„Zweihunderttausend oder sogar eine Million Jahre. Wie sie jetzt ist, wissen wir nicht. Damals war sie bereits so fortgeschritten, daß die beschränkten Engel meinen mußten, die Galakten seien Götter.“

„Götter, die durch die Welt gejagt werden, zudem noch sterbliche“, sagte ich giftig.

„Ja, Götter, die gejagt werden!“ schrie er. „Jedenfalls figurieren sie so in den abergläubischen Vorstellungen primitiver Völker. Für mich sind die Galakten genau solche Wesen wie wir. Wir sollten sie suchen und ihnen ein Bündnis anbieten. Die Natur selbst hat uns zur Zusammenarbeit geschaffen, jedenfalls wäre diese Zusammenarbeit natürlicher als die geplante Freundschaft mit den Aldebaranen. Und wenn sich die Galakten immer noch im Kampf gegen ihre Feinde aufreiben, dann sind wir verpflichtet, ihnen zu Hilfe zu eilen!"

„Der Mensch hilft den in Bedrängnis geratenen Göttern – ein Schauspiel für Götter!" formulierte ich.

Romero mischte sich in den Streit. Die Bilder, die im Orangefarbenen Saal gezeigt worden waren, hatten ihn erschüttert. Man sah es ihm an.

„Ihr zankt euch wegen Lappalien", sagte er. „Ob wir mit den Galakten verwandt sind oder ob wir uns unabhängig von ihnen entwickelt haben, ist unerheblich. Wichtig ist eins: Irgendwo im Universum toben Vernichtungskriege, und sie gehen uns unbedingt etwas an, da wir uns anschicken, in die galaktischen Weiten hinauszutreten. Ich meine, der Menschheit droht Gefahr. Wenn die Feinde der Galakten schon vor einer Million Jahren in der Lage waren, interastrale Räume zu überwinden und Planeten aufeinanderzustoßen, wie mag sich dann seitdem ihre Vernichtungstechnik vervollkommnet haben? Es ist durchaus möglich, daß die Galakten von ihren Feinden längst vernichtet wurden und die Suche nach unseren Sternenbrüdern, worauf André besteht, nur dazu führt, daß die Menschheit mit den grausamen Zerstörern zusammenprallt und ihrerseits vernichtet wird. Was wissen wir denn über die Galaxis, ihr blinden Leute? Begreift doch! Wir sind ja gerade erst über die Umfriedung unse-

5–52

res irdischen Häuschens hinausgekrochen, um uns ist aber die riesige, unbekannte Welt mit ihren Überraschungen!"

Romeros unheildrohende Rede war eindrucksvoll. Der leidenschaftliche Ton seiner Weissagungen war nicht von der Hand zu weisen. Aber Propheten sind durch die Bank leidenschaftlich, besonders diejenigen, die den Untergang predigen – ausgeglichenen Propheten würde niemand zuhören. Und sie wirken eher auf das Gefühl als auf den Verstand. Ich riet ihm, sich zu beruhigen und uns nicht zu schrecken. An jenem Tage ahnte ich nicht, welch ein Umschwung sich in Romero vollzog.

Romero wurde ruhiger. „Ich will mit Ihnen nicht streiten", sagte er zu mir. „Für Sie ist jeder ernsthafte Gedanke zunächst nur ein Grund zum Zähnefletschen. Auch mit André will ich mich nicht zanken, er forscht in allem Unbekannten nach Material für erstaunliche Hypothesen. Ich denke, nicht an Sie muß ich mich wenden, sondern an die ganze Menschheit, um sie zu warnen."

„Wir sind ein Teil der Menschheit", sagte Leonid. „Und unsere Meinung ist nicht ohne Gewicht."

Romeros Weissagungen gefielen ihm ebensowenig wie mir. Doch in eine Diskussion ließ sich Leonid nicht ein. Zwischen Dingen weiß er sich besser zu orientieren als zwischen Gedanken.

Dann kam Wera geflogen. Sie war erregt und unzufrieden. „Wir haben wichtige Beschlüsse gefaßt", sagte sie. „Der Große Rat ist der Meinung, daß wir an einem Wendepunkt in der Geschichte der Menschheit stehen und sich jeder unvorsichtige Schritt als ein verhängnisvoller Fehler erweisen kann. Das bedeutet nicht, daß wir die Hände in den Schoß legen sollen. Vorsicht und Kühnheit heißt ab heute die Devise. In den nächsten Jahren, vielleicht sogar schon in den nächsten Monaten müssen wir unsere Sternenpolitik für die Zukunft der Menschheit entwerfen."

Wir wollten wissen, welche Beschlüsse gefaßt worden waren. Wera belächelte unsere Ungeduld. Sie war derart gründlich, daß sie niemals mit dem Ende anfing. Ich wunderte mich immer wieder, wie seltsam in ihr Pedanterie mit Ungestüm, Gewissenhaftigkeit mit Leidenschaft verknüpft waren.

„Ich muß euch gratulieren, Freunde", sagte sie zu André und Romero. „Die Große hat uns unaufhörlich über wichtige Gedanken informiert, die den Menschen gekommen sind. Darunter war auch Ihrer, André, mit den Galakten zusammenzuarbeiten und ihnen zu helfen, und deiner ebenfalls, Pawel, der auf die in den unbekannten Galaxisbezirken lauernden Gefahren verweist. Ich rate aber, nicht stolz zu sein, denn ähnliche Gedanken hatten Tausende."

Sie kam auf die Beschlüsse des Rates zu sprechen: Die Sternenkonferenz auf der Ora war bestätigt. Gründlich sollte erforscht werden, ob es möglich sei, ein interastrales Bündnis der vernunftbegabten Wesen unseres Galaxiswinkels zu schließen. Eine neue Aufgabe war gestellt: ausführliche Nachrichten über die Galakten und die Zerstörer einzuholen. Die Menschheit mußte auf Überraschungen gut vorbereitet sein. Der Rat empfahl, eine Große Galaktische Flotte aufzubauen.

„Ihre Idee, Schiffe zu bauen, die zehnmal leistungsfähiger sind als die heutigen, ist angenommen worden", sagte Wera zu Olga. „Aber wir werden nicht nur zwei Versuchsexemplare herstellen, wie Sie vorgeschlagen haben, sondern eine Serie von hundert Schiffen. Und noch etwas Angenehmes für Sie: Das Kommando über das erste galaktische Geschwader wird Ihnen übertragen. Auch du darfst dich freuen, Bruder", sagte sie zu mir. „Es ist technisch unmöglich, die gigantischen galaktischen Kreuzer auf der Erde zu bauen. Deshalb wurde beschlossen, einen Planeten in eine spezialisierte kosmische Werft umzuwandeln. Die Wahl ist auf den Pluto gefallen. Der Merkur wird sich auf die Herstellung von Aktivstoffen für die Tanew-Annihilatoren spezialisieren. Das sind die wichtigsten Empfehlungen des Rates. Wenn die Menschheit sie bestätigt, werden sie Gesetz."

Ich freute mich tatsächlich, und ich war stolz auf den Pluto. Allan und Leonid erkundigten sich, wann wir zur Ora fliegen würden. Wera antwortete, die Vorbereitung der Expedition erfordere noch einen Monat, doch die Kapitäne der Sternenpflüge würden eher zum Pluto reisen.

15

Wera, Romero und ich verließen die Erde am 15. August 563 der neuen Ära in der letzten Gruppe. Bevor wir den interplanetaren Expreß bestiegen, unternahmen wir einen Flug über der Erde. Sie war schön. Ich versank in ihrem und der Sonne Anblick. Wir verabschiedeten uns für lange von ihnen.

Im Salon des Planetenflugzeugs vergaß ich rasch die Erde. In Gedanken ging ich schon auf dem Pluto spazieren.

Nichts ist langweiliger als die interplanetaren Linienschiffe, diese altertümlichen Raketenkutschen mit ihrer Photonenzugkraft. Selbst ihr Äußeres – sie gleichen langen, häßlichen Zigarren – hat sich seit dreihundert Jahren nicht verändert. Ihr Tempo ist geradezu prähistorisch – zum Mond brauchen sie fünf Minuten, zum Mars vierundzwanzig Stunden, für einen Flug zum Pluto gar eine Woche. Keiner dieser „Expresse" ist imstande, sich schneller als vierzigtausend Kilometer in der Sekunde fortzubewegen. Und die Gravitatoren funktionieren nicht in jedem Expreß einwandfrei, manchmal spürt man die Schwere zunehmen. Nur die Schwerelosigkeit überwinden sie mühelos, aber es wäre lächerlich, würden sie vor einer so kinderleichten Aufgabe passen.

16

Jenseits des Uranus holen die Expresse auf, sogar unser Rumpelkasten schaffte ein Zehntel der Lichtgeschwindigkeit. Der Pluto funkelte in den Bullaugen, wuchs aus einer Erbse zu einem Apfel. Rings um ihn flammten die winzigen künstlichen Sonnen auf, an seinen Polen erhoben sich Dunstprotuberanzen – die Werke für Wasserdampf und synthetische Atmosphäre arbeiteten seit kurzem mit voller Leistung und lieferten stündlich zehn Millionen Tonnen Wasser und zwei Milliarden Tonnen Stickstoff-Sauerstoff-Gemisch.

„Das Wasser reicht bisher noch nicht aus, aber die Atmosphäre ist bereits der irdischen vergleichbar, es atmet sich dort wie bei uns im Gebirge“, sagte ich.

„Das Interessanteste auf dem Pluto sind die Luftwerke“, sagte Wera. „Von ihrer Arbeit hängt jetzt ab, ob es uns gelingt, den Pluto in ein galaktisches Werk umzubauen.“

Als wir uns dem Pluto näherten, fragte Wera, was für gigantische Blöcke über dem Planeten kreisten. Es waren neun, ein Block ragte wie ein Berg zwischen Hügeln hervor.

Ich sagte feierlich, wie es sich für solch einen Augenblick gehört: „Das ist der Stützpunkt der Sternenpflüge. Jener riesige ist die ‚Raumfresser‘, das Flaggschiff der galaktischen Flotte. Hier verabschieden wir uns endlich von den Photonenraketen.“

17

Eine galaktische Expedition vorzubereiten ist in jedem Falle schwierig, unsere trug zudem noch besonderen Charakter – für sie wurden ungeahnte Reserven von Aktivstoff benötigt, der die Rolle eines Zünders bei der explosiven Umwandlung von Masse in Raum spielt. Aktivstoff wird vom Merkur geholt. Die Sternenflugzeuge kreisten über dem Pluto und warteten auf den letzten Transport.

Wera besichtigte den Planeten, und ich begleitete

sie. Der Beschluß des Großen Rates, den Pluto zu einem galaktischen Werk auszubauen, war durch Jahre intensiver Arbeit auf diesem Planeten vorbereitet worden. Von allen Sonnenplaneten ist der Pluto am meisten auf Arbeit eingestellt, und bislang ist er der einzige moderne interastrale Hafen. Zu langen Reisen starteten die Schiffe einstmals vom Mars, sogar von der Erde, dann sahen die Leute ein, daß Handwerkelei bei der Erschließung des Kosmos unzulässig sei. Alle Ressourcen der Menschheit wurden aufgeboten, um die Ora zu schaffen.

Zuerst besuchten wir eins der Atmosphärenwerke. Die Anlage rückte in einer Breite von etwa zwei und einer Länge von rund zehn Kilometern über die Oberfläche des Planeten vor und schnitt dabei eine Bodenschicht ab. Als wir am Werk eintrafen, hatte die Schneidewand einen Granithügel erreicht. Vor unseren Augen sank der Hügel zusammen, er schmolz wie in Feuer dahin. Bald war keine Spur mehr von ihm übrig, und das Werk kroch weiter. Auf der verlassenen Stelle breitete sich eine schwarze Schicht künstlichen Bodens, der gedüngt und mit Pflanzen- und Blumensamen versehen war. Über dem Werk tosten Winde – Tausende Tonnen produzierter Luft wurden jede Sekunde in die Atmosphäre gejagt. Ich hielt Wera in möglichst großem Abstand von den Wirbelstürmen, dennoch wurde ihr der Hut vom Kopf gerissen. Beinahe wäre ein Unglück geschehen. Romero stürzte dem Hut nach, wurde von den Luftströmen zu Boden geworfen, und wir mußten ihm zu Hilfe eilen. Leonid und ich klammerten uns an Pawel, Allan

kam gerannt, um uns zu unterstützen. Zu dritt zogen wir Romero von dem tobenden Luftabgrund fort, in den er um ein Haar geraten wäre.

„Wenn ihr nicht gewesen wäret, würde ich schon unter den Wolken fliegen“, sagte er. Sein Gesicht war bleich.

„Ich meine, Sie wären zu Sauerstoff und Stickstoff verarbeitet worden“, versetzte ich. „Und fünf Minuten später hätten wir Sie eingeatmet, Pawel.“

„Wie wir wahrscheinlich jetzt meinen Hut atmen“, bemerkte Wera. „Warum gibt es keinen Zaun um das Werk?“

„Hier ist sonst niemand“, erklärte ich. „Die dreitausend automatischen Werke sind in Wüstengegenden aufgestellt worden. Und Exkursionen von der Erde zum Pluto sind nicht erlaubt.“

„Und werden nicht erlaubt, solange ihr nicht mit der Montage eurer Staatsmaschine für zehn Millionen Beschützerinnen fertig seid“, bestätigte Wera. „Ein Unglück wie dieses, das Pawel beinahe zugestoßen wäre, ist auf der Erde längst undenkbar.“

Es ist verständlich, daß ich ihr nicht auf die Nase band, wie wir so manches Mal in unseren Aviettes nahe den Werken gekurvt waren, um gegen die künstlichen Stürme anzukämpfen. Dafür machte ich Wera auf das Grün aufmerksam, das den Planetenboden bedeckte.

„Vorläufig haben wir nur Gras und Blumen, bald werden bei uns wie auf der Erde richtige Wälder rauschen.“

„Schmackhaftes Grünzeug“, unterstützte mich Lussin.

„Hast du es denn probiert?“ fragte Allan. Ausgelassen schlug er sich auf die Schenkel. „Brüder, Lussin ißt Gras! Soweit ist er mit seinen synthetischen Viechern gekommen, daß er sich auf ihre Nahrung umgestellt hat.“

„Nicht ich. Der Drachen. Die Pegasusse. Es schmeckt ihnen wie auf Erden.“

Die Ebene wurde von drei Arbeitssonnen beschienen. Die eine stand im Zenit, die zweite ging unter, die dritte ging auf. Ich erklärte, daß es auf dem Pluto sieben Sonnen gebe, jede sei nicht sehr hoch aufgelassen worden und erfasse mit ihren Strahlen nur einen kleinen Teil des Planeten. „Die blauviolette, die jetzt untergeht, ist neu. Im Zenit steht gerade die hellgelbe, sie wurde vor fünfzig Jahren angefertigt. Die ersten Kolonisten auf dem Pluto arbeiteten unter dem Schein dieser einen Sonne, damals schwebte sie unbeweglich über der nördlichen Halbkugel, und nur der von ihr erhellte Abschnitt war lebenstauglich. Als die dritte Sonne aufgelassen war, wurde auch diese erste in den allgemeinen Kreislaufplan einbezogen. Heute ist es so: Die vier heißen Gestirne erzeugen einen warmen Tag von sechzehn Stunden Dauer, die zwei roten halten während der sechsstündigen Nacht eine gemäßigte Temperatur, und die orangefarbene Sonne bildet den Übergang vom Tag zur Nacht.“

Sie ging gerade auf, doch ich verlor kein Wort mehr über sie. Sollte sie für sich selber sprechen. Die ferne irdische Sonne war ebenfalls zu sehen, aber sie war so winzig, erbsgroß nur, daß sie sich neben den künstlichen verlor. Um die Freunde von dem aufsteigenden orangefarbenen Gestirn abzulenken, begann ich von der Wärmebilanz des Pluto zu sprechen. Die künstlichen Gestirne erwärmen nur die Oberfläche. Das Planeteninnere muß entzündet, analog dem irdischen muß ein schmelzflüssiger Kern geschaffen werden, damit sich der Boden von innen her erwärmt und es möglich wird, die roten Nachtsonnen durch einige kalte Monde zu ersetzen.

Die Felsen und die kleinen Täler, das junge Grün und die Gebäude waren von orangenem Leuchten überzogen. Das Leuchten war so hell und tief, als brächte inneres Feuer die Dinge zum Glühen. Und über allem wölbte sich der gelbbraune Himmel, der ebenfalls zu eigenem Leuchten erhitzt zu sein schien. Er wirkte niedrig, fast greifbar und nicht so leer wie auf der Erde.

Wera sagte: „Ein rauher, starker Planet. Das Leben hier ist bisher wenig kultiviert, aber von Schöpfergeist durchdrungen. Ich freue mich, daß gerade er für die neuen großen Arbeiten ausgewählt wurde."

18

Ich hatte keine Ahnung, worin die Funktion eines Sekretärs bestehe, aber auch ohne die rätselhaften Sekretärsgeschäfte brauchte ich mich nicht dem Müßiggang zu ergeben. Gründlich studierte ich das Innere der Sternenpflüge, weilte in den Lagerhallen, wo Millionen Tonnen Vorräte lagerten, in den Betrieben, die jedes beliebige Erzeugnis herstellten, auf den Straßen der Wohnstadt und auch im Herzen der Schiffe – den Abteilungen mit den Tanew-Annihilatoren, den ungewöhnlichsten Werken der Welt, Werken, die Materie aus leerem Raum und leeren Raum aus Materie produzieren. Wenn solch ein Werk zu arbeiten beginnt, ballt sich der Kosmos viele Lichtjahre, Trillionen Kilometer weit zusammen oder zerstiebt. Ich führe nur eine Zahl an, die mir den Atem verschlägt: Die Kapazität der Tanew-Annihilatoren erzielt im kleinsten der Sternenpflüge zwei Millionen Albert, in der „Raumfresser" über fünf Millionen! Sämtliche Elektrizitätswerke der Erde Ende des zwanzigsten Jahrhunderts der alten Ära erzeugten keine drei Milliarden Kilowatt, das heißt, keine drei Albert. Jedes beliebige Sternenflugzeug trägt eine Million Mal mehr Energie in sich, als die gesamte Menschheit im Jahr des allgemeinen Triumphs des Kommunismus zur Verfügung hatte. Und diese riesige Kapazität kann vollständig in Überlichtgeschwindigkeit umgewandelt werden, kann bis zum letzten Gramm für die Fahrt-Annihilatoren tätig werden. Doch wenn sich vor einem Schiff plötzlich ein unvorhergesehenes Hindernis erhebt, treten sofort andere Annihilatoren in Aktion, und in dem alten Kosmos breitet sich neue Leere anstelle des eingeäscherten Hindernisses aus. Es existierten noch keine Mechanismen, die so furchtgebietend geschützt waren wie unsere galaktischen Schiffe – den Eindruck hatte ich damals.

Vor Olga hielt ich mit meiner Begeisterung nicht zurück. Sie blickte mich befremdet an. „Du läßt dich hinreißen, Eli. Die Sternenflugzeuge haben zwar kein geringes Leistungsvermögen, aber es reicht nicht aus, um tief in die Galaxis einzudringen. Außerdem wissen wir nicht, wer uns in Zukunft erwartet – Freund oder Feind. Sollte es sich um einen Feind handeln – wie ist er ausgerüstet? Ich nehme an, daß die Technik der geheimnisvollen Zerstörer besser ist als unsere."

Mit Olga kann man rechnen, nicht reden. Ein kybernetischer Roboter wäre ihr ein willkommener Gesprächspartner.

„Die Große Akademische Maschine projektiert jetzt Schiffe zu dreihundert Millionen Albert", fuhr sie fort. „Auf solch einem Schiff würde ich mich sicherer fühlen. Leider sind sie so bald noch nicht einsatzbereit."

19

Wir lebten den dritten Tag auf dem Schiff, und Jeanne war bei uns. Nach altem Brauch sollte die Abschiedszeremonie auf dem Planeten vollzogen werden. Mittags flogen von den Schiffen Raketen mit den Abreisenden und denen, die ihnen das Geleit gaben, zurück zum Pluto. Ich war mit Romero zusammen. Er versäumte keine Gelegenheit, um sich an Altem zu erfreuen, und ich wollte noch einmal die Steine des Planeten unter den Füßen haben. Wir landeten im Hafen, als die orangefarbene Sonne hervorgerollt kam. Romero nannte das ein gutes Vorzeichen, obwohl von vornherein klar gewesen war, daß wir bei Dienstantritt der siebenten Sonne anlangen würden. Rund achthundert Menschen sollten zur Ora fliegen, kaum weniger waren erschienen, um sie zu verabschieden.

Der Mensch ist seltsam beschaffen. Ich wünschte nichts sehnlicher, als zur Ora zu fliegen. Aber ich wurde traurig, als ich durchs Raketenfenster auf den sich entfernenden Pluto blickte. Wir dürsten nach Neuem und fürchten das Alte zu verlieren. Zwei Gegenstände lassen sich mit einer Hand nicht greifen, mit einem Fuß tritt man nicht auf zwei Stellen, doch wenn man ein bißchen kratzt, dann erweist es sich, daß wir immer dies erstreben – rühren die Abschiedszeremonien mit ihren Umarmungen, mit ihren Tränen und ihrer Wehmut nicht daher? Bei dem Gedanken, daß jemand anders meinen Platz auf dem Pluto einnehmen und die achte, die schönste der Sonnen ohne mich geschaffen werden würde, war ich bekümmert. Hol's der Teufel, wie man in alten Zeiten sagte, warum sind wir nicht allgegenwärtig? Was hindert uns, allgegenwärtig zu werden? Der niedrige Stand der Technik oder nur die Tatsache, daß wir über dieses Problem noch nicht nachgedacht haben? Warum ist jeder von uns ein einziger? Lussin erzeugt neue Tiere, indem er auf die Nukleinsäuren der Keime einwirkt; wäre es da so schwierig, sich in fünf oder sechs gleichen Exemplaren zu etablieren? Zwei Wera, acht Romero, drei André – einer konstruiert neue Dechiffriergeräte, der zweite liebt seine Jeanne, der dritte bricht zu den Galakten auf! Verreisen, aber sich dalassen, gleichzeitig anwesend und fort sein, ja, das wäre großartig!

„Sie phantasieren Undenkbares“, sagte Romero.

Ich kam zu mir. „Andrés Abschied hat mich auf den Gedanken gebracht, daß wir unser Leben bei weitem noch nicht so eingerichtet haben, wie wir allenthalben prahlen.“

„Die Möglichkeiten werden stets von den Wünschen überflügelt, nicht umsonst beklagt sich André, die Hälfte seiner Bedürfnisse bleibe unbefriedigt – er verwechselt, um es scharf auszudrücken, Wünsche und Bedürfnisse. Er verabschiedet sich übrigens immer noch, schauen Sie mal.“

André starrte durchs Fenster. Der Planet wurde kleiner, drei Sonnen rollten über ihn hin, von fern wirkten sie heller, als sie wirklich waren.

Ich wandte dem Pluto den Rücken. Vorn wuchs die „Raumfresser“ auf, die einer riesigen Linse glich, weiter weg schwebten, Abstand haltend, die übrigen galaktischen Schiffe. Nur aus der Ferne vermag man diese Kolosse mit einem Blick zu umfassen. Der irdische Mond ist größer als ein Sternenflugzeug. Doch die Hauptstadt mit ihren fünfzehn Millionen Einwohnern wäre durchaus in einem Schiffsleib unterzubringen.

Am Sternenflugzeug öffnete sich der Kosmodromtunnel, und die Rakete setzte zur Landung an.

20

Am zweiten Tag unseres Fluges begab ich mich zum Kommandeursaal, von dem aus die Bewegungen des Sternenflugzeugs gelenkt wurden.

Passagieren war der Eintritt verboten, für mich hatte Olga eine Ausnahme gemacht.

„Morgen um zwölf gehen wir von der Photonentriebkraft zur Raumannihilation über“, hatte sie bald nach dem Abflug gesagt. „Komm um acht zum Saaleingang.“

Zwei Minuten vor acht näherte ich mich der ersehnten Tür. Niemand empfing mich, ich klopfte – keine Antwort. In der letzten Sekunde der achten Stunde flog die Tür auf, und ich wurde mit großer Kraft in die Dunkelheit hineingesaugt. Ich schrie auf. Sogleich spürte ich, daß ich bequem in einem Sessel saß. Gemeinhin beugt man sich, um sich zu setzen, hier wählten die Feldlinien die beste Stellung für mich. Das fand ich später heraus, in diesem Augenblick jedoch wurde ich erneut von Entsetzen gepackt. Mir war, als sei ich in die Unermeßlichkeit des Kosmos hinausgeschleudert worden – Sterne waren über mir und unter mir, rechts und links, vor und hinter mir! Ich vernahm Olgas ruhige Stimme: „Hast du gestöhnt, Eli?“

Ich strengte mich an, damit meine Stimme nicht zitterte. „Vor Begeisterung. Niemals habe ich mich so wohl gefühlt. Erzähle doch, was das hier alles ist!“

Olga erklärte, daß es im Saal weder unten noch oben gebe, alle Richtungen seien gleichberechtigt. Kaltblütig schwenkte sie sich sogleich mit dem Kopf nach unten. Ich folgte ihrem Beispiel, und der Himmelsteil, der unter mir gewesen war, stand jetzt über mir. Alles vollzog sich so, als hätten oben und unten die Plätze getauscht – nach wie vor haftete mein Körper fest am Sessel.

„Wir könnten die Himmelssphäre verschieben“,

bemerkte Olga. „Aber dann wäre das Bild für alle Beobachter gleich. Bei uns sucht jeder seinen Himmelsabschnitt ab, ohne die anderen zu stören. Das Kraftfeld erzeugt ja in jeder Lage die Empfindung, als wäre der Kopf oben."

„Wie ist die Flugrichtung zu erkennen? Hier ist es dunkel, und ringsum sind Sterne."

„Du brauchst nur zu wünschen, dann bist du im Bilde."

Mein Sessel beschrieb eine halbe Umdrehung. Nun leuchtete das Sternbild Stier vor mir, wild funkelte ein Ochsenauge – der Aldebaran; trügerisch, an der Grenze der Sichtbarkeit, leuchteten die Hyaden. Weiter abseits, einem strahlenden Wollknäuel ähnlich, glänzten die Plejaden. Bisher fand ich die Sternbilder nicht verändert. Ich suchte den Großen Bären – er war, wie ich ihn tausendmal gesehen hatte.

Olga lachte. „Du bist ungeduldig. Wir fliegen noch keine vierundzwanzig Stunden und benutzen Photonentriebkraft. Vom Pluto trennen uns ungefähr zehn Milliarden Kilometer. Das reicht nicht aus, um die Sternbilder verändert zu finden."

Ich erkundigte mich, wie die Geschwindigkeit des Schiffes gemessen werde. Oshima antwortete mir. Inzwischen hatte ich eine infrarote Konverterbrille aufgesetzt. Sie ist für kurze Entfernungen konstruiert und beim Beobachten ferner Gegenstände, die gewöhnliches Licht ausstrahlen, nicht hinderlich – ich erkannte Oshima neben mir, und auf der Sphäre gewahrte ich dieselben Sterne.

Die Geschwindigkeit des Sternenflugzeugs wurde nach der Parallaxe der hellen Sterne, bezogen auf

6–52

die kugelförmigen Sternhaufen an den Grenzen der Galaxis, bestimmt. In der Dunkelheit flammten geisterhaft zwei Skalen auf. Die eine zeigte die Geschwindigkeiten an, die kleiner waren als die des Lichts, die andere diejenigen, die darüber lagen. Die erste funktionierte bei Photonentriebkraft, die andere, wenn die Tanew-Annihilatoren eingeschaltet wurden. Auf der ersten Skala schwankte ein Lichtfleck – wir flogen mit einem Drittel der Lichtgeschwindigkeit.

Ich drehte mich zurück, um mir die anderen Sternenflugzeuge anzuschauen, doch ich entdeckte nicht einmal Punkte. Olga zeigte mir, wie das Fernglas zu handhaben war. Nun sah ich alle acht Schiffe, die uns in einem Abstand von etwa hundert Millionen Kilometern fächerförmig folgten. Das war die Sicherheitsdistanz. Würden sie näher beieinander fliegen, wären sie im Manövrieren behindert.

„Wenn wir in den Überlichtbereich tauchen, sehen wir sie nicht mehr", sagte Olga. „Dann gibt es nur ein Mittel, den Flug zu koordinieren – den Flugplan vorher zu berechnen."

„Fliegen, ohne einander zu sehen, ohne imstande zu sein, eine notwendige Information zu übermitteln! Blind und taub!"

„Was willst du machen, Eli? Wir sind Hunderte Mal schneller als das Licht, und ein anderes natürliches Verbindungsagens, das sich so schnell wie unsere Schiffe fortbewegt, kennen wir nicht."

Oshimas verschleierte Stimme drang an mein Ohr. „In einer Minute nehmen die Raumannihilatoren die Arbeit auf."

Der Übergang vollzog sich unmerklich: keine Stöße, kein Gepolter, keine Explosionen, keine Überlastungen. Das Blut stürzte mir nicht ins Gesicht, in den Ohren vernahm ich kein Sausen. Die „Raumfresser“ flog nicht mehr im Raum, sondern sie vernichtete ihn vor sich. Im Saal hatte sich nichts verändert. Zwar waren die Sterne vorn wie von einem Nebelschleier verhüllt worden, aber auch das dauerte nicht lange.

„Dreh dich zurück“, riet Olga. „Dort wirst du bald Neues entdecken.“

Hinter uns fand ich nichts Verblüffendes. Ich war auf große visuelle Effekte aus, doch gerade sie waren nicht zu beobachten. Dann bemerkte ich hinter dem Schiff dichte Dunstschwaden. Alle Sterne wirkten dadurch trüb und rötlich. Das war der neue Stoff, der von unserem Sternenflugzeug erzeugt wurde. Kosmische Leere, die von den Tanew-Annihilatoren verbrannt wird, gewinnt stoffliche Form, wird zur Staubwolke. Auf dem zweiten Parallaxometer war der flimmernde Lichtfleck über zwanzig Lichteinheiten hinaus – so ungestüm fraßen die Annihilatoren den Raum. Bald darauf glitt der Lichtfleck auf dem ersten Parallaxometer auf Null, und das Gerät erlosch in der Dunkelheit. Nun bewegten wir uns allein mittels Raumvernichtung vorwärts. Auch wir wurden unsichtbar für die anderen Sternenflugzeuge. Wir sind in die Unsichtbarkeit gesprungen, dachte ich.

Der Lichtfleck am Parallaxometer erreichte die Zahl Fünfzig. Obwohl ich keine Veränderungen in mir, an den Gegenständen ringsum oder in der Sternenwelt wahrnahm, in der wir irrsinnig schnell dahinjagten, wurde mir beklommen zumute, da ich mir vorstellte, was geschah. Zum erstenmal bewegte ich mich so schnell.

Ich fragte: „Wie hoch wird sich die Geschwindigkeit noch steigern?“

„Sie steigert sich unaufhörlich“, erklärte Oshima. „Heute begnügen wir uns mit hundert Einheiten, später klettern wir bis zweihundert.“

Olga ergänzte: „Bis zur Ora sind es sechzig Lichtjahre. Uns ist vorgeschrieben, in drei Monaten dorthin zu gelangen. Wir müssen uns beeilen, Eli.“

Ich hob den Vervielfacher und senkte ihn. Der Staubnebel hinter uns wurde dichter. Fünf, sechs Flüge einer solchen Armada von Sternenflugzeugen, überlegte ich, und aus der Galaxis wird ein tüchtiges Stück Raum herausgerissen, dafür bildet sich ein neuer kosmischer Körper – eine Staubwolke, „geschaffen aus dem Nichts“, wie unsere Vorfahren gesagt hätten. Es war nicht verwunderlich, daß in der Umgebung des Sonnensystems die Benutzung von Tanew-Annihilatoren verboten war.

Manchmal hatte ich den Eindruck, als kämen die Sterne näher – sie leuchteten heller, wurden größer. Dann sagte ich mir, daß wir selbst bei einer so ungeheuren Geschwindigkeit innerhalb weniger Stunden nicht weit kommen konnten. Im Kosmos sind die Maßstäbe relativer als im Alltagsleben. Das Grandiose ist hier bescheiden.

21

Am achtundvierzigsten Tag unserer Reise sichteten wir die Ora. Der berühmte künstliche Planet bot sich im Vervielfacher als ein winziger Fleck dar. Ein Tag nach dem anderen verstrich, doch er wurde nicht größer. So würde es bis zum Schluß unseres Fluges sein. Die Ora würde plötzlich groß werden, vorerst blieb sie ein Pünktchen im Raum. Dafür nahm der Aldebaran im Vervielfacher fast den halben Himmel ein. Von nah ist er nicht so schön wie aus der Ferne – eine einfache Sonne, nichts Besonderes. Er blieb seitlich zurück.

Die sich verändernden Sternbilder lieferten uns den einzigen wahrnehmbaren Beweis, daß wir uns fortbewegten. Die Sternenwelt wurde unbekannt, und ihre Fremdheit nahm ständig zu. Nach dem Sirius setzte sich die feierlich-kalte Wega in Bewegung, sie verließ das Sternbild Lyra und strebte dem Schlangenträger und dem Skorpion zu. Dann begann sich alles stürmisch zu vermengen, manche Sterne verschwanden, andere traten hervor, riesig leuchtete die Kapella auf, deutlicher zeichneten sich die Hyaden ab, heller flammte der Aldebaran – wir jagten in ihre Richtung. Nur die Plejaden, ein kleiner Nebelfleck, ein strahlendes Wollknäuel, vergrößerten sich nicht, sie waren so fern, daß sich unsere Bewegung auf sie nicht auswirkte. Die Milchstraße aber, der gigantische Sternenfluß des Alls, der an seine Ufer brandende Weltenstrom, veränderte sich überhaupt nicht. Jahrelang könnten wir vielfach schneller als das Licht dahinjagen – er würde, grandios und unzugänglich, immer derselbe bleiben.

Bald kündigte sich in dem Raum um die Ora Leben an. Wir näherten uns einem Knotenpunkt im Kosmos, einer Kreuzung von großen galaktischen Straßen. Olga schaltete die Tanew-Annihilatoren aus, wir benutzten nun wieder die Photonen.

Und dann begann die Ora zu wachsen, aus einem Punkt verwandelte sie sich in eine Erbse, aus einer Erbse wuchs sie zur Apfelsine. Zuerst schwebten die kleinen Schiffe zur Ora hinab, die „Raumfresser" beschloß das Geschwader. Von den Kraftfeldern des Planeten erfaßt, bewegten sich die Sternenflugzeuge nacheinander zu den vorgeschriebenen Plätzen. Das Landen ist nirgends so kompliziert wie auf der Ora, weil die Sternenflugzeuge unmittelbar auf die Oberfläche niedergehen.

Das Anlegefeld preßte uns wie mit Zangen zusammen. Unser gigantisches Schiff wurde auf den Planeten gesaugt.

Das Kosmodrom für die großen Schiffe erinnerte an ein Gebirge – ringsum ragten die Sternenflugzeuge, die vor uns gelandet waren. Die „Raumfresser" schaukelte ein wenig im Anlegefeld, während sie sich langsam ihrem Platz näherte. Wir schlugen einen Bogen um die unbewegliche künstliche Sonne – sie hatte ihre Sphäre abgeblendet, damit wir ihren Strahlen nicht zu nahe kamen. Vor uns erstreckte sich, so weit das Auge reichte, die Oberfläche des künstlichen Planeten – das imposanteste der von menschlichem Geist und menschlicher Hand geschaffenen Wunder!

Das Schiff erstarb, nachdem es auf dem Bremsfeld fest aufgesetzt hatte, und seinem Tor näherte sich geschwind ein halb durchsichtiges Fallreep aus Kraftlinien. Unsichtbare Hände schleuderten uns energisch auseinander, ein paar Sekunden hingen wir in der Luft, als hätte man uns beim Schlafittchen gepackt, dann ließ man uns sanft hinunter.

22

Wir waren auf der Ora! Als Kinder träumten wir von ihr. Jetzt, im Jahr 563, wären wir imstande gewesen, grandiosere Anlagen zu errichten.

Unsere Urgroßväter hatten sie ersonnen, unsere Väter erbaut. Sie war die erste große kosmische Neubildung. Hundertvier Jahre hatte die Menschheit in Gedanken an sie gelebt, für sie gearbeitet, von ihr geträumt und gesungen, und fast die Hälfte dieses Jahrhunderts war erforderlich gewesen, sie zu planen. Planeten, kugelförmige oder formlose, hat die Welt auch ohne die Ora genug. Doch nur wenige eignen sich für Leben, und auf diesen entwikkelt sich nur das spezielle Leben, das von den jeweiligen Bedingungen begünstigt wird. Die Ora ist als größtes galaktisches Hotel gedacht, als Ort, der für alle Lebensformen taugt – sie ist vielgestaltig wie das Leben. Kein natürlicher Planet, wie gut er auch ausgestattet wäre, würde diesem Ziel genügen. Die Ora ist ein Mechanismus, der die Ausmaße eines Planeten angenommen hat. Man hatte sie deshalb so weit von der Erde plaziert, weil sie unseren Sternennachbarn möglichst nahe sein sollte. Die Ora ist im geometrischen Zentrum, im Mittelpunkt unseres Sternenbezirks errichtet worden.

Die Ora ist auch der erste Himmelskörper in der Geschichte der Menschheit, der aus Leere geschaffen wurde, aus dem Nichts, gebraucht man die Terminologie der Alten. Viele Jahre lang zerschnitt und verdichtete eine Flottille von Sternenpflügen den Raum in diesem Weltallbereich, und der kosmische Staub ballte sich zwischen dem Stier und den Hyaden zu einem neuen Staubnebel. Da wurde wahrhaftig Staub aufgewirbelt! Der Staub wurde gefestigt, zu Metallen und Mineralien, zu Gasen und Wasser formiert, von den Werkschlünden der Schiffe aufgesaugt und als fertiges Material ausgestoßen – Ebenen breiteten sich, Hügel wuchsen auf, Gebäude wurden gefügt.

Auch der Form nach ist die Ora ungewöhnlich. Die Konstrukteure verzichteten auf die Kugelform, da eine Kugel viel Überflüssiges an sich hat – praktisch wird nur ihre Oberfläche genutzt. Im Herstellungsprozeß war sie zunächst eine Kugel, die aber wie Teig ausgerollt und als gigantische Platte im Kosmos hingebreitet wurde. Jetzt gleicht die Ora einer riesigen Schüssel. Die Bodendecke ist einige Meter dick, darunter befinden sich Dutzende Stockwerke Maschinen, die für ihre Abschnitte die gebotenen Existenzbedingungen schaffen. Man könnte es auch so ausdrücken: Die Ora ist ein mit Mechanismen vollgefüllter Kasten. Der Deckel ist die Wohnoberfläche des Planeten.

Einzigartig ist die Sonne der Ora, etwas Ähnliches ist bisher nirgends anzutreffen. Unbeweglich schwebt sie über dem Planetenzentrum, steht im-

merfort im Zenit. Von einer rotierenden Sonne, ähnlich denen, die wir auf dem Pluto aufgelassen haben, wurde Abstand genommen, weil die Ora eine Fläche und keine Kugel ist. Dennoch wurde derart scharfsinnig ein richtiger Wechsel von Tag und Nacht, Morgen- und Abenddämmerung eingerichtet, daß solche Sonnenkonstruktionen sicherlich auch auf anderen Planeten bald erscheinen werden. Die Sonne der Ora ist regulierbar, ihre Intensität und ihre Temperatur ändern sich planmäßig. Am Morgen ist sie matt, später entflammt sie, steigert sich zur Weißglut, ermattet wieder, färbt sich rötlich und erlischt schließlich. Nach einer gewissen Zeit entbrennt sie erneut, diesmal in kaltem Mondlicht, wobei nicht ihre ganze Scheibe leuchtet, sondern nur Teile gemäß dem Plan für die nächtlichen Phasen. Ein vollständiger Zyklus von Aktivitätsveränderungen umfaßt vierundzwanzig irdische Stunden – damit die Menschen nicht auf Gewohnheiten zu verzichten brauchen, die ihnen seit ihrer Kindheit selbstverständlich sind.

Und ein Letztes – die Luft! Nirgends gibt es solche Luft wie auf der Ora. Die Atmosphäre ist der irdischen nachgeschaffen worden, doch auf Mütterchen Erde habe ich nie so leicht, so freudig, so froh geatmet. Das Atmen auf der Ora ist eine Lust. Ich bin überzeugt, daß die Luft dort nicht nur Aromas enthält, sondern auch nahrhafte Kalorien. Im Altertum scherzte man: „Von Luft und Liebe leben.“ Irgendwann einmal werde ich versuchen, mich eine Zeitlang allein von der hiesigen Luft zu ernähren.

23

Am zweiten Tag sagte Wera: „Unsere Arbeit fängt also an, Eli. Du kennst doch deine Pflichten?"

Selbstverständlich kannte ich sie nicht. Wera erklärte, was sie von mir erwartete. Es erwies sich, daß es nicht schwer ist, Sekretär zu sein. Für den Anfang sollte ich Wera überallhin begleiten und ihr helfen. Und was die Hilfe anbelangte, so hatte Wera bisher mir geholfen, nicht ich ihr, und ich dachte, so würde es auch fernerhin sein.

„Beginnen wir damit, die Sternenbewohner kennenzulernen", sagte sie. „Zunächst aber müssen wir zu einer Konferenz bei Spychalski; er wird berichten, wie er den Beschluß des Großen Rates ausgeführt hat."

Im Gebäude der Oraverwaltung empfing uns Spychalski. Er hatte Sonderexpeditionen in alle Sternenbereiche der Umgebung entsandt, nachdem ihm die Anordnungen von der Erde zugegangen waren. Doch auf den Sternen außerhalb der Hyaden hatte man von den Galakten nie etwas gehört, und auf den Hyaden war zusätzlich nichts entdeckt worden.

„Zu uns auf die Ora hat man vom neunten Planeten des Flammenden B einen vierflügligen Burschen gebracht, der von den Galakten deutlich träumt", sagte Spychalski. „Sie können sich mit ihm unterhalten. Er randaliert und ist von seinen Kameraden getrennt worden. Nebenbei bemerkt, wir haben auf den Hyaden ein interessantes astrophysikalisches Faktum entdeckt: Sie entfernen sich von den anderen Sternen."

Olga nimmt Neuigkeiten stets gelassen auf, hier warf sie ein: „Was ist an diesem Faktum neu? Bereits unsere Vorfahren wußten, daß sich die Hyaden von der Sonne entfernen.“

„Von der Sonne – ja“, entgegnete Spychalski. „Sie entfernen sich von der Sonne und nähern sich anderen Sternen – der Ansicht waren wir bisher. Doch die neue Entdeckung besagt: Die Hyaden entfernen sich von allen Sternen der Umgebung, der Abstand zwischen ihnen und den anderen Gestirnen wächst auf allen Koordinatenachsen.“

„Wollen Sie sagen, die Hyaden generierten neuen Raum um sich herum?“

„Ja, das will ich. Offenbar annihiliert irgendein Stoffteil auf den Hyaden. Ursachen und Mechanismus dieser Erscheinung sind bisher nicht festgestellt.“

Zum Schluß schlug Spychalski den Ankömmlingen von der Erde vor, sie sollten selbst Expeditionen unternehmen und ihr Glück versuchen. Was die früheren Aufgaben der Ora anbelange, so seien sie ausgeführt. Vertreter aller Sternenvölker, die die Himmelskörper rings um die Sonne bewohnten, seien zu Gast auf der Ora. Man habe sie in Hotels untergebracht, die ihnen die gewohnten Lebensbedingungen bieten.

„In einer Stunde gehen wir die Sternenbewohner besuchen“, sagte Olga zu mir. „Kümmere dich um ein Dechiffriergerät.“

André sah man schon von weitem an, daß er etwas Umwerfendes zu sagen hatte. Er nahm an, die Hyaden entfernten sich von allen Himmelskörpern infolge einer kosmischen Schlacht, die in dieser Ansammlung einst zwischen Galakten und Verderbern getobt hatte. Eine Streitmacht hätte Raum vernichtet, um die Planeten aufeinanderzustoßen und einzuäschern, die andere Materie, um die Hyaden in Raum zu verwandeln, damit die Planeten nicht zusammenprallten. Kurz und gut, beide Tanew-Reaktionen wären gleichzeitig betrieben worden – die direkte und die umgekehrte. Die direkte hätte sich längst erschöpft, doch die umgekehrte – die Verwandlung von Materie in Raum – dauere an, deshalb versänken die Hyaden langsam in dem einst geschaffenen Loch im Kosmos.

„Dieses Loch weitet sich immer noch!" schloß André energisch. „Und genährt wird es von dem Staub, der nach der Explosion der Planeten entstand. Ich behaupte, daß das kein einfacher Staub ist, sondern annihilierender. Der Große Rat muß eine Expedition zur Prüfung meiner Hypothese in die Hyaden schicken."

„Na schön, bitte ihn darum", sagte ich. „Zunächst bitte ich dich aber um ein Dechiffriergerät. Kommst du mit zu den Sternenbewohnern?"

„Ich werde nach neuem Material über die Galakten fahnden, diplomatische Bekanntschaften reizen mich nicht. Den geflügelten Raufbold will ich aufsuchen, den man gesondert wohnen läßt. Das Dechiffriergerät gebe ich dir in meinem Zimmer."

In Andrés Zimmer musterte ich zweifelnd den soliden Koffer, die letzte Variante jenes DP-2, der Allan auf dem Kleinen Hund so schmählich im Stich gelassen hatte.

„Diese Variante heißt kleines Universalgerät“, sagte André.

„Die Bezeichnung spielt keine Rolle.“

„Die Bezeichnung entspricht dem Wesen. Jeder Esel, der sich die Abstimmskala angesehen hat, vermag sich mit beliebigen vernünftigen Sternenbewohnern zu unterhalten. Schnapp ihn dir und troll dich, Eli!“

Ich forderte einen Aviawagen an und entfernte mich gemächlich, während mir der Wagen mit dem Gerät in Schulterhöhe schwankend folgte – mein individuelles Feld zog ihn. Auf der Ora ist jedermann mit solch einem Feld versorgt.

Auf der Straße empfing uns Spychalski. Er rief einen Autobus und erkundigte sich, wen wir zunächst besuchen wollten.

„Die Interessantesten“, sagte ich.

„Für mich sind alle interessant, junger Mann. Aber was interessiert Sie mehr – Geist oder Schönheit? An Geist sind uns unsere Gäste nicht überlegen, doch was die Schönheit betrifft... Na, Sie werden ja sehen.“

Im Bus sagte er: „Also, Erdbewohner, das Hotel ‚Sternbild Stier und Fuhrmann‘ wäre das nächste. Ein relativ hohes Lebensniveau wurde lediglich in den Systemen von Aldebaran und Kapella erreicht. Ihre Planeten sind groß, die Gravitation übertrifft die irdische, ich glaube, das Äußere der Bewohner dieses Universumwinkels wird Sie überraschen. Sie sind von Ihrem Besuch unterrichtet und erwarten Sie voll Ungeduld.“

In Hunderten von Übertragungen hatten wir auf

der Erde die Bewohner der Kapella und des Aldebaran bestaunt. Das waren Wesen, von der Schwere abgeplattet, sie glichen riesigen rötlichen Tropfen und bewegten sich wie Tropfen – fließend. Dessenungeachtet waren sie vernunftbegabte Wesen, antworteten auf Fragen, wenn auch nicht sofort, ihre Lebensreaktionen waren verzögert. Ihre Sprache war einfach – farbig, fast ganz im sichtbaren Spektrum, als eine der ersten hatte sie entschlüsselt werden können. Das menschliche Gefühl der Ungeduld war ihnen sicherlich nicht bekannt.

Im Hotel – ein niedriges, schildkrötenähnliches Gebäude – erhielt jeder von uns einen sich bewegenden Sessel mit Gravitator; denn nur in solch einem Sessel kann man sich hier normal fühlen. Fällt man heraus, wird man von der Schwere plattgedrückt. Doch nur bei einer allgemeinen Katastrophe auf der Ora wäre solch ein Sturz möglich – ansonsten verhindern die Kraftfelder ein Abrutschen, sie lassen einem nur die Freiheit, die Arme zu bewegen, den Kopf und den Rumpf zu drehen. Ich setzte mich und warf mich probehalber vor, sofort wurde ich zurückgeschleudert.

Im Inneren des Gebäudes erstreckte sich eine steinige Fläche, die mit knorrigen Gewächsen übersät war, Händen gleich, die sich an den Boden pressen – die Behausung der Aldebaranen. Bald entdeckten wir sie selbst. Drei rötliche Dickwänste flossen von einem kleinen Hügel zu Tal, einer der Aldebaranen näherte sich. Das war der erste Sternenbewohner, den ich nicht auf dem Raumbildschirm sah. Während er sich fortbewegte, wurde er einem Bären ähnlich, seiner Masse nach war er tatsächlich einem Bären vergleichbar. Der fast knochenlose Körper wurde von einer festen Haut umspannt. Bemerkenswert waren die Augen des Aldebaranen – ein breiter weißer Augengürtel, der den Körper etwas oberhalb der Mitte umgab. Der obere Teil des Rumpfes über den Augen wirkte wie ein Hut – das Organ ihrer Farbsprache. Ohne diese Augenfülle könnten die Aldebaranen nicht sprechen, ihre Rede wäre buchstäblich unklar.

Spychalski erzählte, daß im Leben der Aldebaranen nicht die Nahrungsbeschaffung das Hauptproblem sei, wie bei den meisten Sternenbewohnern einschließlich der Menschen, sondern der Schlaf. Ihr sozialer Wohlstand richtet sich nach der Möglichkeit, den Schlaf zu organisieren. Bei der normalen Schwerkraft, die sie haben, können sie arbeiten, aber keinen Schlaf finden. Um zu schlafen, brauchen sie ein verstärktes Gravitationsfeld. Deshalb lassen sie sich in tiefe Höhlen hinunter. Zwar ist kein großer Unterschied zwischen der Schwere in der Tiefe und der oben, dennoch nutzen sie ihn. Das Schlafengehen ist für sie ein Problem – hinunterzugelangen ist nicht allzu schwer, aber wie soll so ein Dickwanst wieder heraufkommen? Aus diesem Grund werden Plattformen an Riemen in die Höhlen gesenkt, oben drehen Arbeiter eine Winde, um Kameraden in den Schlaf zu schicken und herauszuholen. Auf der Ora waren ihnen Schlafpavillons gebaut worden.

Die Aldebaranen schreiben keine Bücher, ihre Kenntnisse überliefern sie mündlich. Einige ihrer

Mitbürger sind von Kindesbeinen an auf Einprägungen spezialisiert. Diese gelehrten Aldebaranen sind von jeglicher anderen Arbeit befreit, und wenn sie im Alter zu dem Gehörten noch das Erlebte hinzufügen, sind sie Ausbünde von Weisheit. Kurz vor ihrem Tode vermitteln sie ihre Kenntnisse neuen Erfahrungsbewahrern, sie alle werden liebevoll Alte genannt, das Wort Alter ist gleichbedeutend mit Weiser. Eine Auskunft von den Alten einzuholen ist nicht leicht, sie überstürzen sich nicht, und als Greise verknöchern sie geradezu – da buddeln sie in der Bibliothek ihrer Erinnerungen länger als ein Einarmiger im Garten. Die Jungen operieren weit ungezwungener mit ihren Kenntnissen.

Hinter der Hügelfläche der Aldebaranen öffnete sich ein zweiter Hotelabschnitt – ein See mit felsigen Ufern. In die Felsen waren Höhlen eingebaut, die einzigen Wohnstätten in dieser trostlosen Einöde. Darinnen wohnten die Gäste von der Kapella, ebenso umfangreich und plump wie die Aldebaranen, dabei noch ungesprächiger. Wir lernten einen von ihnen kennen und holten kaum ein paar Worte aus ihm heraus. Mißtrauisch musterte er uns mit seinem Gürtel vorgewölbter Augen, und meiner Ansicht nach hinderte ihn nur die Höflichkeit des Gastes, uns den Rücken zu kehren. Aber diese Wesen sehen ja nach allen Seiten, es war durchaus möglich, daß er uns von Anfang an den Rücken zugewandt hielt. Als er sich zum Sprechen entschloß, entdeckten wir, daß er sich klar und präzise auszudrücken wußte. Er blinkte uns mit seinem Hut zu, daß es sich hier leben lasse, dann kroch er in seine Höhle.

24

Danach sah ich der Begegnung mit den Atairen voll Ungeduld entgegen. Das Hotel „Sternbild Adler“ war ein mittelgroßes Gebäude aus Metall, fensterlos – ein Kasten, auf den Boden gestellt. Im Vestibül zogen wir uns durchsichtige flexible Spezialanzüge an.

Hinter dem Vestibül tat sich ein hoher leerer Saal auf. Seine einzige Verzierung, wenn man das so nennen kann, war eine Kette von Scheinwerfern, die dicht unter der Decke angebracht war.

Die Scheinwerferkette leuchtete matt auf. Sofort erglühten rings um uns fast durchsichtige Silhouetten, grüne und violette. Zweifellos waren das lebendige Wesen, obwohl sie Phantomen ähnelten: halb gigantische Spinnen auf dünnen Beinchen, halb Kugeln mit starren Härchen. Sie stießen sich mit den Härchenbeinen vom Boden ab und sammelten sich um uns. Wir standen in einer Wolke solcher Wesen.

„Die Spinnenähnlichen aus dem Sternbild Adler“, sagte Wera. „Sie sind nur unter harter Bestrahlung zur Ausübung ihrer Lebensfunktionen fähig.“

Ich programmierte: „Bezirk Adler, harte Bestrahlung.“ Romero wollte sich nicht geschlagen geben. Wera unterhielt sich mit den Atairen, und er flüsterte mir ins Ohr: „Diese Wesen sind zwar durchsichtiger als unsere Medusen, aber keinesfalls schöner.“

Während die Atairen Wera umschwebten, sie mit Fragen bestürmten und ihre Fragen beantworteten, schilderte Spychalski mir und Romero die Lebensweise dieser Wesen. Der Atair ist ein Stern der Klasse A mit einer Oberflächentemperatur von neuntausend Grad, die harten Komponenten in seiner Strahlung sind stärker als die der Sonne. Eiweißorganismen wären auf den Planeten des Atair von dem schonungslosen Gestirn bald ausgerottet. Da vollzog sich ein Wunder an Anpassung – was dem Leben auf den Atairplaneten den Tod gebracht hatte, wurde ihm förderlich. Die Zellen in den Organismen der Atairen funktionieren nur unter der Wirkung der harten Strahlen, die von diesem Stern ausgesandt werden. Jedes der Wesen, die uns umringten, war selber eine Quelle von Radioaktivität, sogar ihre Gedanken trugen die tödliche Strahlung in sich – während sie dachten, töteten sie. Sonderbar ist die Lebensweise dieser für uns gefährlichen, doch ihrem Charakter nach gutmütigen Wesen: In der Dämmerung, wenn der Atair aufgeht, erwachen sie und werden sichtbar, mittags erreicht ihre Lebenstätigkeit das Maximum, gegen Abend, wenn der Strom der Röntgenstrahlen nachläßt, werden sie schlaff und sinken in Lethargie, aus der nur die Gammastrahlen sie erwecken können. Auf der Ora wurden sie zu bestimmten Stunden bestrahlt, ansonsten schliefen sie. Es war auch dafür gesorgt, daß sie arbeiten konnten. Die Atairen sind hervorragende Baumeister, sie errichten Gebäude, ziehen Kanäle. Hinter diesem Saal erstreckte sich ein Platz, voll von ihren Schöpfungen. Atairen sind auch vorzügliche Maler, leider sind ihre Bilder ein wenig grausam: Sie werden nicht mit Farben, sondern mit radioaktiven Stoffen gemalt, sonst könnten die Künstler ihre Werke nicht sehen.

„Auf baldiges Wiedersehen!“ sagte Wera bedauernd und winkte ihnen zu, während wir uns entfernten. Wie eine Schar flimmernder Phantome geisterten sie über ihr.

„Nun ins Hotel ‚Sternbild Lyra‘ zu den denkenden Schlangen vom Planetensystem Wega“, schlug Spychalski vor.

Schlangen sind die einzigen Wesen, die ich nicht mag.

25

Wie sich in mir alles zusammenkrampfte vor der Begegnung mit den Kriechtieren, die sich auf einem fernen Stern, einem der schönsten Sterne des irdischen Himmels, zu vernunftbegabten Wesen entwickelt hatten! Die Wega ist heißer als der Atair, ihre Strahlung enthält mehr harte Komponenten, was für Scheusale mußten da die Wegabewohner sein, wenn schon die Atairen so gräßlich aussahen?

Zunächst war es dunkel. Nur Gewächse waren ringsum – düstere Bäume, dichte Gesträuchkappen, würzig duftende Blumen. Plötzlich flimmerten allenthalben orangene Flämmchen, die matt waren wie alles in diesem dämmrigen Park. Sie irrlichterten vor den Bäumen. Mir verschlug es die Sprache, die Kehle war mir wie zugeschnürt, es war wie ein Anfall. Ein Menschengesicht blickte mich an, ein ungewöhnliches Gesicht, schöner als jedes menschliche! Ich schaute um mich. Ebensolche Gesichter lugten von der Seite, von hinten.

Gewiß, sie erinnerten an Schlangen. Ihr Rumpf war schlangenhaft, sehr biegsam, ihr menschliches Gesicht und die Arme, die etwas kürzer und dünner waren als unsere, bewiesen, daß wir keine Schlangen vor uns hatten. Erst später fiel mir auf, daß sie keine Beine besaßen. Ihr Rumpf endete in einem Zapfen. Sie bewegten sich vorwärts, indem sie sich auf dem Zapfen drehten, und zwar so schnell, daß sie zu flirrenden Säulen wurden. Bei jener ersten Begegnung mit den Wegabewohnern sah ich das nicht. Ich bemerkte nicht einmal, daß sie sich drehend näherten, erblickte sie erst, als sie neben uns standen und uns tönend und leuchtend begrüßten. Ich war wie verzaubert und konnte den Blick nicht von ihnen lösen.

Sie trugen verschiedenfarbige, halb durchsichtige Gewänder – Kleider oder Umhänge. Das Ungewöhnlichste an den Wegabewohnern sind ihre Augen. Sie flammen auf und erlöschen, wechseln ihre Farbe. Die Wegabewohner sprechen mit den Augen!

„Fangen wir an!" sagte Wera. „Ich wüßte gern, wie sich unsere Gäste fühlen."

Das war Weras Standardfrage, doch mir zitterten die Hände, als ich das Dechiffriergerät hob. Die Kugel leuchtete auf und tönte, sie äußerte Farben und Laute. Als sie verstummte, antwortete ein Wegabewohner, indem er sang und seine Augen flammen ließ. Phantastisch schön. Mit heiserer Maschinenstimme übersetzte die Kugel seine Antwort in unsere Sprache. Es war der in allen Sternenwelten übliche Austausch von Liebenswürdigkeiten: „Uns geht es hier ausgezeichnet. Wir sind dankbar für die Gastfreundschaft. Unserem Volk werden wir berichten, wie gut und mächtig die Menschen sind.“

Ein Wegaabgesandter, genauer eine Abgesandte, da es sich um ein Mädchen handelte, betrachtete mich neugierig. Auch ich konnte mich nicht satt sehen an ihr. Unter den Wegabewohnern war sie die Schönste.

26

„Und nun die Engel von den Hyaden“, sagte Wera. „In diesen geflügelten Gesellschaften haben sich Klassen erhalten, die sich befeinden.“

Wir flogen zum Hotel „Hyaden“.

Hier gleichen die Bedingungen den irdischen. Die Geflügelten passen sich leicht beliebigen Parametern von Gravitation, Atmosphäre und Temperatur an. Das mag daran liegen, daß sie viele Planeten mit unterschiedlichen Bedingungen bewohnen.

Drei Engel stürzten auf uns zu, wild rauschten ihre Flügel. Ihr begeistertes Kreischen und Flügelschlagen lockte die anderen herbei. Kurz darauf flatterte, sich puffend und zausend, ein Schwarm Geflügelter um uns her.

Die Engel haben etwas an sich, das gegen sie einnimmt. Äußerlich sind sie imposant, sogar majestätisch: weiße Körper, goldene Haare, große starke Flügel, die merkwürdig gefärbt sind. Zweiflüglige Formen herrschten vor, vierflüglige waren etwa im Verhältnis eins zu zehn anzutreffen, und sie alle waren ein stattliches Volk. Die Gesichter der Engel waren grob und unbehaart. Weder an diesem Tag noch später begegnete ich Engeln ohne Falten, faltig sind bei ihnen sogar die Jungen – jeder Engel wirkt wie ein alt gewordenes Kind. Der Eindruck wird noch dadurch verstärkt, daß sie wie unartige Kinder lärmen und toben. Außerdem waschen sie sich selten und riechen schlecht. In ihren Behausungen ist es kaum angenehmer als in den Ställen der Pegasusse.

Als wir uns einen Weg durch die geflügelte Schar bahnten, erblickte ich abseits André und Lussin.

Ich beugte mich zu Romero. „Pawel, lösen Sie mich am Dechiffriergerät ab."

Er wunderte sich – gefielen mir die fliegenden Schreihälse so gut, daß ich den Wunsch verspürte, allein mit ihnen zu sprechen?

Ich arbeitete mich aus dem Schwarm heraus und trat zu André. Ein wildes Engelchen segelte mit ausgebreiteten Flügeln kreischend auf mich zu, doch ich entschlüpfte ihm.

„Sei still und höre zu!" rief André. „Neue Nachrichten über die Galakten. Wir haben großartige Aufzeichnungen bei diesem Vierflügligen gemacht."

André und Lussin hatten Glück gehabt. Als sie zu dem isolierten Vierflügler kamen, schlief der und hatte gerade einen Alptraum. Sein Gehirn sandte verstärkt Strahlen aus. André wartete nicht, bis der Engel erwachte, sondern eilte, die aufgezeichneten Strahlen auf dem großen Dechiffriergerät zu materialisieren.

„Ein tolles Gerät!“ meinte André. „Bei Allan konnte die Sprache schwächlicher Moose erst auf der Erde gelesen werden, wir entschlüsseln weit Schwierigeres sofort.“

Gleich auf der Straße, beim Schein der Tagessonne, rief er eine Videosäule. Ich starrte angestrengt hin, denn das äußere Licht war stärker als das innere Leuchten der Videosäule. Zweifel kamen mir. Ich sah dieselben Bilder, die bereits auf der Erde vorgeführt worden waren – Felsen, helle Sterne, ein schwarzer See, ein zigarrenförmiges Schiff, dieselben Galakten, der Turm mit dem rotierenden Auge...

„Meine Meinung“, sagte Lussin, der bis dahin geschwiegen hatte. „Kopie. Schon gesehn.“

„Ihr seid Esel!“ sagte André. „Was ist denn dabei, wenn wir sie bereits gesehen haben? Die Sternenvisionen überkommen unseren Vierflügler oft, alldieweil wir sie schon bei der ersten Untersuchung seines Schlafs aufzeichnen konnten. Nur persönliche Eindrücke, nicht aber Vererbung lassen die Gestalten so deutlich werden. Er muß die Galakten selbst gesehen haben.“ André blickte uns triumphierend an.

Unverfroren lachte ich ihm ins Gesicht. „Und nun gehst du hin und fragst deinen Engel, ob du seine Träume richtig deutest?“

„Stimmt genau.“

„Ich begleite euch, um dabeizusein, wenn deine neueste Theorie ohrenbetäubend zusammenkracht.“

Der vierflüglige Raufbold war ein riesiger, grobschlächtiger Engel mit grimmiger Visage und starken Flügeln. Er starrte uns aus trüben Augen an und knurrte. Die Engel haben gewöhnlich feine, piepsige Stimmen. Beim Sprechen überstürzen sie sich, in ihren Versammlungen wird geschnattert und gepiepst. Die Stimme von diesem hier war kraftvoll, fast ein Baß, er piepste nicht, sondern schollerte.

André stimmte das Dechiffriergerät und sagte höflich: „Darf ich Ihnen ein paar Fragen stellen?“

„Auf die Knie!“ blaffte der Engel. „Auf die Knie, andernfalls schert euch zu Teufels Großmutter!“

Sein wilder Zorn war so unverhofft, daß wir in Lachen ausbrachen. Das erboste ihn. Drohend reckte er sich und spreizte die Flügel.

„Warum sollen wir uns hinknien?“ fragte André. „Bei den Menschen ist das nicht üblich.“

Das Dechiffriergerät übersetzte die Antwort des Engels: „Ich bin göttlicher Abkunft. Ich bin ein Fürst!“

Ich zweifelte an der Richtigkeit der Übersetzung. Die Worte „zu Teufels Großmutter, göttliche Abkunft, Fürst, auf die Knie“ schmeckten zu sehr nach antiquierten irdischen Redensarten und Begriffen. Ich verstand nicht, warum das Dechiffriergerät aus der reichen menschlichen Sprache gerade diesen Plunder hervorgekramt hatte.

„Ich glaube nicht, daß das Gerät uns angeführt hat“, entgegnete André. „Es besitzt ein weitreichendes Gedächtnis – vierhunderttausend Wörter und hundert Millionen Begriffe. Wenn es ‚Fürst‘ und ‚zu Teufels Großmutter‘ gewählt hat, dann bedeutet dies, daß unser Gefangener etwas meint, das den Begriffen ‚Fürst‘ und ‚zu Teufels Großmutter‘ entspricht.“

Ich wandte mich an den Engel. „Warum halten Sie sich für einen Fürsten?“

„Ich fliege dich über den Haufen und zerstampfe dich!“ sagte der Engel zänkisch. „Auf die Knie, oder du stirbst!“ Mir fiel ein, daß das Schutzfeld der Menschen auf der Ora von ihrer Stimmung abhängt, und ich steigerte mich in Zorn. Der Engel wurde beiseite geschleudert, daß er vor Schreck aufschrie. Mal verstärkte ich, mal verminderte ich das Feld. Schonungslos wurde der geflügelte „Fürst“ in der Luft durchgeschüttelt, verzweifelt schlug er mit den Flügeln, doch gegen die unsichtbaren Hände, die ihn beutelten, richtete er nichts aus. Als das Rütteln besonders arg wurde, brüllte er wie ein Stier: „Hilfe! Hilfe!“

Ich ließ meinen Zorn verrauchen, und der Engel plumpste herunter. Ohnmächtig vor Angst, versuchte er nicht einmal aufzustehen. Er kroch, die breiten Flügel demütig rührend. Lussin wandte sich prustend ab. Ich bin überzeugt, daß ihn der grobschlächtige Engel in diesem Augenblick an seine friedfertigen Drachen oder den absonderlichen Gott Horus mit dem Falkenkopf erinnerte.

„Höhere Mächte“, murmelte der Engel erschüttert. „Höhere Mächte!“

„Erhebe dich und sei fortan kein Fürst mehr!“ sagte ich. „Dummköpfe kann ich nicht leiden. Man fragt dich im guten, du aber wirst ausfallend.“

„Fragt!“ sagte der Engel eilfertig. „Obwohl ich nicht weiß, inwiefern ich so mächtigen Personen...“

André erzählte dem Engel von dessen Traumgesichten und fragte, ob er die Galakten und ihre Feinde selber gesehen habe.

„Das sind Überlieferungen“, sagte der Engel leise. „Niemand hat die Galakten gesehen. Als Kind habe ich Märchen über sie gehört.“

Vielsagend blickte ich André an. Er gab sich Mühe, meinem Blick auszuweichen. Er grämte sich nicht, daß seine Theorie geplatzt war, zu schnell stellte er welche auf.

„Und warum brüstest du dich, göttlich zu sein?“ fragte ich den Engel. „Was soll der Unsinn?“

Der Engel ließ Kopf und Flügel hängen. „Einer unserer Überlieferungen zufolge haben Himmelswanderer die Vierflügler mitgebracht, die Zweiflügler hingegen sind Eingeborene... Ich mag die Zweiflügler nicht. Ich wollte ihnen hier klarmachen, daß sie verachtenswerte niedere Wesen seien, aber ihr erlaubt nicht, daß ich sie schlage...“

„Und werden es nie erlauben“, bestätigte ich. „Wir erlauben auch nicht, sie als niederere Rasse zu betrachten. Jeder von uns ist weitaus mächtiger als du, doch niemand läßt es sich einfallen, dich zu verspotten. Wie heißt du?“

„Ich heiße Trub.“

Er war derart demütig, daß ich Mitleid mit ihm hatte. Schließlich und endlich war er ja Sohn einer unvollkommenen Gesellschaft. Ich kraulte ihm die Federn, die seidig, fest und von kräftiger lila Färbung waren. Eigentlich hat er nur zwei richtige Flügel, das zweite Paar sind eher kleine Beiflügel. An der Krümmung der großen Flügel findet sich das Rudiment einer Hand – fünf kräftige schwarze

Finger mit Krallen. Ich hätte keine Lust, ohne mein Feld in diese Handrudimente zu geraten.

27

Zugegeben, die menschliche Form ist nur eine Möglichkeit vernünftigen Lebens. Ich bin auf beliebige Überraschungen gefaßt. Selbst als wir uns mit Wesen unterhielten, die zu drei Vierteln aus Metallen bestanden, und gallertartige denkende Kristalle besuchten, die im Licht umkommen, wunderte ich mich nicht. Alles ist möglich. In der Natur besteht der mächtige Drang, sich selbst zu erkennen. Auf welch konkrete Art sie die Selbsterkenntnis verwirklicht, ist ein Spiel der Umstände. Man braucht sich nicht zu wundern, schon gar nicht entrüstet zu sein, daß sich die Umstände manchmal sonderbar fügen. Diese Einsicht half mir, bei neuen Bekanntschaften die Ruhe zu bewahren. Dennoch war ich zum Schluß unseres Rundgangs erschöpft. Die Vielfalt der auf der Ora versammelten Lebensformen war erdrückend.

Am Abend machten Romero und ich einen Spaziergang. Die unbewegliche Sonne hatte ihre Tageshitze verloren, sich verdüstert und in den Mond verwandelt. Drei Viertel der Scheibe waren erloschen, es herrschte Neumond. Die Luft, die tagsüber klar war und die Laute weithin trug, war dumpf geworden, die Laute wurden zum Geraschel und Geräusch, dafür wurden die Düfte stärker. Die Blumen rührten einen an mit ihren Düften, als hätten sie Hände. Mir schwindelte. Ich erzählte Romero von meinen Gedanken, die mir bei den Sternenbewohnern gekommen waren.

Romero meinte empört: „All diese Engelsvisagen, Schlangenantlitze und halb durchsichtigen Spinnen sind weiter nichts als Abnormitäten. Damit finde ich mich nicht ab. Früher war ich nicht sonderlich begeistert von den Menschen, heute vergöttere ich sie. Die Bekanntschaft mit den Sternenbewohnern hat bewiesen, daß der Mensch die höchste Form vernünftigen Lebens ist."

Mir gefiel manches nicht an den Sternenbewohnern, doch Haß erweckten sie nicht in mir.

„Ihrer Meinung nach besteht reale Gefahr, daß die Interessen des Menschen in Vergessenheit geraten?"

„Ja!" sagte er. „Sie werden bereits vergessen. Von Wera, wenn sie eine großzügige Hilfe für Hunderte von Sternensystemen plant. Von Ihnen, wenn Sie gleichmütig bekennen, das denkende Leben hätte die gleichen Rechte wie das schöne und das häßliche Leben. André, der bereit ist, sich aufzuopfern, um sich mit den blöden Gedanken primitiver Engel herumzuschlagen. Und von Tausenden, Millionen Phantasten und Verrückten, die Ihnen gleichen. Sind die Vorgänge auf der Ora nicht der beste Beweis, daß die Interessen der Menschheit in Vergessenheit geraten? Die Reichtümer der Erde bieten Spinnen und Flußpferden ideale Bedingungen! Der Sternenpflug, der zur Wega entsandt wurde, verbrauchte sämtliche Vorräte an Aktivstoff, um für die lieben Schlangen eine künstliche Sonne zu schaffen. So sieht unsere Sorge für die anderen aus.

Ich wiederhole, was ich bereits gesagt habe: Unerwartete Gefahr hat sich über der Menschheit zusammengebraut. Wir sind heut verpflichtet, nur an uns zu denken! Keinerlei Wohltätigkeit auf Kosten der Interessen des Menschen!" Die letzten Worte schrie er wild heraus, später würde er seine Auffassungen belächeln. Im Park vor dem Hotel „Sternbild Lyra" schien die zum Mond abgeblendete Nachtsonne. Schon tagsüber verlor sich hier alles im Halbdunkel, jetzt war es völlig finster. Ich tastete mich vorwärts, stieß gegen Bäume. Eine rosige Säule wirbelte in der Ferne und glitt vorbei, hell und schnell, danach flammte eine zweite auf und verschwand. Ich blieb stehen, um mich zu orientieren. Die schwüle Dunkelheit bedrückte mich.

Aus der Schwärze der Sträucher löste sich erneut ein leuchtender Wirbel und entschwebte. Leises Singen strömte durch den Park. Ich blickte auf die flirrende Fackel, die hinter den Bäumen erlosch, und lauschte dem Tönen. Es verstummte bald. Die Stille klang in meinen Ohren. Am liebsten hätte ich die Wegabewohner aufgeschreckt. Wenn sie so unhöflich waren wegzuwirbeln, ohne nach meinen Wünschen zu fragen, dann brauchte auch ich keine Umstände zu machen.

Wieder flammten Säulen auf und vergingen. Mir schwindelte, meine Kehle war trocken, ich flatterte am ganzen Körper, als wäre ich betäubt von den gierigen Düften der unbekannten Blumen.

Ich stürzte. Etwas kam mir in die Quere, vielleicht ein Strauch, vielleicht ein Wesen, ich stieß es fort. Blindwütig drang ich in die spannungsvolle Dunkelheit. Aufschreiend schleuderte ich auseinander und riß heraus, was mich behinderte. Ich strauchelte, fiel, sprang auf, mich an Ästen haltend, versetzte Sträuchern Fußtritte und lief weiter.

So schnell wie möglich versuchte ich aus dem dunklen Park herauszufinden. Bei meinem wahnwitzigen Lauf war ich weit eingedrungen. Über mir waren Bäume, ich sah den Himmel nicht. Ich tastete mich vorwärts. Bald traten die Bäume auseinander, gaben den Himmel mit dem blassen Mond frei, und ich erreichte die Straße.

Erneut vernahm ich Gesang. Ich verhielt den Schritt, um zu bestimmen, woher er schallte. Der Gesang wurde lauter, Unruhe klang darin, gestritten wurde oder gezankt, so kam es mir vor. Und plötzlich erstrahlte der Park, Lichter flimmerten zwischen den Bäumen, näherten sich, in hohen Tönen klingend. Dann löste sich aus den Sträuchern eine regenbogenfarben leuchtende Säule und wirbelte windschnell auf mich zu. Von überallher näherten sich plötzlich leuchtende Säulen. Noch hatte ich mich nicht besonnen, als ich schon von einer Schar Sternenbewohner umringt war. Jetzt sah ich, daß nicht nur ihre Augen leuchteten, sondern auch ihre Körper. Was ich am Tag als Färbung ihrer Kleidung aufgefaßt hatte, erwies sich als ihr eigenes Leuchten, das ungehindert durch die Kleidung drang. Es war heller als am Tag. Die Wegabewohner zogen sich nicht zurück, wie ich erwartet hatte, sondern näherten sich erneut. Vorsichtig, zögernd drehten sie sich ein paarmal und waren doch schneller als Menschen, die laufen. Ich bemerkte Entsetzen in ihren Gesichtern, wahrscheinlich erschien ich ihnen als ein Ungeheuer, ein allmächtiges, unerbittliches Ungeheuer. Ihr Leuchten war zaghaft matt, doch ihr Gesang, der in meinen Ohren traurig klang, war lauter geworden. Unvermutet übermannte mich Zärtlichkeit für diese tapferen, schwachen Wesen.

„Ihr Dummen!" sagte ich. „Weshalb habt ihr Angst vor mir?"

Der Gesang brach ab, als ich zu sprechen begann. Schweigend bemühten sich die Wegabewohner, meine Worte zu enträtseln.

„Ihr könnt mir vertrauen", sagte ich. „Eher würde ich mich umbringen, als euch etwas Böses antun."

Ich weiß nicht, ob sie mich verstanden hatten, doch der Gesang, mit dem sie antworteten, war nicht mehr so eintönig traurig. Ihre Körper leuchteten wieder, ihre Augen funkelten, ihre Stimmen tönten in verschiedenen Höhen – sie stritten, versuchten einander von irgend etwas zu überzeugen.

Wenig später zerstreute sich die Menge. Sie traten den Rückzug an. Zwischen den Bäumen blinkten die davoneilenden leuchtenden Säulen, für wenige Sekunden wurde abermals alles von wunderlichen Lichtern erhellt. Als sie erloschen, war wieder der undurchdringliche fremde Park mit seinen beklemmenden Düften um mich.

Ich erinnerte mich, daß die schöne Wega heißer ist als der Atair, ihre Oberflächentemperatur beträgt rund fünfzehntausend Grad. Unter solch einer Sonne ist an Spaziergänge nicht zu denken. Zweifellos sind die leuchtenden Wegabewohner, die sich der Sprache des Lichts bedienen, für die Nacht geschaffen.

28

Über der Lichtung wölbte sich der Nachthimmel. Der Mond war verblaßt, die Sterne blinkten klar und intensiv. Die Ora hat den gleichen Luftdruck wie die Erde, doch ihre Lufthülle ist dünner, und die Sterne wirken daher klarer. Von der Ora sehen die Sternbilder anders aus als von der Erde, doch der Große Bär und die Kassiopeia sind, obwohl verändert, auch von hier aus schön. Die Wega hatte ich oft von der Erde bewundert, hier begeisterte sie mich – so prächtig war sie.

Aus der Ferne wirkte die bläulichweiße Wega wie ein dekorativer, nicht wie ein lebenspendender Stern. Gewiß, allem kann man sich anpassen, den unbarmherzigsten Existenzbedingungen – und die Wegabewohner hatten sich um den Preis von Leiden und Qualen angepaßt. Mit Herz und Verstand war ich auf der Seite derjenigen, die einen Strahl in die eisige Finsternis der Wegabewohner geworfen, eine Woge der Wärme in ihre frostgebannten Zufluchtsstätten gesandt und ihnen Schutz vor dem mörderischen Sommerlicht gewährt hatten. Aber zweifellos gab es Menschen, die Romero unterstützten, die die uneigennützige menschliche Hilfe als Verschwendung bezeichneten...

29

Der Gedanke, bei den Atairen nach Material über die Galakten zu forschen, war mir am Vortag gekommen. Gleichzeitig wollte ich ihre Malerei kennenlernen. Spychalski hatte ihre künstlerische Begabung so anschaulich geschildert, daß ich neugierig geworden war.

Im Vestibül hüllten wir uns in die Spezialanzüge und erhielten die Gammalampen zum Ableuchten der unsichtbaren Atairbewohner.

Der Saal war leer. Wir leuchteten nach allen Seiten – niemand war da.

Am Saalende gähnte ein Tunnel, wir gingen zum Arbeitsplatz hindurch. Mir wurde beklommen zumute, als ich das sich weithin erstreckende Land erblickte. Am finsteren Himmel hing eine bläulichweiße Kugel, eine Imitation des grausamen Atair. Ringsum war wütendes Glitzern. Kein einziges Hälmchen belebte den verbrannten Boden – kahler weißer Stein, knirschender Sand, stickiger Staub, der unter den Füßen aufstob...

„Ist das eine Gegend!“ sagte ich. „Da möchte ich nicht leben!“

Wir erreichten die Anlagen der Atairen – Steinkuben ohne Fenster, Steinschachteln, die sich bis hinter den Horizont hinzogen. Wir betraten einen Kubus und schalteten unsere Lampen ein. An den Wänden leuchteten Bilder auf, deren Farbe und Intensität sich änderte, sobald wir die Lampen schwenkten. Als wir sie ausschalteten, erloschen die Bilder langsam. Eine seltsame Malerei war das:

nur Linien, chaotisch verschlungene, scharfe, weiche, gewundene Linien – keine Striche, sondern Konturen. Ich mußte an mathematische Kurven denken. Die von den Atairen gezeichneten Linien füllten den Raum, hoben die Tiefe hervor, stellten Luft und Gegenstände dar. Ich sah immer dieselbe erbarmungslose Landschaft: eine wütende Sonne, Felder, Steine, Sand, Gebäude. Und überall waren die Atairen selbst – fadenbeinig, spinnenförmig, zwischen den Gegenständen umherhuschend. Vor einem Bild stand ich lange. Zwei Atairen kämpften, grimmig hatten sie ihre Extremitäten verschlungen, die Rümpfe gegeneinandergestemmt. Vortrefflich hatte der Maler die Erbitterung wiedergegeben, die sie erfüllte, die Schnelligkeit und Energie ihrer Bewegungen. Ich ging an der einen Wand entlang, Lussin an der anderen. Plötzlich schrie er auf: „Eli! Schnell, schnell!“

Ich rannte zu ihm, da ich dachte, ihm sei etwas zugestoßen. Lussin wies mit dem Finger auf ein Bild.

Es zeigte Galakten.

Dieses Bild bestand ebenso wie die anderen aus Linien – die Konturen von Luft und Gegenständen füllten die Landschaft. Auf einem Stein lag ein sterbender bärtiger Galakt in rotem Umhang und kurzer Hose. Kraftlos hing eine Hand seitlich herab, die andere hatte er an die Brust gepreßt. Die Augen des Sterbenden waren geschlossen, sein Mund verzerrt. In der Nähe standen drei Galakten mit gefesselten Händen – deutlich war die Kette zu erkennen, die ihre auf den Rücken gelegten Hände verband. Genauso unheimlich vollkommen.

wie der Maler das Leiden im Antlitz des Sterbenden wiedergegeben hatte, war auch die Verdammnis und die Verzweiflung der drei Gefangenen dargestellt. Sie blickten uns nicht an, riefen nicht um Hilfe, ihre Körper waren willenlos ergeben gesenkt. Über ihnen schwebten Atairen. Auch ihre Bestürzung war meisterhaft getroffen. Es war, als rängen sie ihre Beinchen, jede Linie an ihren Körpern schrie, die Atairen schnellten hin und her, wollten etwas tun und waren doch ratlos.

„Wo sind die, von denen die Galakten gefangengenommen wurden?“ überlegte ich laut. „Die Atairen waren es bestimmt nicht, die sind selber entsetzt. Nicht der geringste Hinweis auf die Verderber! Verstehst du, was das bedeutet, Lussin? Mit jeder neuen Entdeckung werden die Zerstörer geheimnisvoller.“

„Rätselhaft. Wir müssen suchen. Vielleicht noch ein Bild?“

Wir gingen von einem leeren Gebäude ins andere, vor unseren Lampen entbrannten immer neue Bilder, doch keins stellte Galakten dar.

„Wir müssen zu den Atairen“, sagte ich. „Nur sie können die Rätsel ihrer Zeichnungen erklären.“

„Los! Suchen wir!“

Als wir in der glutheißen Wüste umherirrten, erblickten wir eine Schar eifrig arbeitender Atairen. Sie brachen und behauten Steine, schleppten sie zu den Bauten, die sie errichteten. Die Arbeit war mühsam, doch die Arbeitenden zeigten sich geschickt. Kein Wunder, sie besaßen ja nicht nur zwei Hände wie wir, sondern zwei Dutzend biegsame, kräftige Hebel.

Die Atairen bemerkten uns, warfen ihre Arbeit hin und kamen uns entgegengelaufen. Freudig drängten sie sich möglichst nah heran. Als sie uns mit ihren Härchenbeinen freundschaftlich umarmen wollten, mußten wir unsere Schutzfelder verstärken. Ich stimmte das Dechiffriergerät und wünschte ihnen Gesundheit. Die guten Geschöpfe antworteten mit dem Wunsch, wir sollten niemals schlafen. Offenbar war der Schlaf etwas Furchtbares für sie, und sie hatten Angst davor.

Ich wandte mich an einen Atairen, der auf den ersten Blick weniger subtil wirkte als die anderen. „Eure Bilder haben uns gefallen, Freunde."

„Ja, ja!" zwitscherten sie. „Wir zeichnen. Wir zeichnen immer."

„Und wir möchten gern wissen, was das für Wesen sind, die uns gleichen, auf einem eurer Bilder habt ihr sie dargestellt."

Als das Dechiffriergerät meine Frage in Gammastrahlung umsetzte, schienen die Atairen zu versteinern. Sie standen da, wie gelähmt vor Entsetzen. Der Ataire, der mir gefiel, wich zurück. Dann lief ein Krampf durch den Ring der Spinnenförmigen, und er fiel auseinander. Die vorderen traten zurück, einige nahmen Reißaus.

„Was haben sie?" fragte ich Lussin. „Meine Frage scheint sie erschreckt zu haben."

„Wiederhole", riet Lussin. „Sie haben nicht verstanden."

Ich war mir nicht schlüssig, ob ich die Frage

wiederholen sollte. Die Atairen verharrten nun. Ich schwieg und sah sie an. Auch sie schwiegen und warteten.

Ich faßte mir ein Herz und bat sie ein zweites Mal um Antwort. Da wurden sie von Panik ergriffen und flohen so geschwind, daß gleich darauf niemand mehr bei uns war. Schweigend waren sie geflohen, das Dechiffriergerät hatte keinen einzigen Laut umsetzen können. Ich wandte mich an Lussin. „Ist das eine Geschichte! Verstehst du das?"

„Ja", antwortete Lussin. „Ein Rätsel."

30

Ich erklärte Wera die Zeichnungen der Atairen. Sie verstand sofort, daß wir eine Entdeckung gemacht hatten. Bisher hatten wir gewußt, daß die Galakten auf einem fernen Stern der Hyaden erschienen waren, einhundertfünfzig Lichtjahre von der Sonne entfernt. Nun waren Spuren von ihnen im Atair gefunden worden, in unserer nächsten Sternenumgebung.

„Das ist außerordentlich wichtig", sagte Wera. „Aus deinem Fund ist zu folgern, daß die Galakten mit ihren Feinden auch im Sonnensystem auftauchen können, wenn sie darin nicht schon aufgetaucht sind. Was wir auf der Erde nur als theoretische Möglichkeit erörtert haben, ist reale Gefahr geworden. Aber worin besteht diese Gefahr? Wer sind diese Zerstörer oder Verderber, von denen die Galakten gefangengenommen worden sind? Weshalb sind sie auf dem Bild nicht zu sehen? Sie können doch keine Geister sein!"

Wera ordnete an, sämtliche Bilder der Atairen zu fotografieren, und kehrte zu unserer Entdeckung zurück. „Wie erklärst du die Flucht der Atairen, Bruder?"

Ich breitete die Arme aus, denn ich hatte keine Erklärung. „Ein weiteres Rätsel!"

Ihren Freunden erzählte Wera gern, was sie dann später im Rat vortrug. Ich mochte ihre langen Reden nicht, doch diese hörte ich ungeteilt aufmerksam an – Weras Gedanken schienen meine eigenen zu sein.

Sie begann beim Jahr 2001 der alten Zeitrechnung, dem denkwürdigen Jahr, als sich die Menschheit zu einer einzigen Gesellschaft zusammenschloß und auf dem Erdball endlich mit den nationalen, den Klassen- und Staatszwistigkeiten Schluß gemacht wurde. Das Jahr der Vereinigung wurde das erste Jahr der neuen Ära, die wahre Geschichte der Menschheit begann mit der Geburt der neuen Gesellschaft, mit der Verwirklichung des Prinzips: „Die Gesellschaft besteht zum Wohle des Menschen. Jedem nach seinen Bedürfnissen, jeder nach seinen Fähigkeiten." In jenen Anfangsjahren war dieses Prinzip nur ein Wunsch, die große Idee mußte zu einem festen Bestandteil des täglichen Lebens werden. Über fünfhundert Jahre waren seitdem verstrichen, und all diese Jahre hindurch hatte sich die Menschheit vervollkommnet. Sie war in sich selbst versunken, die übrige Welt interessierte sie nur in dem Maße, als sie die Menschen betraf.

Blickte man zurück, so schwindelte einem – während der vorhergegangenen Jahrtausende seiner Existenz war für den Menschen nicht soviel Gutes getan worden wie in diesen fünf Jahrhunderten.

Wie kläglich nahm sich das gepriesene Paradies neben der heutigen Erde aus. Erweckt waren die Möglichkeiten, die im Menschen geschlummert hatten – er war wirklich Mensch geworden, hatte sich ein menschliches Leben aufgebaut.

Doch damit endet erst seine Kindheit, nicht mehr. Die Welt des Kindes ist egozentrisch, im Zentrum des Weltalls sieht es sich, alles übrige dreht sich da herum. Die Zeit vergeht, und es erkennt seinen wahren Platz in der Welt. Es wird stärker und klüger, und aus dem Mittelpunkt der Welt verwandelt es sich in ein einfaches Teilchen der Welt. So bietet sich die heutige Menschheit dar. Sie hat Umschau gehalten und staunt: Es gibt unendlich vielfältige Formen vernunftbegabten Lebens. Die Natur hat sich im Menschen nicht erschöpft. Vielleicht mußte sie sich bei den Aldebaranen oder den Atairen sogar mehr anstrengen, denn dort waren größere Hindernisse für die Entwicklung der Vernunft zu überwinden. Endlich hat die Menschheit ihren Platz im Universum erkannt – es ist ein bescheidener Platz.

Und nun wird erprobt, wie der Mensch wirklich ist. Wir haben andere Gesellschaften entdeckt – was fanden wir in ihnen? Haben sie einen Lebensstandard wie wir? Haben sie ihn übertroffen? Ist es ihnen gelungen, die mächtigen Kräfte zu beherrschen, die uns zu Diensten sind? Sie haben sich die Natur nicht unterworfen, sie werden unbeschränkt von ihr beherrscht. Qualvoll kämpfen sie um ihre Existenz, bei mühsamer Arbeit richten sie sich zugrunde, ihr Leben ist stets Ringen um Wärme, um Brot, das sie sich im Schweiße ihres Angesichts verschaffen.

An dieser Stelle unterbrach ich Wera: „Das bezieht sich nicht auf die Galakten, sie haben eine entwickelte Maschinenzivilisation."

„Bislang wissen wir wenig über sie. Vielleicht schließen wir mit den Galakten später ein Bündnis, um den Gesellschaften niederer Entwicklungsstufen zu helfen. Jetzt steht diese Aufgabe allein vor uns." Programmatisch erklärte Wera: „Spannen wir alle Kräfte an, und erkunden wir, was sich hinter den Nachrichten über die Galakten tatsächlich verbirgt – das zum ersten. Zweitens: nur nicht in Panik verfallen! Millionen Jahre wurde unser System von diesen geheimnisvollen Wesen nicht besucht, lediglich auf einzelnen Sternen haben sich Legenden über sie erhalten – warum müssen wir uns so benehmen, als stehe eine Invasion vor der Tür? Es ist nicht ehrenhaft, am ganzen Leibe zu zittern bei ersten nebelhaften Nachrichten über irgend etwas, das vorläufig ganz unverständlich ist! Und drittens, das Wichtigste: Wenn irgendwo in den interastralen Weiten grausame Kriege toben und diese Kriege uns berühren können, warum sollen wir uns da nicht beizeiten mit unseren Sternennachbarn verbünden, um feindliche Invasionen abzuwehren? Werden wir vereint nicht stärker? Wären Tausende Planetensysteme neben dem Sonnensystem nicht ein unüberwindlicher Schutzwall für den unbekannten

Gegner? Und wer hat den Beweis erbracht, daß allein Gegner kommen werden? Die Galakten sehen uns so ähnlich, sollen sie da unsere Feinde sein? Ich bin mit André völlig einer Meinung, daß wir sie höchstwahrscheinlich als Freunde begrüßen werden."

31

André glaubte nicht, daß die Atairen Fersengeld gaben, sobald wir die Galakten erwähnten. Er ergriff das Dechiffriergerät und eilte ins Hotel „Sternbild Adler".

Ich traf ihn beim Mittagessen. Trübselig kaute er sein synthetisches Fleisch.

„Diese Teufelswesen sind ängstlicher als die Hasen", schimpfte André. „Vor mir sind sie noch schneller ausgerückt als vor euch. Aber einiges habe ich doch aufgezeichnet."

Es erwies sich, daß André das Dechiffriergerät rechtzeitig auf die Gehirnstrahlen der Atairen eingestellt und Spuren von dem empfangen hatte, was sie dachten, als er sich näherte, und was sie so erschreckte. In den Gehirnen der Atairen herrschte großes Durcheinander. Das Dechiffriergerät war außerstande, ihre Überlegungen klar auszudrükken.

„Und die Bilder, die ihr entdeckt hattet, sind verschwunden", fügte André hinzu. „Die Atairen haben sie säuberlich weggewischt."

„Was denkst du darüber, André?"

„Nichts denke ich. Dafür weiß ich, warum ihr

keine Verderber neben den gefesselten Galakten gesehen habt."

„Wahrscheinlich haben wir sie deshalb nicht gesehen, weil niemand sie je gesehen hat. Den Schluß kann man aus den Aufzeichnungen vom Flammenden B ziehen."

„Stimmt genau, das ist der Grund. Aber kannst du sagen, warum es so ist?"

„Wenn ich recht verstehe, hast du eine neue blendende Theorie parat!"

„Zumindest die richtige. Das Geheimnis besteht darin, daß die Verderber unsichtbar sind. Denk darüber in Ruhe nach, Eli. Noch ist es nicht zu spät, sich zu bessern. Ich warte auf den Umschwung in dir."

Er winkte mir zu und lief davon, um die letzten Vorbereitungen für sein Konzert zu treffen. Streitgespräche bricht er gern so ab, daß er wenigstens zum Schein das letzte Wort behält.

Ich besuchte Trub. Den widerspenstigen Engel hatte man morgens herausgelassen, doch auf dem Platz hatte er erneut randaliert, und Spychalski forderte, ihn zurückzubringen.

Ich hatte den Eindruck, Trub freue sich über meinen Besuch, obwohl er das durch keine Flügelregung zeigte. Knurrend blickte er mich von der Seite an.

„Wie ist die Stimmung, Trub? Quälen dich Alpträume?"

„Ich will nicht länger hierbleiben", brüllte er. „Schickt mich nach Hause. Ich hasse die gemeinen Zweiflügler, denen ihr gefällig seid."

„Nicht nur Zweiflügler sind hier, Trub. Auch Vierflügler laufen einem über den Weg.“

„Sie hasse ich ebenfalls. Alle hasse ich!“

„Und dich selbst liebst du?“

„Ich weiß nicht“, sagte er höflich. „Hab’ darüber nicht nachgedacht.“

Ich klopfte ihm auf die Schulter und tätschelte die prächtigen Flügel. Trub ist ein wunderbares Exemplar von einem echten Kampfengel.

„Du bist dumm, Trub!“ sagte ich.

Er schwieg, gereizt sträubten sich die Federn. Als ich mich erhob, war fast menschliche Trauer in seinen Augen. Dennoch sprach er gewohnt widerspenstig. „Du hast mir nicht geantwortet, Mensch. Wann bringt ihr uns zurück?“

„Die Sternenkonferenz wird vorbereitet. Wir wollen über Verkehrsformen sprechen, über interastrale Reisen und dergleichen. Und nach der Konferenz – ab, nach Hause!“

Würde er Arme gehabt haben, er hätte sie arrogant auf der Brust verschränkt. Statt dessen hüllte er sich erhaben in seine Flügel. „Die Konferenz ist mir gleichgültig. Die Zweiflügler werden über interastralen Handel piepsen. Ich kann Krämerseelen nicht leiden!“

Ich war schon in der Tür, als ich fragte: „Kannst du mich leiden? Soll ich wiederkommen?“

Finster sagte er: „Komm nur! Deine Kameraden sollen auch kommen...“

32

Die Konferenz der Sternenbewohner wurde ein voller Erfolg. Der riesige Saal der Galaktischen Empfänge war in kuppelbedeckte Sektoren unterteilt, und innerhalb jedes Sektors waren eigene Bedingungen geschaffen worden. Die Aldebaranen fanden plattdrückende Gravitation vor, die Atairen die harte Strahlung ihres wütenden Gestirns, die Wegabewohner träumerisches Halbdunkel mit üppigen Pflanzen. Nur für die Engel von den Hyaden waren keine speziellen Bedingungen vorgesehen – dieses Volk paßt sich beliebigen Bedingungen an. Viele Sektoren blieben leer. Die Ora-Konstrukteure hatten so viel verschiedene Existenzmöglichkeiten in Aussicht genommen, daß die Hälfte davon bisher noch nicht entdeckt war.

Ich saß zwischen Romero und André, mit uns hatten auch Allan, Olga, Lussin und Leonid Platz genommen, hinter uns waren die Ora-Mitarbeiter, die gerade keinen Dienst hatten. Eine beträchtliche Menschenmenge hatte sich eingefunden. Doch die Gäste waren in der Überzahl, unter ihnen wiederum die Engel. Die Sektoren waren als Amphitheater angeordnet – Sessel, kleine Waldwiesen, Bäume, jedem Volk nach seinen Gewohnheiten. Vor den Sesseln waren Videophone angebracht, die jede beliebige Sprachform in die dem Hörer verständliche übertrugen. Ich sage „Hörer“ aus Gewohnheit, denn nur wir und die Engel hören, den anderen wird geleuchtet, oder sie müssen sprachlich durchdrungen werden.

An einem einzelnen Tischchen mitten im Saal thronten Wera und Spychalski – die Vorsitzenden der heutigen Konferenz.

André hatte sich in den letzten Tagen mit den Engeln abgeplagt und darüber Essen und Schlafen vergessen. Neues hatte er nicht erfahren. Aus den ängstlichen Atairen war nichts herauszubekommen, obwohl sie zweifellos wichtige Angaben über die Himmelsreisenden verschwiegen.

Ich forschte André aus: „Nach den Engeln bist du zu den Bewohnern des Aldebaran und der Kapella gegangen – wie war's da?"

„Genauso. Nichts."

„Kein einziger Hinweis?"

„Ich habe doch gesagt: nichts!"

Während ich mich noch mit André unterhielt, forderte Spychalski Wera auf, über den Zweck der ersten interastralen Konferenz zu sprechen. In ihrer Rede verkündete Wera den Beginn einer neuen kosmischen Ära – der Periode innergalaktischer Zusammenarbeit.

André fand, Wera bemühe sich, die interastrale Zusammenarbeit allzu rosig auszumalen. „Eine universale Wohltätigkeitsgesellschaft", sagte er gähnend. „Eine Brüderschaft vom Himmel fallender synthetischer Mehlklöße. Die große Vereinigung der Sternenbewohner ‚Ab die Post'."

Sein Spott verletzte mich. Vorwurfsvoll fragte ich ihn, ob er es nicht sei, der kürzlich eine Symphonie über die Harmonie der Sternenwelten verfaßt habe.

„Stimmt", versetzte André gleichmütig. „Und

jetzt bin ich für die kosmische Kameradschaft. Aber mögen auch die Sternenbrüder ihre Ärmel hochkrempeln."

33

Die letzten Tage unseres Aufenthalts auf der Ora waren mit Gesprächen ausgefüllt – mal konferierten die Menschen untereinander, mal die Menschen mit Gruppen von Sternenbewohnern. Auf einer Konferenz bei Spychalski wurde beschlossen, daß die beiden größten galaktischen Schiffe, die „Raumfresser" und die „Steuermann", die Reise in die Tiefe der Galaxis fortsetzen sollten.

Wera erklärte, warum diese Reise nicht aufgeschoben werden konnte. Die Expedition zur Ora hatte zwei Aufgaben, von denen erst eine erfüllt worden war – die organisatorischen Grundlagen für ein künftiges interastrales Bündnis waren gelegt.

„Doch irgendwo im Sternenbereich wohnt das uns ähnliche hochentwickelte Volk der Galakten", sagte Wera. „Wir haben nichts Neues über sie erfahren. Dieses Volk hat mächtige Feinde, auch über sie wissen wir nichts. Unsere Arbeit, eine Kameradschaft der Sternenbewohner zu schaffen, bleibt ungesichert, wenn wir nicht erkunden, ob dem geplanten Bündnis irgendeine Gefahr droht. Andererseits kann die Sache vorangetrieben werden, wenn wir uns der Hilfe der Galakten versichern. Wohin die Schiffe auf Suche schicken? Von wo sind die Galakten ins Sternbild Hyaden und auf den Atair gekommen? Höchstwahrscheinlich aus den Plejaden, dem Sternhaufen, der den Hyaden benachbart ist. Also besteht unsere nächste Aufgabe darin, einen Sprung zu den Plejaden zu wagen, wo noch kein Mensch gewesen ist. Ich werde mit der ‚Raumfresser' fliegen", schloß Wera. „Für den Abtransport der Gäste von der Ora und die Absendung der Schiffe zur Erde ist Martyn Julianowitsch verantwortlich."

Spychalski lächelte bekümmert in seinen grauen Schnurrbart hinein. „Ich hatte gehofft, daß Sie mich alten Mann auch auf die weite Reise mitnehmen würden. Aber es sieht so aus, als würde ich mein Leben als Wächter auf diesem kleinen Planeten beschließen."

„Nein, als Vertreter der Menschheit auf einem Sternenvorposten. Und wir werden Ihre Sucharbeiten fortsetzen."

Als die Konferenz zu Ende war, fragte ich Romero: „Schließen Sie sich uns an, Pawel, oder kehren Sie zur Erde zurück?"

Trocken antwortete er: „Im Altertum wurde der Wert des Mannes danach gemessen, ob er gegen die Feinde zu kämpfen verstand. Die ‚Raumfresser' hat einen Sonderauftrag – Feinde auszumachen."

Tag für Tag flogen Schiffe zum Arktur, zum Aldebaran, zur Kapella, zum Fomalhaut und zur Wega ab.

Schließlich sollte eine Flottille aus drei Sternenflugzeugen mit den Engeln zu den Hyaden starten. Schreiend und flügelschlagend bestiegen die Geflügelten die Schiffe. Die Engel, die wir kannten, kamen gestürzt, um sich zu verabschieden, mit ihrem Wehklagen und Jammern steigerten sie noch den Wirrwarr.

Dann erschien Trub in der Menge, und es gab einen Skandal.

Er bemerkte uns, schleuderte die Verwandten mit seinen mächtigen Flügeln beiseite und drängte sich quer durch den allgemeinen Strom. Er brüllte, seltsamerweise an mich allein gewandt: „Eli! Eli! Eli!“ Dann umfaßte er mich mit seinen Flügeln und kreischte: „Ich will nicht fort! Ich bleibe bei den Menschen!“

André versuchte dem tobenden Engel ins Gewissen zu reden, doch er ereiferte sich immer mehr: „Ich fliege mit den Menschen. Ich will nicht zurück!“

Ich suchte Spychalski auf und erklärte ihm, was vorgefallen war.

„Sie wollen den Engel mitnehmen?“ fragte Spychalski verwundert.

„Schauen Sie ihn sich doch an“, sagte ich. „Ist das nicht ein Prachtkerl? Wenn wir den auf die Erde bringen, wird er Eindruck machen. Und er ist uns nicht weniger zugetan als wir ihm.“

Spychalski rief Wera. Sie erschien in der Videosäule. Er übermittelte Trubs Wunsch und fügte hinzu, daß er ihn befürworte.

„Ihr könnt Trub mitnehmen“, sagte Wera und verschwand.

Ich rannte zu meinen Freunden, rief ihnen schon von weitem zu, daß die Sache geklappt habe. Trub hat eine Teufelskraft in den Flügeln, er drückte mich so, daß mir die Sinne schwanden.

„Ich bin dein Sklave“, sagte er. „Dein Sklave auf ewig, Eli!“

„Du bist mein Adjutant“, sagte ich. „Adjutant, das ist etwas, das nicht schlechter ist als Freund, etwas Nahes, fast Brüderliches. Als Freund bitte ich dich um einen Freundschaftsdienst.“

„Bitte und fordere. Ich bin glücklich, du Mächtiger...“

„Nimm ein Bad und wechsele die Kleidung. Im Lager liegen Ballen von Engelshemden, hole dir ein Dutzend Hemden auf Vorrat.“

Unverzüglich schwang er sich auf. Trub flog großartig, obwohl er geradezu ein Schwergewichtler war.

Zweiter Teil

Die Fahrt des Sternenpflugs

1

Halte ich Rückschau auf unseren Weg, erfaßt mich ein zwiespältiges Gefühl – Trauer um die Verluste und Stolz. Wir waren Teilnehmer der schwierigsten aller kosmischen Expeditionen, die je stattgefunden hatten, und wir taten unsere menschliche Pflicht. Es ist unwichtig, daß wir während zweier irdischer Jahre zehntausend Lichtjahre überwanden und, obwohl wir nicht in das von dunklen Nebelflecken verdeckte geheimnisvolle Zentrum der Galaxis vordrangen, doch so tief in den Sternenabgrund tauchten wie noch nie jemand vor uns. Würde sich darin – in Trillionen hinter dem Heck gelassenen Kilometern – unser Verdienst erschöpfen, so hätten wir keinen Grund, stolz zu sein. Leere bleibt Leere, ob sie nun groß ist oder klein. Doch wir erfuhren, wie weit die von anderen Wesen erworbene Macht reicht, wie ungeheuer das Gute und die Ungerechtigkeit sind, die in einem galaktischen Gefecht aneinandergeraten waren, und wie unvermeidlich all das uns Menschen, die wir gerade den Sternenweg betreten haben, zwingt, in die nicht von uns begonnenen Streitigkeiten einzugreifen, denn außer uns ist keiner da, der sie entscheiden könnte.

2

Die „Raumfresser“ flog zuerst, die „Steuermann“ folgte ihr. Kommandeur des ersten Sternenflugzeugs war Olga, ihr standen Leonid und Oshima zur Seite. Allan befehligte das zweite. Wera hatte sich die „Raumfresser“ gewählt, und wir, Lussin, André, Romero und ich, waren bei ihr.

Jeden Tag arbeiteten wir mit Wera stundenlang an ihrem Bericht für die Erde.

Während der zwei Monate, da wir Kurs auf die Plejaden hielten, hatten sie sich nicht verändert. Sie wirkten wie ein himmlisches Spinnennetz, das zwischen großen Sternen aufgehängt ist. Als wir uns ihm bis auf wenige Parsec genähert hatten, wurde es größer und füllte sich mit Licht. Ein herrliches Sternbild flammte am Himmel. Im Vervielfacher zerfiel der Haufen in Einzelsterne.

„Ich sehe ein Planetensystem, Eli!“ sagte André.

Die äußeren Sterne des Haufens waren von geringer Leuchtkraft. Doch dieser hier, der Atlas, der hundertmal heller als die Sonne war, besaß Satelliten – drei dunkle Kugeln. Wir betrachteten sie lange und rückten zum Zentrum weiter. Fast jeder Stern hatte hier Planetensysteme.

Ich rief den Kommandeursaal. Olga wußte schon von den Planetensystemen in den Plejaden. Auf einigen hatten die Automaten Atmosphäre mit Sauerstoff entdeckt, gemäßigte Schwerefelder.

„Anscheinend gibt es auf der Elektra Wesen mit hoher Zivilisation“, fügte Olga hinzu. „Auf dem zweiten ihrer vier Planeten ist schwaches künstliches Leuchten wahrgenommen worden. Es zeigt sich, bald nachdem die Elektra untergegangen ist, später wird es schwächer. Die nächtliche Beleuchtung von Städten hat den gleichen Effekt.“

„Aber die Städte!“ schrie André. „Was ist mit den Städten?“

„Städte sind von hier aus nicht festzustellen.“

André richtete den Vervielfacher auf die Elektra. Die vier Planeten rings um sie fanden wir rasch, doch es gelang uns nicht, auf ihnen irgend etwas zu erkennen.

Ich ließ die Plejaden, schaltete mich vom Bildschirm ab und führte den Vervielfacher ein wenig beiseite. Vor mir erstrahlten zwei offene Sternhaufen – χ und h Persei. Von der Erde und vom Pluto aus hatte ich diese dichten Ansammlungen, die von uns viertausend Lichtjahre entfernt sind, oft betrachtet. Niemals hatten sie mich sonderlich gefesselt. Jetzt betrachtete ich sie unverwandt. Ihre Anordnung kam mir seltsam bekannt vor. Sicherlich unterlag ich einer Sinnestäuschung, zumal von hier aus, von den Plejaden, die fernen Perseushaufen unter einem anderen Winkel zu sehen waren als von der Erde oder von der Ora aus. Dennoch konnte ich den Blick nicht abwenden. Nicht nur ich, kein Mensch hatte diese Ansammlungen in dieser Projektion beobachtet, sie konnten nicht bekannt sein. Ich versuchte meiner wachsenden Erregung Herr zu werden.

„Was ist mit dir?“ fragte André. „Ich rufe dich zum drittenmal, und du reagierst nicht. Schau mal zur Elektra. Tatsächlich künstliches Licht über einem Planeten.“

„Laß mich in Ruhe“, murmelte ich. „Deine Elektra langweilt mich.“

Gespannt starrte ich auf die zwei leuchtenden Sternhaufen. Sie waren fast gleich, allerdings wirkte einer konzentrierter – viele tausend Himmelskörper auf engem Raum zusammengedrängt. Er glich einer Faust, die mitten in die andere Sternengruppe geschlagen hatte – die Sterne waren wie Splitter auseinandergeflogen...

Da erinnerte ich mich, wo ich dieses Bild schon gesehen hatte.

„Sie sind vom Perseus!“ brüllte ich. „Wir fliegen falsch – sie sind vom Perseus!“

„Wer ‚sie‘? Und was ist mit dem Perseus?“

„Die Verderber“, sagte ich. „Ich weiß jetzt, wo diese Teufelsgeschöpfe nisten.“

André war sprachlos.

„Denk an die Bilder, die im Orangefarbenen Saal gezeigt wurden“, sagte ich. „Denk daran, wie du steif und fest behauptetest, du hättest die von dem Faustschlag getroffene Sternengruppe schreien gehört... Sind das nicht dieselben Sterne? Ich frage dich, ist daß nicht haargenau dasselbe Bild?“

André riß sich vom Vervielfacher los. „Eli, du hast eine Entdeckung gemacht“, sagte er feierlich. „Ich war immer überzeugt, daß du von der Natur für etwas Ernsthafteres ausersehen bist, als öde Witze zu reißen. Ich freue mich für dich, Eli. Und jetzt marsch, marsch zu Wera.“

„Wozu? Das hat doch Zeit.“

„Nichts hat Zeit. Wir müssen sofort den Kurs

ändern. Was sollen uns die Plejaden, wenn diejenigen, die wir suchen, im Perseus sind?"

Jetzt zog und stieß er mich. Ich wollte mich gerade erheben, als die Havariesignale aufleuchteten und die Sirenen zu gellen begannen. Dunst überzog die Himmelssphäre, die Sterne schwankten und erloschen. Wir vernahmen Olgas ruhige Stimme: „Rechts vor uns ein kosmischer Körper, der ungefähr mit Lichtgeschwindigkeit fliegt. Kein Meteorit. Ich verkünde allgemeinen Alarm. Wir verlassen den Überlichtbereich."

André und ich griffen nach dem Vervielfacher. Neben mir ließ sich Wera nieder. Hastig berichtete ich ihr, was ich im Perseus gesehen hatte.

„Das ist wichtig, Eli", sagte sie. „Wir werden die Automaten beauftragen, deine Beobachtung nachzuprüfen. Jetzt interessiert mich, was für ein Körper mit dieser Geschwindigkeit fliegt. Ob es ein Sternenflugzeug ist."

Wenig später meldeten die Analysatoren: „Voraus ein Schiff mit Photonentriebkraft. Triebwerke defekt. Fortbewegung durch Beharrungsvermögen."

3

Das fremde Schiff bot sich im Vervielfacher als leuchtendes Pünktchen dar, dann dehnte es sich zu einer Schote. Es war eine Metallrakete. Wir erkannten die Heckdüsen, die nicht durch Panzerplatten abgeschirmten Fenster. Die „Raumfresser" gab Signale, das unbekannte Schiff reagierte nicht.

André vermutete, daß wir die „Mendelejew" des

Robert List vor uns hätten, die vor vierhundert Jahren im Weltraum verschollen war. Ich hielt es für unwahrscheinlich, daß das Schiff mit der toten Besatzung vierhundert Jahre umherirren konnte.

Als das Schiff nur noch ungefähr eine Million Kilometer entfernt war, stellte André das Dechiffriergerät auf sämtliche Funkbereiche ein.

Die unbekannten Sternenreisenden, die das altertümliche Morsealphabet verwendeten, versuchten mit uns russisch und englisch zu sprechen. Deutlich wurden die Sätze verstanden: „Erde... ohne Steuerung. Kamagin, Groman... Erde... Sternenflugzeug ‚Mendelejew'..."

„Diesmal hast du ins Schwarze getroffen", sagte ich zu André. „Der erste Erfolg nach vielen Fehlschlägen."

Die Funkwellen unseres Schiffes jagten in den Raum hinaus. „Ich höre Sie gut", diktierte Olga. „Ich bin ein Sternenflugzeug von der Erde, Typ Sternenpflug. Es ist unwichtig, daß Sie keine Steuerung haben. Ich bremse und leite Sie mit meinen Feldern zur Landung. Türen ohne Befehl nicht öffnen."

Dann schwebte die „Raumfresser" über dem Photonenflugzeug, strahlte es mit seinen Scheinwerfern an. Neben dem Sternenpflug wirkte die Rakete winzig. Das hinausgeschleuderte Feld zog die „Mendelejew" sanft ins Innere unseres Schiffes, dann leitete es die „Mendelejew" zum Landeplatz, wo die operativen Sternenflugzeuge, die Planetenflugzeuge und die Aviettes standen.

Die gesamte Besatzung hatte sich auf dem Platz

versammelt, um die unverhofften Gäste zu empfangen.

Die Tür der Rakete flog auf, ein Treppchen wurde herausgeschoben. Zwei kleine junge Männer erschienen. Sie rissen sich die Helme herunter und schwenkten sie. Wir jubelten ihnen zu und klatschten in die Hände.

Dann trat wie auf Verabredung Stille ein, und wir vernahmen die ersten Worte der Kosmonauten aus der Rakete.

„Mein Gott, wie groß sie sind!“ sagte einer auf russisch. „Das sind ja keine Menschen, sondern Riesen!“

Ein zweiter rief begeistert: „Eduard, sie haben normale Schwere! Unsere Magnetschuhe sind hier überflüssig!“

Romero trat zu ihnen. Als einziger unter uns beherrscht er die alten Sprachen. Romero drückte den beiden die Hand und beglückwünschte sie zur gelungenen Landung. „Ich hoffe, Sie sind gesund. Wir haben Mittel gegen jede Krankheit an Bord.“

„Wir sind gesund“, antwortete der erste. „Wir sind zu zweit – ich, Eduard Kamagin, Zweiter Pilot, und Wassili Groman, Steuermann. Unsere Kameraden... vor kurzem sind sie bei einer Katastrophe ums Leben gekommen.“ Erregt fügte er hinzu: „Warum sind Sie nicht einen Monat, wenigstens einen Monat, eher aufgekreuzt?“

Romero sagte herzlich: „Es ist lange her, daß Sie von der Erde gestartet sind, liebe Freunde!“

Darauf antwortete Groman: „Nein, nicht lange, vor drei Jahren.“

Geraune ging über den Platz, wir tauschten Blicke. Solche Raketen wie die, die wir an Bord genommen hatten, konnte man nur noch in Museen bewundern.

„Landseute, Sie vergessen die Einsteinsche Zeitverzögerung", sagte Kamagin fröhlich. „Je mehr sich unsere Rakete beeilte, desto langsamer verstrich die Zeit an Bord. Wir haben die Erde im einhundertvierundvierzigsten Jahr der neuen Ära verlassen." Er schaute Romero an. „Würden Sie so liebenswürdig sein und mir sagen, welches Jahrhundert man draußen hat?"

Romero erwiderte: „Wir haben heute den zehnten April des Jahres fünfhundertvierundsechzig der neuen Ära!"

4

Alles bestaunten sie, diese prächtigen Burschen, die vor vierhundertzwanzig Jahren in den Kosmos gestartet und bald darauf verschollen waren. Alles, was sie sahen und hörten, begeisterte sie: „Eine fliegende Insel, haargenau." Sie waren verblüfft, daß es innerhalb des Sternenflugzeugs nicht nur Maschinen gab, sondern auch ein Städtchen mit Park und Wasserbecken. Uns betrachteten sie beinahe ängstlich – unsere Größe überraschte sie wahrscheinlich mehr als die Ausmaße des Schiffes. Als sie erfuhren, daß wir uns im Überlichtbereich fortbewegten und Raum in Materie umwandelten, da meinten sie, wir scherzten. Die Physik des zwanzigsten Jahrhunderts der alten Ära, die die Stofflichkeit des Raums nicht begriff und die Lichtgeschwindigkeit unbegreiflicherweise als die Höchstgeschwindigkeit für alle Körper verehrte, hatte sich in ihren Gehirnen wie ein Nagel festgesetzt, und wir vermochten ihn von dort nicht herauszuziehen. Groman versuchte sogar zu streiten. Mit seinem runden Gesicht, den schwarzen Haaren, flink in Worten und Bewegungen, unterschied er sich stark von dem langsamen Kamagin, und sie beide unterschieden sich noch mehr von uns.

„Wir wußten, daß ihr, unsere Nachkommen, weit voranschreiten würdet“, sagte Groman, als wir ihm den Tanew-Effekt erklärten. „Aber ein derartiger Sprung...“

Als sich unsere jungen „Vorfahren“ ausgeruht hatten, erzählten sie Näheres über ihre Reise, die so lange gedauert hatte.

In den ersten Monaten ihrer Fahrt passierten sie das Sonnensystem und drangen dann tief in die interastralen Räume ein – sie hatten Kurs auf den Sirius genommen. Das Ziel der Expedition bestand darin, diesen Doppelstern zu erforschen, insbesondere den kleineren, einen weißen Zwerg, dessen Dichte vierzigtausendmal die des Wassers übertrifft. Die Reise sollte nach fünfundzwanzig irdischen Jahren beendet sein. Bald nachdem sie das Sonnensystem verlassen hatten, beschleunigten sie ihr Sternenflugzeug auf Werte, die denen des Lichts nahekamen. Nur dreitausend Kilometer in der Sekunde trennten sie von der Lichtbarriere. Sie registrierten die entsprechenden Effekte: die Masse des Sternenflugzeugs nahm zu, die Bordzeit verlief langsamer. Und dann ereignete sich eine Katastrophe. Sie prallten mit einem Meteoriten zusammen, und der Teil des Sternenflugzeugs, wo die Vorräte an Treibstoff lagerten, wurde vernichtet. Von der Besatzung kam niemand zu Schaden.

Zum Glück war das Schiff in einzelne Zellen unterteilt. Die zerstörten Teile wurden blockiert. Die „Mendelejew", durch die Explosion zusätzlich beschleunigt, jagte weiter dahin, doch nicht mehr in Richtung Sirius, sondern zum Sternbild Stier, auf den offenen Haufen der Plejaden zu. Und es bestand keine Möglichkeit, den Kurs zu korrigieren, sie hatten keinen Photonentreibstoff mehr, die Triebmechanismen arbeiteten nicht.

Nach der ersten Verzweiflung forderte Robert List von den Kosmonauten, Mut zu fassen. „Es steht schlecht", sagte er, „aber wir leben noch, und das ist gut. Zeit haben wir genug – unser ganzes Leben, wir haben Mechanismen, Material, Laboratorien, wir werden die beschädigten Stellen abriegeln, werden versuchen, eine gewisse Menge Treibstoff herzustellen, wenn auch nicht Photonentreibstoff, so doch einfachen, wie ihn die ersten Kosmonauten bei ihren Flügen benutzten."

Sie machten sich an die Arbeit, die nach ihrer Bordzeit rund drei Jahre, nach irdischer mehr als vier Jahrhunderte dauerte. Die beschädigten Stellen wurden abgeriegelt, und die Triebmechanismen warteten nur noch auf Treibstoff. Die Kosmonauten zählten bereits die Tage bis zu dem Augenblick, da sie die Triebwerke anlassen wollten, als die zweite Katastrophe hereinbrach. Kamagin und Groman hatten gerade Dienst im Kartenraum – nur sie blieben unversehrt...

Eduard Kamagin wurde leichenblaß, als er sich der leuchtenden Kugel erinnerte, die sie unvermutet gesichtet hatten, und seine Erregung übertrug sich auf uns. Die Kugel war plötzlich dagewesen, hatte sich nicht genähert, sondern war gleichsam aus dem Nichts hervorgesprungen, wie hergezaubert – das war das erste Rätsel, das sie ihnen aufgab. Die Kosmonauten fotografierten in dem Raum, woher sie kamen und wo die Sonne schon längst nicht mehr zu sehen war, Tag für Tag die Sternbilder, um zurückzufinden, falls es ihnen gelingen sollte, die „Mendelejew" zu wenden. Kamagin hatte seine Aufmerksamkeit auf den Aldebaran gerichtet, sah ihn unerwartet trüb werden, tanzen, und ins Blickfeld schnellte eine grell strahlende Kugel. Kamagin schrie auf. Die Besatzung stürzte an die Bullaugen.

Die „Mendelejew" jagte dicht unterhalb der Lichtbarriere dahin, trotzdem wurde sie von der Kugel eingeholt, die riesengroß war – einem kleinen Planeten glich.

„Eduard, funke unsere Rufzeichen!" befahl List. „Ich möchte wissen, ob das ein Schiff ist oder ein kosmischer Körper!"

Das waren Lists letzte Worte. Kamagin setzte den Sender und den fotografierenden Beobachtungsautomaten in Betrieb. Er hatte die Hände noch am Pult, als eine entsetzliche Schwere ihn an die Geräteplatte preßte. Ehe er das Bewußtsein verlor, hörte er die Schmerzensschreie seiner Kameraden.

Als Kamagin zu sich kam, war die Kugel verschwunden. Die später entwickelten Aufnahmen zeigten ihr Verschwinden – sie hatte sich nicht entfernt, sondern war ins Nichts gesprungen. Sie war weg, als wäre sie nie erschienen.

Neben Kamagin lag der stöhnende Groman. Kamagin flößte ihm Wasser ein und schleppte ihn zu einem Sessel. Nachdem sie sich erholt hatten, stiegen sie ins Laboratorium hinunter. Auf dem Fußboden lagen ihre verstümmelten Kameraden – einer war an der Überbelastung zugrunde gegangen, ein anderer von herabstürzenden Gegenständen erdrückt worden. Keiner konnte wiederbelebt werden.

Wir sahen uns auf dem Raumbildschirm die Fotos von der Katastrophe an. Tatsächlich: Die Kugel erschien plötzlich, und ebenso plötzlich verschwand sie. Die Analysatoren stellten fest, daß ihre Form ideal sphärisch sei, ihr Durchmesser betrage achtzehn und sechs Zehntel Kilometer, sie bestehe aus einem unbekannten Kunststoff, ihr Leuchten sei monochromatisch, die Oberfläche ohne Vertiefungen und Auswüchse.

André legte es darauf an, sich als erster zu äußern. Wir waren auf etwas Ungewöhnliches gespannt, so daß wir uns nicht wunderten, als er die Vermutung, es handele sich um einen kosmischen Körper, der zufällig neben dem Sternenflugzeug aufgetaucht sei, verwarf. Natürliche Körper mit einer unnatürlichen Eigenschaft seien ein Wunder, und Wunder gebe es nicht. Die Kugel sei ein Mechanismus, ein Kampfkreuzer, und in seinem Innern hockten die geheimnisvollen Zerstörer

10–52

oder Verderber. Alles deute auf sie hin, alles führe zu ihnen. Die Gravitationswellen, von denen die „Mendelejew“ erschüttert worden sei, bewiesen, daß die Zerstörer die Mechanik der Gravitationsfelder beherrschten. Ihr unvermitteltes Erscheinen aus dem Nichts und ihr plötzliches Verschwinden ins Nichts sei durchaus erklärlich, wenn man voraussetze, daß sie sich wie wir mit Überlichtgeschwindigkeiten fortbewegten. Jenseits der Lichtbarriere seien die Körper unsichtbar, denn sie überholten das Licht, und wenn sie bremsten, träten sie plötzlich wie aus dem Nichts hervor. Selbstverständlich müsse das, was uns elementar vorkomme, den Kosmonauten des ersten Jahrhunderts übernatürlich erschienen sein...

André sprach in einem Ton von den Kampfschiffen, als sehe er die Zerstörer an den Rudern und den Gravitationsgeschützen. Mich hatte er überzeugt, Olga ebenfalls.

„Die Kugel hat sich mit regulierbarer Geschwindigkeit fortbewegt und einen Gravitationsschlag geführt“, sagte sie. „Andrés Schlußfolgerung ist logisch: Vernunftbegabte Wesen haben die Geschwindigkeit reguliert und geschossen. Ob es die Verderber sind oder andere, wissen wir nicht. Wichtig ist, daß sie existieren und daß sie nicht die schlichte Gutmütigkeit der zänkischen Engel von den Hyaden haben. Dies sind technisch entwickelte Wesen.“

Wera stellte uns eine Frage. „Der Gravitationsschlag brach herein, als das Sternenflugzeug seine Rufzeichen funkte. Nehmen wir an, daß sich in der Kugel die Verderber befanden. Es kann nicht sein, daß sie den Funkspruch nicht entschlüsselten. Sie beantworteten ihn mit einer todbringenden Salve. Warum?“

„Es herrscht Krieg!“ rief André. „Als sie feststellten, daß sie Menschen vor sich hatten, erklärten sie der Menschheit sofort den Krieg und versuchten deren erste Abgesandte zu vernichten. Wir haben den Bereich der kosmischen Schlachten betreten und sind unfreiwillig Streitmacht geworden.“

„Nach wie vor wissen wir nichts über die Natur und über die gesellschaftliche Organisation dieser Wesen“, setzte Wera fort. „Aber daß sie existieren und daß sie aggressiv sind, ist leider unbestreitbar. Wir müssen auf der Hut sein. Noch eins muß entschieden werden: Die Analysatoren haben bestätigt, daß der Sternhaufen in den Träumen der Engel mit dem identisch ist, den wir von hier aus im Perseus sehen. Bis zu den Perseushaufen sind es mehr als viertausend Lichtjahre. Meiner Meinung nach brauchen wir den Kurs nicht zu ändern. Da wir nun einmal die Zerstörer in der Umgebung der Plejaden entdeckt haben, werden wir die Erforschung der Plejaden fortsetzen.“

Alle stimmten ihr zu.

5

Die lichte Sternenschleppe der Plejaden blieb hinter uns, wir näherten uns dem Mittelpunkt der Gruppe. Viele helle Sterne waren um uns. Dennoch war genug kosmische Leere da – ein Stern war vom anderen zwar nicht Dutzende von Lichtjahren entfernt wie bei uns, aber doch mindestens ein Lichtjahr. Wir hielten nach wie vor Kurs auf die Elektra.

Im Sternenflugzeug war eine Forschungsgruppe gebildet worden. Die Kosmonauten Kamagin und Groman gehörten zu ihr. André war der Leiter, ich erster Gehilfe. Ich fragte Lussin: „Wie geht's Trub? Zieht es ihn nicht hinaus?"

Lussins Gesicht erhellte sich, seine Antwort war klar. „Bereite den Engel zum Flug vor. Er wird Kundschafter sein."

Als wir uns der Elektra näherten, ging unser Sternenflugzeug auf Sublichtgeschwindigkeiten herunter. Jetzt wirkten sich die Gesetze der Relativitätsmechanik auf uns aus. Eine Verzögerung der Bordzeit vermieden wir, indem wir uns von der Lichtbarriere durch ausreichende Geschwindigkeitsminderung lösten, doch unsichtbar konnten wir nicht bleiben. Wir tauchten aus einer anderen Welt auf, wie vor den Kosmonauten der Kreuzer der Verderber aufgetaucht war – ein mit guten Instrumenten ausgerüsteter Beobachter konnte uns jetzt erkennen. Vorsichtshalber näherte sich Olga keinem der Gestirne, während wir auf die „Steuermann" warteten. Die flog im Überlichtbereich, vorerst unsichtbar, wir hingegen konnten von ihr schon gesehen werden. Verstohlen näherten wir uns der Elektra, indem wir Bogen um die anderen Sterne schlugen und eine schwierige Kurve beschrieben. Automaten suchten den Raum nach fremdartigen Körpern ab oder waren auf die Elektra gerichtet. Vermutlich war der zweite Planet von vernunftbegabten Wesen besiedelt. André brüstete sich, Städte und Kanäle zu erkennen, ich sah nur das nächtliche Leuchten nach Anbruch der Dämmerung. Wir nannten den Planeten Sigma.

Bald darauf empfingen wir Signale von der „Steuermann". Wir unterrichteten sie von der Begegnung mit der „Mendelejew" und von der geheimnisvollen Kugel.

Nicht weit von der Elektra trafen sich unsere Sternenflugzeuge. Die „Steuermann" ging neben uns auf parallelen Kurs. Ein Planetenflugzeug löste sich von ihr. Allan hatte das Schiff seinen Gehilfen anvertraut und kam zu uns. Wie stets hatte er sein Reiseköfferchen bei sich. Es barg Überraschungen für unsere Vorfahren.

„So seht ihr also aus!" rief er. „Haargenau wie auf den Fotos, kein bißchen verändert in den vier Jahrhunderten. Überzeugt euch selbst – prima, was?"

Aus dem Köfferchen zog er Bücher, Zeitschriften und Monographien des zweiten Jahrhunderts. Auf den Bildern sahen unsere Gäste sich selbst und ihre ums Leben gekommenen Kameraden. Reportagen vom Kosmodrom, die Meldung, daß die Funkverbindung zum Sternenflugzeug abgerissen sei und es seinen Kurs geändert habe. Die letzten Zeitschriften brachten einen Regierungsbericht. Der Versuch, Verbindung zu dem vermißten Sternenflugzeug aufzunehmen, sei mißglückt, hieß es da. Schwarz umrandet waren Artikel von Freunden und Gelehrten abgedruckt – das prachtvolle Schiff ist dahin, schrieben sie, und unsere lieben Kameraden, die mutigen Erkunder galaktischer Tiefen, haben den Tod gefunden. Es war rührend und seltsam, daß die Verwandten und Freunde der Kosmonauten, die deren Verlust betrauerten, selbst längst vom Leben Abschied genommen hatten. Außer den vergilbten Papierseiten erinnerte nichts mehr an sie. Diejenigen aber, deren Hinscheiden sie beweint hatten, standen neben uns – jung, gesund, hübsch, unsere fernen Vorfahren, die mit uns lebten, mit denen wir noch arbeiten, diskutieren, kämpfen würden, Schulter an Schulter, gegen unsere Feinde.

„Das ist ein Geschenk!“ sagte Kamagin. „Das wertvollste, überraschendste Geschenk – ein Blick in die unbekannte Zukunft, die schon längst Vergangenheit ist.“

„Ja, eure Zukunft!“ sagte Allan dröhnend. „Das neueste Blättchen ist zwanzig Jahre nach dem Start der ‚Mendelejew‘ erschienen. Da eurem Kalender zufolge seit dem Start erst drei Jahre vergangen sind, stehen euch die geschilderten Ereignisse noch bevor.“

Er entfernte sich mit den Kosmonauten, um die „Mendelejew“ in Augenschein zu nehmen, während ich die Landung auf der Sigma vorzubereiten begann. Mit dieser Aufgabe war ich betraut.

6

Am 8. Mai 564 landeten wir auf dem Planeten Sigma. Hier hatte es Städte gegeben. Es gab sie nicht mehr, als wir landeten. Aber ich eile voraus. Ich muß beginnen, als wir die vier Trabanten der Elektra erforschten. Der erste Planet, es war der nächste, interessierte uns nicht. Das war eine rauchige, feurige Kugel – Lavaozeane und darüber Wolken von Schwefelgas. Keinerlei Lebensformen konnten in dieser Höllenglut existieren. Die beiden äußeren Planeten zogen uns ebenfalls nicht an. Sie waren von der Elektra weiter entfernt als der Pluto von der Sonne, und sie waren von Massen fossilen Eises bedeckt. Der zweite aber, die Sigma, die an den Abenden rosigen Schein verbreitete, glich der Erde: Ozeane, Berge, Wälder und Flüsse. Eines überraschte uns: Als wir uns ihr näherten, erhielten wir keine Antwort auf unsere Funkwellen und Lichtsignale. Sie haben Angst vor den unverhofften Ankömmlingen, dachten wir.

Während die „Raumfresser“ und die „Steuermann“ über dem Planeten schwebten, wurde er von einem Planetenflugzeug angesteuert. Darin befanden sich André, ich und Lussin mit Trub. Vorsichtshalber war beschlossen worden, sonst niemanden zur Erkundung auszuschicken.

Zuerst umflogen wir die Sigma. Sie war ein kultivierter Planet. Von der Erde unterschied er sich vor allem durch die Gebirgsketten, die sich aus den Ozeanen erhoben. Das Festland bildete eine glatte Ebene, waldig und wiesenreich.

Wir entdeckten vier Städte und Dutzende von Siedlungen, aber weder Bewohner noch Fahrzeuge. Unten lagen exakt aufgestellte Kästen fensterloser Gebäude, sie fügten sich zu Straßen, die Straßen mündeten in Plätze. Aber Straßen und Plätze waren leer.

André wählte eine Waldlichtung unweit einer Stadt und stieg als erster aus. Als ich hinausklettern wollte, kam mir Trub zuvor. Rauschend stürzte er hinaus. Jauchzend schoß er Purzelbäume in der

Luft des unbekannten Planeten, wo wir landeten.

„Suchen wir die Bewohner“, sagte André.

Trub flog vor, er versuchte schneller zu sein als die Aviettes, doch bald war er müde. Lussin nahm den beschämten Engel zu sich. Gemächlich flogen wir zur Stadt.

Kurze Zeit später wanderten wir, die Aviettes hatten wir verlassen, durch die Straßen. Nach den Höhlenwohnungen der Aldebaranen und den Schutzhainen der Wegabewohner setzte uns die Stadt in Erstaunen. Immerhin waren hier Gebäude – Kästen ohne Fenster und Türen, mit Öffnungen an den Dächern, geduckt, finster, unmäßig lang –, manche zogen sich einen Kilometer und weiter hin. Wären die Wohnstätten nicht so riesig gewesen, hätte ich gesagt, sie erinnerten an die Häuser der Atairen.

„Ich lege meine Hand dafür ins Feuer, daß die Bewohner hier Flügel haben“, sagte André. „Etwa in der Art Trubs.“

Aber sie sahen eher Grashüpfern ähnlich als Engeln. Wir bekamen bald eine Gruppe zu Gesicht, sie hatten ungefähr die Größe unserer zehnjährigen Kinder, waren grün, geschuppt, besaßen durchsichtige Flügel, vier biegsame Gliedmaßen und schmale, fast menschliche Köpfe. Sie lagen an einer Wand, blutig, zerdrückt, keinem schlug das Herz, keiner atmete. Wir standen schweigend vor ihnen, Trub durchschnitt mit seinen Flügeln pfeifend die Luft.

„Es gibt keinen Frieden unter den Sternen“, sagte André finster. Er winkte Trub heran. „Steck doch mal deinen Kopf durch ein Loch und berichte uns, was du siehst.“

Trub kroch durch eine Öffnung und verschwand für ein paar Minuten. Dann kam er wie ein Stein heruntergeplumpst.

„Tot!“ schrie er erregt. „Alle umgebracht!“

Ich rief ihn zu mir. Bereitwillig bot er mir seinen Rücken. Dieser geflügelte Bursche hatte Kräfte wie ein Stier. Mühelos trug er mich zur Öffnung hinauf. Ich steckte die Beine hindurch und setzte mich, wobei ich mich am Rande der Öffnung festhielt. „Hinein, Trub, und möglichst schnell!“

Im Nu war er durch eine andere Öffnung geschlüpft und kam von innen zu mir geflogen. Ich bin breiter in den Schultern als er und konnte mich nur mit Mühe hindurchzwängen. Trub zog mich an den Beinen und fing mich im Flug auf. Ich umfaßte seinen Hals und leuchtete mit einem Taschenscheinwerfer. Ein entsetzliches Bild! In der gigantischen Steinscheune lagen Stapel toter Grashüpfer mit Menschenköpfen. Trub bewegte schwerfällig die Flügel, flog mit mir zum Ende der Scheune und kehrte zurück; überall Leichen, nirgends wurde ein Kopf gehoben, ein Flügel gerührt.

„Seuche oder Schlacht?“ fragte André, als wir wieder draußen waren.

„Wahrscheinlich Schlacht. Die Einwohner der Stadt hatten sich in den Schutz der Mauern geflüchtet, der Tod ereilte sie in ihren Zufluchtstätten. Das kann erst kürzlich geschehen sein, vielleicht vor ein paar Tagen oder Stunden.“

„Sind die Leichen ebenso zerdrückt wie diese?“ André wies auf die Toten an der Wand.

„Plattgedrückt. Offenbar ein Schlag aus Gravitationsgeschützen."

Vor uns stand die Wand eines Gebäudes, das die Straße teilte. Wir bogen nach links ab. Lussin fing plötzlich an zu laufen und schrie: „Ein Mensch!"

Wir rannten ihm nach, kreischend überholte uns Trub. Auf einem Platz stand eine aus drei Figuren bestehende Skulptur. Ein großer Mensch umfing zwei menschenköpfige Grashüpfer. Alle drei lachten, die Gesichter erhoben. Der gelbe, prächtige Stein, dem kalten Marmor unserer Statuen gänzlich unähnlich, verstärkte den Eindruck von Freude.

„Ein Galakt", sagte André und wies auf die nach verschiedenen Seiten gebogenen Finger der mittleren Figur.

„Empfang von Freunden", sagte Lussin. „Ist vom Himmel gekommen. Wartet auf andere."

Ich mußte den Galakten immerfort betrachten. Ein derart lebendiges Gesicht, daß ich den Wunsch verspürte, sein Lächeln zu erwidern. Und erneut war ich von den riesigen Augen des Galakten überrascht. Sie waren viereckig und nahmen einen so großen Teil des Gesichts ein, daß ich zunächst nur sie bemerkte. Sie hatten einen eigenen Ausdruck – Fröhlichkeit, von Unruhe überschattet; der Künstler hatte das meisterhaft wiedergegeben. Die Grashüpfer mit den klugen Menschengesichtern freuten sich nur, da sie den Galakten umfingen, er freute sich und war besorgt, er war glücklich und wachsam, anscheinend erwartete er nicht nur gute Nachrichten, während er zum Himmel spähte.

In Gedanken rief ich Wera. Die aufflammende

Videosäule zeigte den Kommandeursaal, in den Sesseln saßen Wera, Olga und Leonid.

„Sei unbesorgt“, sagte Wera. „Wir beobachten euch.“

„Also habt ihr die Greuel dieser Stadt der Toten gesehen? Und wißt, was das bedeutet?“

„Ja, Eli. Ihr seid durch mächtige Felder geschützt. Benutzt sie!“

Um uns herum flog Trub, bald schwang er sich auf, bald schwebte er herab. Plötzlich sauste er davon, und gleich darauf kreischte er so fürchterlich, daß wir Hals über Kopf zu ihm rannten. Mir fiel ein, daß er im Gebrauch von Schutzfeldern nicht unterrichtet war, und ich schirmte ihn mit meinem ab. Trub prallte von einem Block zurück, auf den er sich wütend gestürzt hatte. Rasch hob ich das Feld auf. Trub begriff nicht, was ihm geschehen war. Er erzählte, eine unwahrscheinliche Kraft hätte ihn bei den Haaren gepackt und weggeschleudert. „Ein Feind!“ ereiferte sich Trub, erneut stürzte er sich auf den Block. „Ein schurkischer Feind.“

Aber das war kein Lebewesen, wie Trub meinte, sondern wieder ein Stein. Auf einem polierten Postament erhob sich etwas Seltsames, das seinesgleichen suchte: ein Zwischending zwischen einem Erdklumpen, einer aufgeblähten Schildkröte und einem Ritterhelm aus den irdischen Museen. Aus der Mitte der Steingeschwulst ragte wie ein Schlangenleib ein biegsames Rohr, an dessen Ende ein Auswuchs war, ähnlich einer großen Gurke oder einer Ananas. Dieser Auswuchs funkelte, strahlte, doch nicht wie eine Glühbirne in gleichmäßigem Schein, sondern wie tausend stechend grelle Spitzen, als wäre er mit Edelsteinen besetzt, und jede Facette glänze gesondert – die Strahlen durchbohrten, ohne zu leuchten. Diese sonderbare Anlage sah unheilvoll aus, und ich verstand Trub, der sich so ingrimmig darauf gestürzt hatte.

Schweigend standen wir vor dem Monument. Wir wußten, daß man es auch von den Sternenflugzeugen aus beobachtete, sich ebenso wie wir fragte, was das für ein Ding sei.

„Ob das ein Verderber ist?" fragte André. Von seiner Selbstsicherheit war nichts geblieben.

„Ein Verderber", sagte Lussin. Trubs Raserei hatte ihn überzeugt.

„Eher die Kampfmaschine eines Verderbers", versetzte ich. „Und die Gurke am Hals ist entweder ein Auge oder ein Periskop. Ich sehe hier ein großes Rätsel, André."

„Eins? Ich würde nicht weniger als tausend zählen, Eli."

„Eins", sagte ich. „Nämlich dies: Aus der ersten Skulptur ist ersichtlich, daß sich die Sigmabewohner über die Galakten gefreut haben. Warum errichten sie dann den Feinden ihrer Freunde Denkmäler? Wozu Übelwollenden Ehre erweisen?"

„Das muß noch bewiesen werden, daß Denkmäler ehrenhalber aufgestellt werden. Vielleicht ist dies eine Warnung: Vergeßt nicht, was uns droht!"

Die dritte Skulpturengruppe war, was die künstlerische Meisterschaft betraf, in der Tat großartig. Am Rande des Postaments erhob sich ein weiterer steinerner Dickwanst mit funkelndem Auswuchs, in der Mitte und auf der anderen Seite standen zwei Galakten und acht Sigmabewohner. Still verharrten wir vor der Skulptur. Wie bei den Atairen bot sich uns ein entsetzliches Bild der Sklaverei: Galakten und Sigmabewohner waren in Ketten gelegt. Der Verderber war offensichtlich Aufseher dieser Gefangenenprozession.

Plötzlich schlug uns stechendes Licht entgegen, eine Schwere, gegen die wir nicht ankamen, schleuderte uns an die Wand. Mir war, als wäre ich unter einer Presse und würde zermalmt.

7

Es dauerte nur Bruchteile von Sekunden, denn der Schlag wurde sofort abgewehrt. Heute weiß ich, daß wir von dem ersten Gravitationsschuß des Verderbers vernichtet worden wären, wenn die Freunde im Sternenflugzeug nicht auf uns geachtet hätten. Unsere Felder waren zu schwach, um den kurzen Schlägen von Schwereüberlastung zu widerstehen. Als der Zerstörer seinen mörderischen Impuls aussandte, wurden unsere Schutzfelder wie Harmonikas zusammengedrückt, sie schwächten die Tausendtonnenlast nur ab. Doch die Automaten der Sternenflugzeuge halfen uns, ihr Gegenimpuls neutralisierte den Schlag.

Trotz der Erschütterung hielt ich mich auf den Beinen. Während großer Spannungen sind Verstand und Gefühle hundertmal schneller als sonst. Ich nahm Informationen von verschiedenen Seiten gleichzeitig auf und verarbeitete sie, ich hörte, sah und empfand Dutzende wichtiger Bilder, antwortete, verwarf, akzeptierte – alles auf einmal. André und Lussin hatten sich blau verfärbt, sie keuchten und kämpften, an die Wand gepreßt, fast plattgedrückt, mit sich selbst, um das Bewußtsein nicht zu verlieren und nicht eine Beute des Räubers zu werden, der uns angegriffen hatte. Auch den Verderber, eine riesige erdige Geschwulst mit langem Hals und funkelndem Auge, sah ich. Er kam hinter dem Gebäude hervorgekrochen und näherte sich rasch, um einen neuen, stärkeren Schlag zu führen, den die fernen Automaten unserer Sternenflugzeuge vielleicht nicht mehr würden abwehren können. All das prägte sich als einheitliches Bild in mein Gedächtnis, wahrscheinlich war es das, denn es spielte sich alles blitzschnell ab – der Verderber tauchte auf, griff sofort an, ich unternahm einen wütenden Ausfall. Der mutige Engel stürzte sich auf den Feind, die Krallen gezückt. Dieser Überfall war so überraschend für den Verderber, daß es Trub gelang, dessen Auge zu zerkratzen. Der Verderber schwenkte den Hals und schleuderte sein Feld nach oben. Trub schrie nicht einmal auf, er sauste beiseite, die Flügel gebrochen, eine Wolke von Federn breitete sich aus. Da versetzte ich dem Verderber den Todesstoß. Ich preßte mein Schutzfeld zu einem schmalen, strahlähnlichen Bündel und traf den Verderber wie mit einem Degen.

Er sank nicht blutüberströmt nieder, sondern platzte wie eine Seifenblase. Eine Explosion, eine aufschießende Säule von Feuer und Rauch, herabfallende Stücke und Tropfen – das war alles. Das

Wesen war zersplittert, nicht niedergestreckt, sondern zerstoben. Damals wußte ich noch nicht, daß Verderber auf diese Weise sterben.

Ich stürzte zu André und Lussin. André war blaß, er schwankte, seine Augen waren geschlossen. Lussin kam rasch zu sich.

„Trub scheint tot zu sein!“ rief ich. „Untersuche Trub, Lussin!“ Lussin stützte sich an der Wand und ging unsicheren Schritts zu Trub. Er versuchte den Engel aufzurichten und vermochte es nicht. Mit tränenerstickter Stimme rief er mich. Ich bemühte mich noch um André. Der hatte die Lider geöffnet, konnte aber nicht sprechen. Vergebens forderte ich Aviettes an. Fluchend rief ich das Planetenflugzeug. Es reagierte ebenfalls nicht.

Die Videosäule flammte auf. Niemals werde ich die Angst in Weras Gesicht vergessen. Sie blickte mich an, als wäre ich schon tot. „Eli!“ sagte sie und stöhnte. „Ihr werdet eingekreist, Eli!“

Leonid löste sie ab. Sein markantes Gesicht glühte vor Zorn. „Die Aviettes sind von den Verderbern vernichtet!“ rief er. „Das Planetenflugzeug ist beschädigt. Nicht weniger als fünfzig dieser Kreaturen kriechen auf euch zu. Wir verstärken eure Felder bis zum äußersten, eilen euch zu Hilfe. Haltet aus, Kameraden!“

„Wieviel Zeit haben wir noch?“ fragte ich. „Minuten? Sekunden?“

„Drei, vier Minuten! Sucht euch eine abschirmende Deckung!“

Ich ließ André allein und lief zu Lussin. Gemeinsam schleppten wir Trub zu André. Der arme

11–52

Engel war so geschwächt, daß er die Finger nicht bewegen konnte. Sein Kopf hing kraftlos herab. Doch seine Kampfeslust war nicht versiegt. Als wir ihn an der Stelle vorbeitrugen, wo der Verderber gestanden hatte, kreischte er heiser. Die Federreste an seinen ramponierten Flügeln sträubten sich. Ich mochte diesen prächtigen Burschen.

Nichts war in der Nähe, was uns vor den Gravitationsfeldern abschirmen konnte. Ich schüttelte André. „Komm zu dir, hörst du! Die Verderber umzingeln uns. Wir müssen unsere Felder maximal konzentrieren!“

André fuhr zusammen. In seine Augen kehrte die Vernunft zurück. Ich ließ ihn und wandte mich Trub zu. Um André brauchte ich mir jetzt keine Sorgen mehr zu machen. Er hatte die Gefahr erkannt und wußte, daß er seine Anstrengungen mit unseren vereinen mußte – für seinesgleichen war das die beste Arznei.

Um den Engel stand es schlimmer. Mit Flügeln und Krallen kämpfte er vortrefflich, seine Körpermasse wußte er geschickt einzusetzen, aber mit dem Feld operierte er schlecht. Ein Feld wird durch Verstand und Empfindung wirksam. Trub begriff nicht, daß allein der Wunsch, sich zu verteidigen, bereits Verteidigung war. Für ihn existierte nur die sichtbare und wahrnehmbare Welt. Was man nicht berühren konnte, gab es für ihn nicht – so war dieser tapfere Naivling eingestellt.

„Rühr dich nicht, wenn die Verderber auftauchen, sondern schrei sie an: Zurück, zurück! Schrei es im stillen, verstanden?“ redete ich auf ihn ein.

„Und wenn du es im stillen nicht kannst, dann brülle laut, das wirkt auch!"

„Man muß sich auf sie werfen und sie mit den Zähnen zerreißen!" beteuerte er aufgeregt und versuchte sich aufzurichten. Er nahm die Flügel zu Hilfe, sie versagten ihm den Dienst, er stöhnte und verzog das Gesicht vor Schmerz.

Da zeigten sich die Verderber. Gleichzeitig krochen sie von allen Seiten heran, schoben sich hinter den Wänden hervor, kamen die Straße herauf, von den unheildrohenden Strahlen ihrer Augenköpfe angekündigt. Blutrote Flammen zuckten, wurden heller, es war, als wären wir mitten in einem windgepeitschten Brand. Um nicht geblendet zu werden, ließen wir die Helme herab und setzten die Lichtfilter an unseren Spezialanzügen in Betrieb.

André, der endgültig zu sich gekommen war, öffnete das Köfferchen mit dem Dechiffriergerät und stellte es auf sämtliche Bereiche ein.

„Bist du verrückt geworden, was soll das?" flüsterte ich.

„Das stört nicht. Ich bin überzeugt, daß sie miteinander reden und daß das Strahlen ihrer Köpfe damit zusammenhängt."

Ich bin ein Mensch von anderem Schlag als André. Der bevorstehende Kampf nahm mich ganz und gar in Anspruch. Ich war mir nicht sicher, ob wir den Angriff abwehren würden, aber daß wir unser Leben nicht billig hingeben würden, wußte ich genau. Olgas erregte Stimme erklang in mir: „Eli, halte stand, Hilfe ist unterwegs!"

Vielleicht war auch irgendwo in der Nähe eine

Videosäule mit ihr und Wera aufgeflammt, ich konnte mich nicht umsehen, ich behielt die Verderber im Auge.

Immer mehr krochen hervor, sammelten sich, stellten sich im Halbkreis auf, näherten sich gemächlich. Ich durchschaute ihren Plan, dem eine einfache Rechnung zugrunde lag. Die Stärke ihrer Gravitationsfelder war zum Quadrat der Entfernung umgekehrt proportional – wenn sie es um die Hälfte verminderten, verstärkten sie ihren Schlag um das Vierfache. Offenbar hatten sie die Absicht, nicht von einfern anzugreifen, sondern den Ring methodisch einzuengen, soweit es der Widerstand unserer Felder erlaubte, dann ihre Anstrengungen plötzlich zu summieren und einen kurzen Vernichtungsschlag zu führen.

Ich begriff: Sofern wir ihren Plan nicht durchkreuzten, würden sie uns zerquetschen. Wir waren ihnen gegenüber ungeheuer im Vorteil, da wir schnell laufen konnten. Von diesem Vorteil gedachte ich Gebrauch zu machen.

„Konzentriert eure Felder auf mich, wenn ich losrenne!“ befahl ich. „Diesen leuchtenden Schildkröten werde ich gleich beweisen, daß sie den Menschen nicht das Wasser reichen!“

„Eli“, sagte Lussin. „Sei vorsichtig! Wir konzentrieren!“

Ich stürzte mich auf den nächsten Verderber. Er war etwas weiter als die anderen vorgekrochen und bezahlte seine Unvorsichtigkeit mit dem Leben. Zu beiden Seiten durch die Bemühungen meiner Freunde geschützt, brachte ich den Verderber durch mein Feld wie mit einem Schwert zur Strecke. Seine Fetzen segelten noch durch die Luft, als ich mein Dolchfeld durch seinen Nachbarn rammte. Die Verderber wichen zurück, unruhig verstärkten ihre Köpfe das ohnehin grelle Licht, jetzt waren sie wie Scheinwerfer. Trotz der dichten Lichtfilter schmerzten mir die Augen. Mein Körper wurde wie von einem Schraubstock zusammengepreßt, ich keuchte vor Schmerz. Der Druck hielt nur einen Augenblick an, ließ sofort nach, nahm erneut zu und schwand abermals – die Verderber hieben mit Gravitationsimpulsen auf mich ein, und meine Freunde wehrten die Schläge mit ihren Feldern ab. Ich schwankte, spürte, daß ich das Bewußtsein verlor, doch bevor ich zu Boden ging, gelang es mir, noch einen Verderber zu zerfetzen. André und Lussin kamen angelaufen, und ich sank ihnen in die Arme. Hurtig schleppten sie mich in den Schutz einer Wand.

Wir hatten, vom Engel natürlich abgesehen, noch nie Gelegenheit gehabt, gegen Feinde auf Tod und Leben zu kämpfen, und der erste Erfolg berauschte uns. In jedem von uns schien der Kämpferinstinkt erwacht zu sein, der vor vielen Generationen überwunden worden war.

Die Verderber rückten erneut im Halbkreis gegen uns an. Ich weiß nicht, weshalb, doch ich war plötzlich überzeugt, daß sie ihren Angriffsplan geändert hatten. Ihr Zentrum schob sich vorsichtiger heran als die Flanken, sie versuchten, uns seitlich zu umfassen und uns dann, Feld gegen Feld, durch zwei Gegenschläge zu zermalmen. Und wenn ich erneut vorgeprescht wäre, hätten sie im Zentrum den

Rückzug angetreten und mit meinen des Flankenschutzes beraubten Freunden seelenruhig abgerechnet. Ihr Plan war auf einen derart kurzsichtigen Gegner zugeschnitten, daß ich Verachtung für sie empfand. Damals wußte ich noch nicht, daß man einen Feind nicht für dümmer als sich selbst halten darf, wenn man nicht will, daß er einen überlistet.

„Wir wiederholen unseren Angriff ebenfalls, doch anders", sagte ich. Mein Plan stützte sich auf Schnelligkeit und gemeinsames Handeln.

Als sie nah genug heran waren, stießen wir gegen ihre linke Flanke vor. Ich hatte genau kalkuliert, und meine Rechnung ging auf. Während wir eine Flanke angriffen, entfernten wir uns von der anderen und schwächten dadurch ihren Schlag, mit dem Zentrum brauchten wir während des kurzen Scharmützels nicht zu rechnen.

Diesmal zerfetzten wir, da wir nicht mit einem, sondern mit vier geballten Feldern zuschlugen, sechs Verderber, worauf die ganze linke Flanke ihr Heil in der Flucht suchte. Wir konnten nicht die Verfolgung aufnehmen, sondern mußten uns dem Zentrum und der zweiten Flanke zuwenden. Durch kurze Vorstöße zwangen wir auch die zurückzuweichen. Das Schlachtfeld war mit den Resten vernichteter Feinde übersät und von einer dunklen Flüssigkeit, ihrem Blut, bedeckt.

Im Schutz der Mauer schöpften wir Atem.

Doch diese Teufelskreaturen hatten aus den Mißerfolgen gelernt. Sie hatten erkannt, daß sie sich den Klingen unserer Kraftfelddegen darboten, wenn sie in Kette angriffen. Jetzt näherten sie sich in drei

kompakten Gruppen, etwa zwanzig Köpfe in jeder, Wanst an Wanst, Auge an Auge. Dasselbe, womit wir sie beim zweiten Ansturm auseinandergejagt hatten, wandten sie gegen uns an – ein vielfach verstärktes, zur Faust geballtes Feld. Wir könnten noch so rasch vorstoßen, es würde uns nicht gelingen, einen derart summierten Kraftstrom auseinanderzuwirbeln. Die Zeit, die uns noch zum Leben blieb, wurde durch die Geschwindigkeit bestimmt, die uns die Feinde näher brachte.

André, der sich nach dem Überfall des ersten Verderbers noch nicht erholt hatte, war gelassen. Ich ahnte, woran er dachte.

„Du schaffst es noch, unser Sternenflugzeug zu rufen und einen Abschiedsgruß an deine Frau und deinen Sohn zu übermitteln", sagte ich und wandte mich ab.

Die Verderber beeilten sich nicht. Sie wußten, daß wir in ihren Feldern waren. Umsichtig griffen sie an. André rief das Sternenflugzeug. Noch nie hatte mein impulsiver Freund so klar und ruhig gesprochen.

„Jeanne! Oleg!" diktierte er. „In wenigen Minuten bin ich nicht mehr. Ich liebe euch. Seid glücklich!"

„Umarmen wir uns, Freunde", sagte ich. „Und dann hauen wir zum letztenmal auf sie ein. Es hat keinen Sinn, die Sache lange hinzuziehen."

Wir stürmten gegen die zentrale Verderbergruppe an.

Es gelang uns nicht, sie auseinanderzuwirbeln. Wir brachten es nicht einmal fertig, unsere Felder zu Degen zu konzentrieren, so fest hielten uns die Kraftketten umklammert. Nur Lussin durchbohrte einen

Verderber und sank gleich darauf zu Boden. Ich wollte nicht schreien, nicht um Hilfe rufen, doch unwillkürlich entrang sich mir verzweifeltes Geschrei. Neben mir schrie André auf.

Unsere Schreie waren noch nicht abgeschnitten, von der Todesschlinge der feindlichen Felder noch nicht abgewürgt, da sauste aus der Höhe etwas herab. Wie durch einen Zauber änderte sich alles: Der Schraubstock lockerte seinen Druck, die Augenköpfe erloschen, und der Verderber, auf den ich eben noch vergeblich gezielt hatte, verging in einer Wolke von Fetzen und Staub.

8

Leonid war nicht zu halten. Wie von einem Wirbelsturm gepackt, stoben die Verderber vor ihm auseinander und zerfielen. Allan und André beschirmten ihn zu beiden Seiten, hinter ihnen eilten, einander stützend, Lussin und der Engel. Ich tat einen Schritt und spürte, daß meine Kraft nicht ausreichte, mich fortzubewegen.

„Forscher, forscher!“ ermunterte mich Romero. „Es ist klar, daß Sie mehr abbekommen haben, die Verderber wollten zunächst Sie zur Strecke bringen, aber man darf sich nicht so gehenlassen. Ich sage Ihnen, nehmen Sie Ihr Feld zusammen, dann wird Ihnen sofort leichter.“

„Bleib nicht zurück, Eli!“ brüllte Allan fröhlich. „Zeige ihnen, was du wert bist!“

Das Zureden und die Rufe, aber auch der Anblick von Groman und Kamagin, die der Vorausgruppe

zu Hilfe eilten, ermutigten mich. Immer sicherer schritt ich aus, und wenig später hatten wir Leonid eingeholt.

„Vorwärts!" rief er und nickte mir zu. „Hier sind noch ungefähr zehn von diesen Kreaturen!"

Ich faßte ihn bei der Hand. „Warte", flüsterte ich. „Wir dürfen sie nicht vernichten."

„Was nicht noch! Wir weichen nicht, solange hier noch einer herumkriecht!"

André pflichtete mir bei. „Beruhige dich, Leonid! Wenigstens einen müssen wir lebend haben."

„Richtig!" sagte Allan und lachte schallend. „So ein Scheusal müssen wir mit zur Erde nehmen."

André hob ein Stück von einem zerborstenen Verderber auf. „Schaut doch mal! Das sind ja gar keine Wesen, das sind Maschinen!"

Auf seiner Hand lag ein dunkel benetzter Satz von Schaltbildelementen – Halbleiter, Widerstände, Kapazitäten, zweiteilige Formstücke. Zweifellos handelte es sich um eine künstliche Vorrichtung.

„Scheint zu stimmen", sagte ich. „Alles, was wir über die Verderber wissen, zeugt von ungewöhnlicher Grausamkeit – wäre sie nicht merkwürdig bei normalen Wesen?"

„Nein", sagte Lussin, der einen anderen Körperteil des Verderbers aufhob. „Organismus. Da!"

Das zweite Stück war lebendes Gewebe – Nerven und Sehnen waren darin verflochten, ein Rest Haut war zu sehen, am Knochen haftendes Fleisch. André drehte den Fund hin und her, beschmierte sich die Finger an der widerlich klebrigen Flüssigkeit.

„Ja", gab er zu. „Mechanismen sind das nicht."

Unsere Retter entfernten sich und nahmen Trub mit, während wir zu dritt das Schlachtfeld absuchten. Wieder war ich verblüfft, welch ungeheure Kraft die zur Strecke gebrachten Feinde gesprengt hatte. Das Wort „zerfetzt“ ist kein bildhafter Ausdruck, es charakterisiert genau das Ende der Verderber.

„Mir scheint, die sonderbare Vernichtungsform ist der Schlüssel zum Geheimnis ihrer Existenz“, sagte ich, als wir eine halbe Stunde gesucht und Dutzende Stückchen gefunden hatten.

André legte die Beute in eine Reihe. „Schaut her, viermal lebendes Gewebe, viermal künstliche Elemente. Sagt euch das nichts?“

„Ich verstehe“, sagte Lussin. „Eine Hälfte Organismus, eine Hälfte Mechanismus. Halb lebendig, halb künstlich.“

„Ja“, sagte André. „Genau.“

„Ihr vergeßt noch eine Möglichkeit – ein lebendiger Verderber sitzt in einer Maschine“, wandte ich ein. „Bei der Explosion vermischen sich die Körpergewebe mit den Mechanismusteilchen – das ist das ganze Geheimnis.“

„Dann sieh dir mal das hier an.“

Dieses Teilchen war tatsächlich lebendes Gewebe, war mit künstlichem verquickt, eins führte das andere weiter. Aus einem Knochen ragten Draht und ein Kunststoffwiderstand, an einem Kondensator hafteten Nerven und Muskelgewebe. Wir hatten eine organische Einheit vor uns, kein mechanisches Nebeneinander von Lebendigem und Totem.

„Zwei Möglichkeiten“, sagte André. „Entweder haben Lebewesen eine Methode gefunden, ihre un-

vollkommenen Organe meisterhaft durch künstliche zu ersetzen, und sind deshalb zur Hälfte Mechanismen geworden, oder Automaten haben es gelernt, organische Gewebe in sich hineinzumontieren, und sind Halborganismen geworden."

Diese Eigenart der Verderber erklärte mir das Wichtigste: ihre Grausamkeit. Zu Mechanismen degradierte Wesen mußten Güte und Mitempfinden verlieren. Aber wenn sie tatsächlich Automaten waren, zusammengesetzt aus organischen Elementen, woher nahmen sie dann die lebenden Gewebe?

9

Es war nicht gelungen, einen Verderber lebendig zu fangen. Leonid resignierte.

„Sie platzen wie Seifenblasen. Drei sind noch am Leben."

In einer Ecke saßen die Augenköpfigen, von unseren Feldern zusammengepreßt. Sie waren entkräftet, ihre Augen leuchteten matt, die Gravitationsimpulse, die sie von Zeit zu Zeit ausstießen, hatten ihre frühere Macht verloren. André setzte das Dechiffriergerät in Betrieb. Romero, der die Feinde zusammen mit Allan, Kamagin, Groman und Trub blockierte, winkte mich zu sich. „Wissen Sie, warum wir keinen einzigen lebend gefangen haben? Es wird Ihnen unwahrscheinlich vorkommen. Sie setzen sich selbst ein Ende, sobald ihre Lage aussichtslos ist!"

„Rums, den Schädel auf den Körper – und ab in alle Himmelsrichtungen!" sagte Allan. „Selbstsprengkonstruktionen – das sind unsere Gegner."

Indessen löste Kamagin, der drei Felder in sich konzentriert hatte, einen Verderber von zwei anderen. Als ein gewisser Abstand zwischen ihnen war, schlug sich der abgedrängte Verderber das Auge auf den Körper. Eine Explosion, das Ungeheuer zerbarst zu einem Häufchen feuchter Asche. Die beiden übrigen preßten sich noch enger aneinander. Ihre Köpfe funkelten unheilvoll.

„Das werden sie alle tun", sagte Leonid und stampfte mit dem Fuß auf. „Wenn man sie doch mit den Händen bei ihren verdammten Köpfen packen könnte!"

„Wie steht's bei dir?" fragte ich André. „Sie scheinen Leuchtsprache zu haben, so was ist doch einfach."

„Leider nicht." André zuckte ratlos die Schultern. „Schwache Gravitationsimpulse gehen von ihnen aus, die sprachlichen Impulsen gleichen, das Leuchten begleitet sie nur. Mit dieser Sprachform habe ich noch nie zu tun gehabt." Er seufzte. „Wenn wir wenigstens ein Signal enträtseln könnten, damit wir einen Schlüssel hätten!"

„Den Schlüssel werde ich euch gleich liefern. Ich unternehme mal etwas – achte auf ihre Reaktionen."

Langsam ging ich vor, schlug mit meinem Feld zu und wich zurück. Das wiederholte ich ein paarmal, dann schob ich die Verderber vorsichtig auseinander. Und erneut wechselte ich, nachdem ich darin innegehalten hatte, zu Schlägen über. Sie waren nicht stark, es waren Ohrfeigen. Ein paarmal setzte ich die gespreizten Finger auf die Augenköpfigen.

„Das genügt", sagte André. „Ich glaube, jetzt

können wir ihre Sprache entschlüsseln. Hört mal, das ist ja erstaunlich!"

Später wurde festgestellt, daß der entschlüsselte Text, obwohl in Einzelheiten ungenau, das Wesentliche richtig wiedergab. „Derselbe, der Mörder des ersten... Wieder derselbe... Wieder... Er schiebt uns auseinander... Befehl an die Abgeschirmten... Nur sie... Auf dem Planeten hier sind wir nur noch zu zweit, die anderen umgekommen... Der dreiundsechzigste hat sich selbst getötet. Ich ermatte. Habe nicht genug Gravitation. Ich antworte: Sie sind steinfingrig, sind anders... Die Abgeschirmten... Warum erst am Abend, sie sind doch so nah? – Bis zum Abend halte ich nicht durch... Ich schlage mir den Kopf auf... Der Planet wird nicht mehr gebraucht... Der Planet..."

Offenbar war irgendwo in der Nähe ihr Stützpunkt, und sie sprachen mit ihm. Wir mußten einen neuen Angriff erwarten. Dann äußerte jeder von uns, was er für wichtig hielt.

„Hilfe bekommen sie nicht vor dem Abend", sagte Leonid. „Wir müssen bis dahin mit ihnen fertig werden."

„Was sind das für Abgeschirmte? Wovor sind sie abgeschirmt? Vor unseren Feldern?" fragte ich. „Wir haben unsere Sternenflugzeuge hinter uns, das vergessen sie."

„Ihre Gravitation läßt nach", sagte André. „Was steckt in diesem seltsamen Satz? Und warum wurden nicht die Impulse ihres Gesprächspartners wahrgenommen?"

„Der Gesprächspartner ist weit", versetzte ich.

„Das Dechiffriergerät hat seine Impulse nicht aufgefangen."

„Der Planet", sagte Lussin, „wird nicht mehr gebraucht. Wollen sie ihn vernichten?"

„Von Bedeutung ist jetzt nur die Drohung: ‚Ich schlage mir den Kopf auf'", sagte Kamagin. „Zweifellos kündigen sie damit ihren Selbstmord an. Den müssen wir verhindern, aber wie?"

„Wir nehmen ihnen die Möglichkeit, ihre Köpfe zu bewegen", polterte Allan. „Abhacken mit dem Schwertfeld, und fertig!"

„Nein", entgegnete ich. „Dann lösen sich die Verderber auf. André hat recht, etwas Wichtiges hängt damit zusammen, daß ihre Gravitation nachläßt. Kommt, wir klemmen sie in unsere Felder und befördern sie so in die Barokammer."

Sie konnten sich nicht mehr rühren und waren bald auseinandergebracht. Da fand der eine doch einen Weg, sich mit dem Kopf einen Hieb zu versetzen. Um so sorgfältiger gingen wir mit dem letzten um. Wir trugen ihn zum Planetenflugzeug, mit dem Allan, Romero und Leonid gekommen waren. Seinen Kopf und seinen Rumpf hielten wir gesondert in unseren Feldern eingepreßt. Der Verderber wurde sichtlich schwächer. Seine Impulse wurden undeutlich, sein Kopf bewegte sich nicht mehr und erlosch.

„Er scheint gestorben zu sein", sagte André, als wir den Gefangenen in der Barokammer des Planetenflugzeugs einquartierten. „Das Dechiffriergerät fängt keine Strahlungen mehr auf."

Wir erhöhten den Druck in der Kammer, setzten den Bordgravitator in Gang. Wenn dem Verderber große Schwere gefiel, dann konnte er sie auch nach seinem Tode nutzen. Wir befestigten seinen Kopf, damit er nicht zufällig auf den Körper fiel, und sicherten den Verderber in seiner einstweiligen Gruft ab.

„Ich bleibe hier", sagte André, „und versuche den Körperbau und die Physiologie unseres Gegners zu studieren."

„Und wir suchen Planetenbewohner", sagte Leonid. „Vielleicht finden wir einen, der noch am Leben ist."

Nach wie vor wirkte der Planet tot. Wir flogen die Stadt ab, begaben uns zu den übrigen Städten.

Überall entsetzliche Spuren von Verwüstungen. Die Wälder und Wiesen, die am Morgen grün gewesen, waren verdorrt und verwelkt. Die Vegetation auf dem Planeten war vernichtet wie die Grashüpfer mit den menschenähnlichen Köpfen, die sie geschaffen hatten.

Ich stellte das Dechiffriergerät auf beliebige Gehirnstrahlungen ein. Nach einer Stunde des Suchens empfingen wir schwache Impulse.

Wir peilten die Strahlen an und wurden zu einem unterirdischen Rohr geführt, das tief im Wald verborgen war. Der Eingang zum Rohr war mit Gras und Ästen bedeckt. Das Dechiffriergerät zeigte an, daß sich drinnen drei Wesen befanden, die noch lebten.

Ich versuchte in die Öffnung zu kriechen, doch sie war zu eng für mich. Da kroch Kamagin hinein. Er erbat Unterstützung, und Groman folgte ihm, der genauso schmächtig war. Zu zweit schleppten sie einen sterbenden Sechsflügler heraus. Er antwortete nicht auf unsere Fragen, rührte sich nicht, sein Atem war kaum wahrnehmbar, doch sein Gehirn arbeitete fieberhaft schnell. „Sie liegen dort zu Hunderten", sagte Kamagin, „aber alle tot."

„Zwei leben noch", antwortete ich. „Das Gerät registriert ihre Gehirntätigkeit. Nehmen Sie das Bioskop."

Mit dem kleinen Gerät, das Spuren von Leben ausfindig macht, kehrten sie in das Rohr zurück. Die beiden Planetenbewohner, die sie herauszogen, befanden sich in einem schlimmeren Zustand als der erste. Während einer sofort verschied, lebte der andere noch einige Minuten, und ich zeichnete die Ströme seines sterbenden Gehirns auf.

Danach ging ich wieder zu dem ersten und überzeugte mich, daß er noch lebte. Hoffnung auf Genesung bestand nicht, doch das erlöschende Leben in seinem zermarterten Körper ließ sich noch eine Zeitlang erhalten. Es wurde Abend, als wir sicher waren, daß sich auf dem Planeten keine Lebewesen mehr befanden. „Nehmen wir die Skulpturengruppe mit", schlug Leonid vor.

Automaten hoben die drei Skulpturen von den Postamenten und trugen sie zum Planetenflugzeug.

„Von dem Schiff, das den Verderbern zu Hilfe kommt, haben wir immer noch keine Impulse", sagte André. „Sein Schweigen macht mich nervös."

„Einsteigen!" kommandierte Leonid. „Wir kehren zum Sternenflugzeug zurück."

Ich schaute zum Himmel. Die Elektra war untergegangen, es wurde dunkel. Über der Stadt flammten Tausende Beleuchtungskörper auf. Sie allein funktionierten weiter. Es war traurig, diese prächtige Illumination im Reich des Todes und des Chaos zu betrachten.

10

Über der Sigma senkte sich die Nacht herab. Die von den Feinden ausgesandte Unterstützung näherte sich dem Planeten. Wir aber schwatzten, freuten uns des leicht errungenen Sieges!

„Hier sind die Nächte schön", sagte ich zu André. „Sogar diese automatische Illumination schmälert nicht den Glanz der Sterne."

André hob den Kopf. Entzückt betrachteten wir den Himmel. Die Luft war wundervoll klar. Die abgeschirmten Feinde schwebten schon über uns, warteten auf den passenden Augenblick für den Sprung, indessen wir uns sorglos für die Gestirne der Plejaden begeisterten.

„Beeilt euch!" rief Leonid ärgerlich. „Wir warten nur auf euch."

Ich ging einen Schritt auf das Planetenflugzeug zu und hörte André aufschreien. Er röchelte, seine Stimme riß ab – er wurde gewürgt, verzweifelt schlug er um sich. Ich spürte sein Feld pulsieren, niemals zuvor noch nachher hatte ich diese Empfindung – das Feld schien mich zu sprengen.

12–52

„Eli, Hilfe!" schrie André. „Eli! Eli!"

Ich stürzte zu ihm. Sah ihn nicht. Über der schwarzen Erde funkelten die Sterne, die Luft war still und klar. Vielleicht drei Schritt von mir entfernt röchelte André und rief um Hilfe, ich hörte ihn deutlich, verstand jedes Wort, wußte, daß man ihm den Mund stopfte, daß er am eigenen Schrei erstickte, daß er den Kopf herumriß, für Sekunden sein Gesicht befreite und wieder schrie, wieder um Hilfe schrie – und ich sah ihn nicht!

„Eli! Eli!" hörte ich ihn jammern. „Eli! Eli!"

„Die Unsichtbaren!" schrie ich rasend vor Wut und schleuderte mein Feld dorthin, wo André sein mußte, ohne zu überlegen, daß es für ihn ebenso gefährlich war wie für diejenigen, die ihn überfallen hatten.

Da erblickte ich André zum letztenmal. Mein Schlag hatte einen von seinen Entführern zurückgeworfen. Andrés Beine glitten in die Höhe – sie stießen, schlugen aus, als wehrten sie sich dagegen, zusammengedrückt zu werden. Nur sie waren zu sehen. Dort, wo Rumpf und Kopf sein mußten, blinkten friedlich die Sterne. Seit damals sind viele Jahre vergangen, aber noch heute habe ich dieses Bild vor mir!

Obwohl ich mein Feld noch nicht zusammen hatte, führte ich den zweiten Schlag. Ich wußte, daß mir die Freunde zu Hilfe eilen würden. Bis dahin kam es darauf an, André nicht in die völlige Unsichtbarkeit schleppen zu lassen. Ich führte den zweiten Schlag, um meinen Freund ganz sichtbar zu machen, verfehlte jedoch das Ziel. Eine neue Kraft stieß mich empor. Auch ich war unsichtbar geworden, fand meinen Rumpf und meine Beine nicht. Durch meinen Körper hindurch sah ich auf die Erde. Geschmeidige Fesseln banden und schnürten mir die Hände, rissen mich hoch. Wenn ich auch überrumpelt worden war, so strengte ich mein Feld doch bis zum äußersten an und stoppte die Aufwärtsfahrt. André schrie noch immer, doch leiser und in immer größeren Abständen.

Unten liefen die Freunde. Andrés Schreie hatten sie hergeführt, ich konzentrierte mein Feld, um nicht überwältigt zu werden. Die stumme Verbissenheit des Kampfes nahm mich ganz in Anspruch. Leonid blieb unter mir stehen und hob den Kopf.

„Wo seid ihr?" rief er besorgt. „Ich sehe euch nicht! Wo seid ihr?"

Etwas Hartes und Kaltes wurde mir auf den Mund gedrückt. Ich riß mich los und brüllte hinunter: „Konzentriert eure Felder auf mich! André wird hochge..."

Diesmal wurden mein Kopf und mein Hals so gründlich gepreßt, daß ich keine Luft mehr bekam. Rote Streifen tanzten vor den Augen. Zugleich spürte ich mein geschwächtes Feld erstarken. Ich war nahe daran, das Bewußtsein zu verlieren, dennoch konnte ich klar denken, wandte das Feld nicht sofort an, sondern sträubte mich nur mäßig, um nicht fortgeschleppt zu werden. Als ich es nicht länger ertrug, riß ich mich mit aller Gewalt los.

Meine Gegner hatten damit offenbar nicht gerechnet. Wie Flaumfedern wirbelten sie auseinander. Einer, den es erwischt hatte, stürzte in die Sichtbarkeit und landete neben mir. Ich nahm mir nicht die Zeit, ihn anzuschauen, sondern sprang auf und schrie nach einer Aviette. Neben mir startete Romeros Aviette.

„Paßt auf, sie sind unsichtbar!“ rief ich noch. Dann hörte ich Leonid, der die Ortungsgeräte im Planetenflugzeug einzuschalten befahl.

Als ich hoch genug war, hielt ich an. Romero verharrte ebenfalls. Wir lauschten, ob André noch um Hilfe rief. Er tat es nicht, aber ich hatte den Eindruck, als vernähme ich Röcheln und stoßweises Atmen. Nach diesen Lauten richtete ich mich, während ich mit den Kraftlinien die durchsichtige Luft abtastete. Wie ein Blinder, der suchend seine Arme vorstreckt, dehnte ich mein Feld aus, bemüht, die in der Höhe ringende unsichtbare Gruppe zu erhaschen. Doch weder ich noch Romero entdeckten etwas.

„Wir müssen rationeller suchen“, sagte Romero, der zu mir geflogen war. „Geben Sie zu, dieses blinde Hin und Her...“

„Sie haben André bereits fortgezerrt. Es fragt sich, wo sie sich verborgen halten. Wir suchen sie über dem Schlachtfeld, dabei haben sie den Planeten vielleicht schon längst verlassen. Wir müssen die Sternenflugzeuge rufen.“

In den Sternenflugzeugen wußte man bereits von dem Unglück. Die Ortungsgeräte der „Raumfresser“ und der „Steuermann“ suchten den Raum rings um den Planeten ab. Sie sind derart empfindlich, daß sie einen Knopf in einer Entfernung von hunderttausend Kilometern ausmachen. André und seine

Entführer waren größer als ein Knopf, und die Sternenflugzeuge waren bei weitem nicht hunderttausend Kilometer vom Planeten entfernt, aber nicht einmal Spuren wiesen auf die Verderber hin. Wir wußten damals noch nicht, daß sämtliche Typen unserer Ortungsgeräte vor den Abschirmmethoden unserer Feinde versagten. Wirksame Kampfmittel gegen die Unsichtbaren mußten wir erst noch erfinden.

Ich weiß nicht, wie lange wir umherjagten. Romero und ich schwangen uns auf, sausten hinab, rasten in alle Richtungen. Lussin und Allan hatten sich zu uns gesellt. Vier Kraftfelder tasteten jedes Luftmolekül ab. Die gigantischen Felder der Ortungsgeräte unserer Sternenflugzeuge und die breiten Kraftkegel des Planetenflugzeugs lagerten sich darüber. Umsonst.

Romero kam wieder zu mir geflogen. „Die ‚Raumfresser‘ hat angeordnet, die Suche aufzugeben. Für die Rückkehr haben wir eine Viertelstunde Zeit. Es ist noch etwas Wichtiges geschehen.“

Ich war erschöpft und fühlte mich wie ausgebrannt. Nachdem ich am Planetenflugzeug gelandet war, schleppte ich mich zum Eingang. Leonid empfing mich niedergeschlagen.

„Schau mal, gegen wen du gekämpft hast, Eli“, sagte er und deutete auf einen Kasten.

Ich hatte gemeint, sterbende Verderber zerstiebten zu Staub und Fetzen, und nicht daran gezweifelt, daß auch der sichtbar gewordene Unsichtbare längst über die Oberfläche des Planeten zerstreut sei. Allmählich wurde mir bewußt, daß dieser, sofern er ein Verderber war, wenig denen glich, gegen die wir vorher gekämpft hatten. Dieser war ein Mittelding zwischen einer gepanzerten Geschwulst und einem Menschen.

„Wissen Sie, woran mich dieses Scheusal erinnert?“ flüsterte der staunende Romero. „An jene Figuren aus Stahlgeflecht und Eisenschrott, mit denen die Bildhauer der letzten Jahre des Kapitalismus das Publikum schreckten.“

Mir war nicht bekannt, daß solche Bildhauer gelebt hatten, niemals hatte ich ihre Werke gesehen. Das Wesen in der Kiste war nur aus Knochen oder Stäben zusammengesetzt – eine zentrale Säule, zwei Beine, zwei Arme, zwei Ringe von der Dicke unseres Halses an der Stelle, wo bei uns die Hüften sind, und anstelle des Kopfes der funkelnde, jetzt erloschene Auswuchs, der einer Ananas glich.

Lussin hatte seltsame Tiere und vogelköpfige Götter gezüchtet und sich mehr als ich mit Lebewesen befaßt. Er hob einen Beinknochen, der beim Sturz aus der Unsichtbarkeit gebrochen war.

„Schau, Eli, Muskeln und Nerven, im Innern auch Blutgefäße. Bei uns stützen die Knochen – bei ihnen die Hülle. Eine zuverlässige Körperkonstruktion.“

„Die Sternenflugzeuge mahnen zur Eile!“ sagte Leonid. „Wir nehmen die Kiste ins Planetenflugzeug mit und starten. Länger dürfen wir nicht bleiben. Die letzte Mitteilung: Ein Kreuzer der Verderber nähert sich.“

11

Wenig später waren wir im Sternenflugzeug. Sobald unser Planetenflugzeug in der „Raumfresser“ verschwunden war, entfernten sich beide Schiffe eilends von der Sigma. Wera stellte keine Frage – unseren Kampf mit den Unsichtbaren hatte sie auf dem Bildschirm beobachtet. Ich fragte, warum man uns verboten habe weiterzusuchen. Wir hatten André den Feinden überlassen, es mußte Entsetzliches geschehen sein, wenn man sich zu diesem Befehl entschlossen hatte!

„Der Raum ist voller Gravitationsschwankungen“, antwortete Wera. „Die Dechiffriergeräte haben eine Depesche der Unsichtbaren abgefangen. Zum Glück hattet ihr den Kode richtig entwirrt, wir konnten sie lesen. Der Depesche zufolge befindet sich André nicht mehr auf dem Planeten. ‚Haben einen Steinfingrigen gefangen‘, heißt es in dem abgefangenen Gravigramm. ‚Zerstörer Nummer hundertdreißig ist tot. Wir begeben uns auf unseren Stützpunkt. Kommt uns sofort holen. Es ist Zeit, mit dem Planeten Schluß zu machen.‘“

Alle, die keinen Wachdienst hatten, waren im Observationssaal. Neben mir saß Wera. Schweigend harrten wir neuer Ereignisse. Dann setzte sich Olga zu uns. Sie hatte das Kommando Leonid übergeben, er hatte jetzt Dienst.

„Eli“ sagte Olga, „wir leiden alle. So ein schrecklicher Tod...“

„Er ist verschwunden“, sagte ich. „André ist nicht tot, sondern entführt worden.“

In diesem Augenblick kam die Kugel der Verderber zum Vorschein. Es war tatsächlich so, als springe sie aus dem Nichts, haargenau, wie es die Kosmonauten von der „Mendelejew“ geschildert hatten. Sie erschien schlagartig, ungeheuer groß und raste bremsend auf die Sigma zu.

Wir hielten den Atem an und ließen kein Auge von ihr.

Niemand hatte bemerkt, wie aus ihrem Flug ein Gravitationsschlag wurde. Alles, was auf der Sigma war, Städte, Wälder, Ebenen, bäumte sich auf wie unter einem gigantischen Pflug. Eine ungeheure Flutwelle schoß empor, die nicht Wasser im Ozean war, sondern harte Planetenmasse, eine Woge von Steinen. Schwere Rauchwolken breiteten sich über dem Planeten, er war nur noch Asche und Rauch. Kein Vulkanausbruch, keine Atomexplosion hinterließe solche unermeßlichen Zerstörungen. Jahrtausende, vielleicht Jahrmillionen würden vergehen, ehe die Sigma erneut für Leben tauglich wäre.

Der Kreuzer der Verderber schwenkte zur anderen Seite der Sigma ab, um auch dort die Oberfläche zu zerstören.

„Leonid!“ schrie Wera. „Wir müssen eingreifen! Hindere sie gewaltsam!“

„Nein!“ sagte ich. „Nein, Wera! Auf der Sigma gibt es kein Leben mehr, doch auf der Kugel oder irgendwo in der Nähe ist André. Wir haben noch nicht alles getan, um ihn zu retten.“

„Obendrein ist es zu spät, der Sigma zu helfen“, sagte Leonid. „Es ist nicht ausgeschlossen, daß sie mit uns dasselbe vorhaben.“

„Seid ihr bereit, einen Angriff abzuwehren?“ fragte Wera.

„Ja, wir sind bereit. Allan funkt, seine Annihilatoren warteten nur auf Befehle. Dem Räuber ergeht es übel, sofern er uns angreift.“

„Vergeßt nicht, daß André bei ihm ist, falls wir kämpfen müssen.“

Das Schiff der Verderber tauchte hinter dem Planeten auf, ging auf Gegenkurs und bemerkte uns. Es drehte um und kam auf uns zu. Leonid und Allan setzten die Materieannihilatoren in Gang, die Reaktionsmasse, die in den Annihilatorenfeuerungen verbrannte, strömte als Raum hinaus. Vorsichtshalber bezogen weder Allan noch Leonid die uns umgebenden kosmischen Körper in die Annihilation ein. Das war vorläufig nicht notwendig – der feindliche Kreuzer kam um keinen Kilometer näher, obwohl er beinahe mit Lichtgeschwindigkeit flog. Er schaffte es nicht, die ihm entgegenjagenden Mengen kosmischer Leere zu überwinden. Ein Unbeteiligter hätte geglaubt, unsere schnelleren Schiffe nähmen vor einem Verfolger Reißaus. Wenn die Verderber die Technik der Materieannihilation nicht beherrschten, dann errieten sie schwerlich, daß wir in Wirklichkeit gar nicht daran dachten, uns fortzubewegen.

Die Schiffsmaschine entschlüsselte ein Gravigramm des Kreuzers: „Ich sehe ein fremdes Schiff. Es gelingt mir nicht, mich ihm zu nähern. Die Entfernung verbietet mir anzugreifen. Ich gehe auf Überlichtgeschwindigkeit, um den für einen Schlag notwendigen Kegel zu erlangen.“

„Sie wechseln in die Überlichtgeschwindigkeit!" rief Wera Leonid zu.

„Sollen sie", versetzte Leonid. „Je schneller sie auf uns zustreben, desto energischer werfen wir sie zurück. Bisher besteht keine große Gefahr."

Ich teilte Leonids Optimismus nicht. Sobald der Kreuzer in den Überlichtbereich wechselte, wurde er nicht nur unsichtbar, sondern auch unkontrollierbar. Da wir nicht wußten, um wieviel er schneller als das Licht war, konnten wir von der Wirksamkeit des Annihilationsschutzes nicht überzeugt sein. Es war möglich, daß die Kugel die Leere durchbrach, die unaufhörlich generiert wurde.

Leonid beruhigte mich. „Ich sage dir, wir werfen sie zurück, wenn wir auch nicht wissen, wo sie sich befindet. Und sollte sie sich trotzdem nähern, dann können wir immer noch Fersengeld geben, ohne uns in eine Schlacht einzulassen."

Bald begriffen die Verderber, daß sie nichts ausrichteten. Sie bremsten und erschienen wieder in unserer Optik. Wir entschlüsselten ihren nächsten Spruch: „Der Angriff ist mißglückt. Ich hole den Stützpunkt der Abgeschirmten und kehre zum Geschwader zurück."

Danach verschwand der Kreuzer der Verderber ebenso unverhofft, wie er aufgetaucht war. Und mit ihm schwand die letzte Hoffnung, André zu helfen. Als Gefangener jagte er auf einem Schiff der kosmischen Räuber ins Innere der Plejaden, wo irgendwo ihr Geschwader stationiert war Sofern er noch lebte.

12

Müde schlief ich im Sessel ein. Im Traum sah ich André, schrie auf und erwachte. Beide Sternenflugzeuge hielten im Überlichtbereich den Kurs der verschwundenen Kugel. Ich erfuhr, daß beschlossen worden war, das geheimnisvolle Geschwader der Feinde ausfindig zu machen und dann je nach den Umständen zu handeln. An Rückzug war nicht mehr zu denken.

Da André verschwunden war, mußte ich seine Arbeit tun. Lussin und ich mühten uns den ganzen Vormittag mit den Leichen der beiden Feinde ab und entschlüsselten die aufgezeichneten Gehirnstrahlungen der Sechsflügler. Mittags verschied der letzte Bewohner der leidgeprüften Sigma. Wir legten ihn in den Konservierungsraum. Ich arbeitete eifrig, doch manchmal überfiel es mich wie eine Lähmung, meine Gedanken setzten aus, meine Umgebung war mir nicht mehr bewußt. In solchen Augenblicken zupfte mich Lussin sanft am Arm oder berührte meine Schulter. Seine Anteilnahme gab mir Halt.

Während einer Pause besuchten wir Trub. Der Engel schluchzte und wischte sich mit den Flügeln die Augen. Er war so traurig wie wir und konnte sich ebensowenig beherrschen.

„Glichen unsere gestrigen Gegner den Verfolgern der Galakten, die einst auf eurem Planeten landeten?“ fragte ich.

„Mir war sofort klar, daß sie es waren, sofort, sofort...“ Er plusterte sich auf, und obwohl er sich kaum bewegen konnte, wäre er bereit gewesen, sich unverzüglich in einen neuen Kampf zu stürzen.

„Aber du mußt zunächst einmal gesund werden. Laut Prognose wachsen dir neue Flügel, bessere als die alten."

„Halten wir?" fragte er. „Wo befinden wir uns?"

„Wir haben Kurs auf die Maja genommen, ins Zentrum der Plejaden."

„Blind sind wir", sagte Lussin düster. „Sehen nichts. Wir fliegen – weiter nichts. Und sie?"

Ich dachte fast unaufhörlich das gleiche. Schon André hatte dieses Rätsel keine Ruhe gelassen. Als der Verderber mit seinem Kreuzer sprach, der im Überlichtbereich dahinjagte, hatten wir seine Gravigramme entschlüsselt, doch die Antwortimpulse hatten wir nicht aufgefangen. Erst als der Kreuzer in den Bereich unterhalb der Lichtgeschwindigkeit bremste, wurden uns seine Gravitationsdepeschen zugänglich. Und das war begreiflich, denn er hatte seine Gravitationswellen, die mit Lichtgeschwindigkeit dahineilten, überholt. Aber die Gravitationswellen begleiten nur ihre fernen Übertragungen, dachte ich, die Übertragung selbst geht auf eine andere, wirksamere Weise vonstatten. Mir wurde schwarz vor den Augen, als ich an die Folgen dachte.

„Ja", sagte ich seufzend. „Sie sind nicht blind. Es hat den Anschein, als hätten sie eine eigene Art, sich im Überlichtbereich zu verständigen."

Am Abend zeigten Lussin und ich der Besatzung die entschlüsselten Fieberphantasien des verstorbenen Sigmabewohners. Die Bilder bestanden aus chaotisch auftauchenden und verschwindenden Handlungsfetzen, Figuren, Städten, dem Himmel des Planeten – alles, was das Auge zu erfassen vermochte, war in diesen Phantasien vorhanden und fügte sich zu einer Anklage gegen die Eroberer. Auf dem Raumbildschirm erschien der weißliche Sigmahimmel, die große Elektra stand im Zenit. Und plötzlich schwebte, den prächtigen Tag verfinsternd, die grünliche Kugel über dem Planeten. Über eine unsichtbare Gravitationstreppe strömten die Freibeuter des Kosmos herab. Gravitationsschläge ereilten die wehrlosen Grashüpfer, Gravitationsketten fesselten sie, Gravitationshaken schleppten sie, eine Gravitationstreppe saugte sie vom Planeten in die Kugel. Tausende schwächliche Sigmageschöpfe schlugen verloren mit den Flügeln. Welches Los war ihnen in den Laderäumen des verfluchten Kreuzers beschieden? Sollten sie Sklaven, Nahrung für unersättliche Münder, Lieferanten von Reparaturgewebe für die alternden Mechanismen der Peiniger sein? Niemand wußte es. Dafür sahen wir, wie mit denen verfahren wurde, die versucht hatten, sich zu verbergen. Die Gravitationsschläge trafen sie in ihren Verstecken, Gnade gab es für keinen, keiner rettete sich!

Wir schwiegen bedrückt, als der Raumbildschirm erlosch.

Die Tiefendurchleuchtung der gefangenen Verderber bestätigte, daß sie von doppelter Anatomie waren – lebende Gewebe neben künstlichen Drähten auf Nerven gesetzt. Widerstände und Kapazitäten in Knochen montiert. Die Flüssigkeit, sie hatte eine besondere Zusammensetzung und erinnerte wenig an Blut, floß durch künstliche Röhrchen und Kapillaren. Dagegen war das Gehirn bei beiden biologischer Herkunft und befand sich beim ersten im Zentrum des Körpers, beim Unsichtbaren im oberen Ring. Das seltsamste Organ in ihrem „lebenden Mechanismus“ war das Herz – ein winziger, aber mächtiger Gravitator. Beim Unsichtbaren saß er im zweiten Ring, beim lebend ergriffenen Verderber im oberen Teil der „Geschwulst“. Dieses kleine Gerät erzeugte eine kurz wirkende örtliche Gravitation. Irgend etwas in ihnen bedurfte, um lebenstüchtig zu sein, mächtiger Gravitationsstöße. Das Herz des Verderbers arbeitete fieberhaft schnell – ein paar tausend Schläge in der Sekunde. Doch das war nicht alles. Das Gravitationsherz generierte gerichtete Wellen in den Raum – es war ein Kampfgerät. Die einzige Möglichkeit, den Verderber zur Strecke zu bringen, konnte nur darin bestehen, sein Herz zu durchbohren. In den Augen des Verderbers hatten wir radioaktiven Stoff entdeckt, der das Leuchten hervorrief. Der Auswuchs am Hals strahlte und erlegte die Beute. Bei einem erfolgreichen Angriff konnte der Verderber ein scharfes Lichtbündel wie einen Dolch gebrauchen.

„Auch der Selbstmordmechanismus ist klar“, sagte ich zum Schluß meines Berichts über die Untersuchung der Gegner. „Sobald das Auge auf den Körper schlägt, wird das Herz gelähmt. Die zusammenhaltenden Kräfte widerstehen nicht mehr dem im Körper herrschenden hohen Druck, und der Verderber wird in Stücke gerissen. In der Barokammer halten wir achttausend Atmosphären, damit es diesen Kräften nicht gelingt, unseren toten Gefangenen zu zerfetzen. Übrigens folgt hieraus, daß man die Verderber besser nicht mit Kraftfeldern erledigt, sondern mit Strömen von harten Strahlen und Korpuskeln. Eine mächtige Gammastrahlen- oder Protonenquelle dürfte für sie tödlich sein. Schaut euch jetzt die Aufzeichnung ihrer Gehirnstrahlungen an.“

Andrés Umsicht, das Dechiffriergerät vor der Schlacht auf sämtliche Bereiche einzustellen, kam uns zugute. Wir erblickten uns selbst, an die Wand gepreßt, bleich, aber tapfer kämpfend. Wieder lief ich, den Mund wutverzerrt, auf das Zentrum der feindlichen Verteidigung zu. Vom Himmel fielen Leonid und Allan, Romero versetzte Schläge. Ich kann nicht sagen, daß die Augen der Verderber irgend etwas Schönes an uns entdeckt hätten, wir kamen ihnen, den vor Entsetzen Gelähmten und Sterbenden, eher wie Ungeheuer vor. Im großen und ganzen wurde wiederholt, was wir ohnedies wußten. Doch die Aufzeichnung des Verderbers, den wir lebend gefangen hatten und der im Schraubstock unserer Felder gestorben war, brachte manches Neue.

Einst glaubte man, an einem Sterbenden ziehe sein ganzes Leben vorbei. Die Gehirntätigkeit Sterbender wurde untersucht, und es zeigte sich, daß ihre Gedanken verworren und bar jeder Logik sind. Dieser jedoch hatte sich vor seinem Ende, wenn auch nicht an sein ganzes Leben, so doch an ein beträchtliches Stück davon erinnert. Vor uns tauchte ein wilder Planet auf, der ganz aus Blei und Gold geschaffen zu sein schien – Metallberge wechselten mit Metallfeldern, in Gärten wuchsen Kristalle metallischer Gräser und Sträucher. Und überall waren Unmengen von Verderbern – ihre Augenköpfe flammten, sie krochen, schwärmten aus und gruben und waren so gleichförmig, daß einem übel werden konnte. Über ihrer unheimlichen Welt hing ein glanzloses Gestirn, etwa 30mal größer als die Sonne.

Als die Vorführung beendet war, fragte mich Wera: „Ist dir aufgefallen, daß der zweite Verderber weder den Gehirnen seiner Artgenossen noch denen der Sigmabewohner eingeprägt war?"

„Das ist natürlich, denn unter normalen Bedingungen ist er ja unsichtbar. Uns ist es erst nach einem schweren Kampf gelungen, ihn der Unsichtbarkeit zu entreißen."

„Habt ihr herausbekommen, woraus der Unsichtbarkeitsmechanismus besteht?"

„Nein, Wera, das haben wir nicht herausgefunden."

„Mir scheint, die Unsichtbaren sind die Krieger der Verderber", sagte Wera. „In den Hyaden, wo sie in Schlachten verwickelt waren, haben sich keine Angaben über ihr Aussehen erhalten. Das ist kein Zufall. Diese aber, die Tassenförmigen, sind höchstwahrscheinlich Arbeitsindividuen und Gefangenenaufseher. Obwohl sie in so großer Zahl gegen euch antraten, ist keiner mit dem Leben davongekommen! Die Unsichtbaren haben anders gekämpft – ein Leben von ihnen gegen ein Leben von uns."

„Manches an den rätselhaften Handlungen und Eigenschaften der Verderber läßt sich physikalisch erklären", bemerkte Olga. „Ihre Unsichtbarkeit ist einfach zu deuten. Ich glaube, unsere Gegner sind tiefer als wir in die Natur der Gravitation eingedrungen."

Sie begann mit den alten Gelehrten – Newton, Einstein und Ngoro. Ihre Formeln erfaßten nur die feststehende Schwerkraft. Indessen befinden sich die Prozesse der Natur meist nicht im Gleichgewicht. Die Verderber operieren glänzend mit den Wechselfeldern, die nicht mit den Formeln von Newton und Einstein und nicht einmal mit den verallgemeinerten Reihen von Ngoro zu beschreiben sind. Die Fähigkeit, rasch wechselnde Schwerefelder zu beherrschen, ist ein großer Vorteil unserer Gegner. Hätte der Gravitationsschlag gegen die Sigma den Charakter eines Gleichgewichtsfeldes angenommen, das gleichermaßen den Planeten zum Kreuzer und den Kreuzer zum Planeten zog, dann wäre die Sache so ausgegangen, daß der Kreuzer auf den Planeten gefallen wäre, denn der Planet hat eine unvergleichlich größere Masse. In Wirklichkeit aber hat der Kreuzer die Oberfläche des Planeten in einen Ozean von Staub und Trümmern verwandelt und ist ruhig von dannen geeilt, ohne überhaupt gespürt zu haben, daß der Planet ihn ebenfalls anzog. Im Nahkampf werden die Schiffe der Verderber stets die Oberhand über uns gewinnen, folglich dürfen wir es nicht zum Nahkampf mit ihnen kommen lassen – das war die erste Schlußfolgerung.

Die zweite ergänzte die erste. Die Verderber kennen ebenfalls die Umwandlung von Raum in Materie, nutzen aber nicht die Gegenreaktion – die Umwandlung von Materie in Raum. Offenbar haben sie sie nicht entdeckt. Das ist auf eine Art verständlich, denn neue Raumvolumen schwächen die Schwerefelder, nach deren Verstärkung die Verderber streben.

„Die Bildung von Raum ist ein sicherer Schutz gegen sie“, sagte Olga. „Aber unsere Vorräte an annihilationsfähigem Stoff sind nicht allzu groß – wiederholten kosmischen Schlachten sind wir nicht gewachsen. Nun zur Natur ihrer Unsichtbarkeit. Des Rätsels Lösung liegt meiner Ansicht nach auch hier in ihrer Fähigkeit, besondere Felder von hoher Intensität zu schaffen – wir wollen sie Mikroschwerefelder nennen. Ich habe die Leiche des Unsichtbaren gesehen. Sein Körperbau paßt glänzend zu der Funktion eines unsichtbaren Kämpfers. Der Herzgravitator erzeugt rings um den Körper einen Kegel gekrümmten Raumes. Ein Lichtstrahl, der auf den Kegel fällt, durchdringt ihn nicht und wird nicht reflektiert, sondern herumgebogen, wonach er auf die Fortsetzung seines ursprünglichen Weges gelangt. Alles, was sich innerhalb des Kegels befindet – der Verderber wie auch seine Beute –, ist unsichtbar für das Auge und gewöhnlichen Ortungsgeräten unerreichbar.“

Ich fragte sie: „Hast du nicht den Eindruck, Olga, daß die Nachrichtenmittel der Verderber vollkommener als unsere sind? Meiner Ansicht nach haben sie ein sich rasend schnell ausbreitendes Agens gefunden und halten mit seiner Hilfe im Überlichtbereich ausgezeichnet Verbindung.“

„Ja, die Möglichkeit besteht“, sagte Olga. „Hieraus ergibt sich noch eine Schlußfolgerung: Im Überlichtbereich bändeln wir mit den Verderbern besser nicht an, wenn sie in großer Zahl auftreten.“

Das Alarmsignal gellte im Schiff. Leonids herrische Stimme erklang. „Alle an die Plätze! In der Optik Schiffe des Gegners! Zum Kampf!"

13

Laut Gefechtsrolle war mein Platz an den großen Dechiffriergeräten der Schiffsmaschinen.

Der Lärm dauerte nicht lange, dann hielt tiefe Stille das Sternenflugzeug in Bann, spannungsgeladene Stille.

Wir waren gefechtsbereit.

Zum Kampf! Fast fünfhundert Jahre kannte die Menschheit die wahre Bedeutung dieses Rufes nicht. Er hatte noch in der Sprache fortgelebt, als seltsames Wort aus dem Wörterbuch, als Lautverbindung, als Überlieferung, als Thema für ein wissenschaftliches Gespräch über die Vergangenheit, doch das einzig Wichtige hatte ihm gefehlt: Handlungen. Die Menschen meiner Generation, der fünfzehnten Friedensgeneration auf der Erde, hatten den kriegerischen Geist verloren. Wir waren nicht verweichlicht, nur wußten wir nicht mehr, was Krieg ist. Da erblickten wir die Kreuzer des Gegners.

Aus dem Überlichtbereich hatten sie sich in den gewöhnlichen gebremst, waren gleichsam aus dem Nichts in die Welt der normalen Körper und Maßstäbe gesprungen. Die Hauptgefahr bestand im überraschenden Auftauchen der Feinde.

In diesem Falle hatten sie sich verrechnet. Wären sie heimlich nahe genug herangekommen, hätten wir es schwerer gehabt. Doch sie traten in einer

Entfernung von etwa einem Dutzend Millionen Kilometern hervor. Ihr Rechenfehler war um so seltsamer, als sie unsichtbar für uns gewesen waren, während sie uns ausgezeichnet sahen, wie wir die kosmischen Körper sahen, denen wir uns mit Überlichtgeschwindigkeiten näherten. Nur die Sicherheit der eigenen Macht, die bislang keinen ernst zu nehmenden Widerstand in ihrem abgelegenen Winkel des Alls gefunden hatte, konnte zu dieser Fehlkalkulation geführt haben.

Ich zählte sechzehn Kugeln in allen Richtungen der Sternensphäre, dann gesellten sich noch zwei hinzu, die hinter der allgemeinen Formation zurückgeblieben waren. Achtzehn Kreuzer gegen zwei – sie konnten auf einen Sieg hoffen! Und da sie sich ihres Sieges völlig sicher waren, kümmerten sie sich zunächst darum, daß wir nicht flohen. Sie umschlossen uns sphärisch – kreisten uns ein, wie unsere Vorfahren sagten, die nur in zwei Dimensionen kämpften. Und wie es bei allen Freibeutern üblich ist, ob sie nun auf einem winzigen irdischen Meer ihr Unwesen treiben oder in den endlosen Kosmosräumen, dachten die Verderber gar nicht daran, in Verhandlungen einzutreten, um unsere Absichten zu erkunden – sie schnellten hervor und griffen unverzüglich an. Ihnen entgegen donnerten die Tanew-Annihilatoren, die zu Abwehrbatterien geworden waren.

Die Dechiffriergeräte schwiegen. In dem rasenden Wirbel hinausflutenden Raumes gerieten alle Gravitationswellen durcheinander und brachen ab.

Der erste Angriff der Kreuzer war abgewehrt.

Wir hatten sie so weit zurückgeworfen, daß sie im Vervielfacher fast gar nicht mehr zu erkennen waren. Da stoppten Leonid und Allan die Kampfannihilatoren, um Aktivstoff zu sparen.

Kurze Zeit später tauchten die Kreuzer erneut in Sichtweite auf, und das Dechiffriergerät fing endlich die Gravitationswellen ihrer Übertragungen ab. Das Flaggschiff wurde mit Fragen bestürmt, und es erteilte Befehle. Unsere Fähigkeit, Raum zu generieren, hatte die Zerstörer verblüfft, und sie hatten bisher keine Kampfmethode dagegen gefunden. Ihr Flaggschiff hatte vor, die sich ausbreitende Leere mit Überlichtgeschwindigkeit zu durchbrechen, da den gewöhnlichen Geschwindigkeiten kein Erfolg beschieden war.

„Einmal haben sie es bereits versucht, und es hat ihnen nichts genützt“, antwortete Leonid. „Auch jetzt werden sie nichts davon haben.“

Als die Kugeln nahe genug zu sein meinten, tauchten sie nacheinander in die Unsichtbarkeit. Ich konnte mich eines Gefühls der Hilflosigkeit nicht erwehren, als die Schiffe der Zerstörer verschwanden. Wieder und wieder fragte ich mich dasselbe: Rings um uns dehnte sich Trillionen Kilometer weit sternenglänzende Leere, darin rasten, unsichtbar, achtzehn todbringende Kugeln auf uns zu – was wäre, wenn sich Leonid und Allan irrten und die Geschwindigkeit der Annäherung die Geschwindigkeit des Raumverbreitens überstieg? Was wäre, wenn die feindlichen raumfressenden Maschinen die Oberhand über unsere gewannen, die Leere um sich säten? Die Lösung konnte nur die Erfahrung bringen, doch die Erfahrung ist ein Knüppel mit zwei Enden. Wenn er sich gegen uns wandte, war der Fehler nicht zu korrigieren.

Als der Vervielfacher die Kugeln an der Sichtgrenze fixierte, war mir, als würde ich von Zentnerlasten befreit. Aber ich triumphierte zu früh. Die Zerstörer waren scharfsinniger, als ich von ihnen gedacht hatte. Sie fanden die einzig mögliche Kampfmethode, uns wiederholte kosmische Schlachten aufzuzwingen, die wir nicht lange aushalten konnten. Die Geräte entschlüsselten den Befehl des Flaggschiffs: „Angreifen bei gewöhnlichen Geschwindigkeiten, bis ihre Fähigkeit, Raum zu schaffen, erschöpft ist." Sie hatten verstanden, daß wir aus vorbereitetem Stoff Raum generierten und kein höherer Wille im Spiel war. Doch unbegrenzte Materialreserven gibt es nicht. Allerdings wußten sie nicht, wie die Ereignisse bald zeigten, daß wir in der Lage waren, auch äußere Körper, darunter ihre Schiffe, in die Reaktion der Materievernichtung einzubeziehen.

So war es einige Male: Wir warfen sie zurück, indem wir Raum generierten, sie tauchten in die Unsichtbarkeit und versuchten im Überlichtbereich durchzubrechen. Von Mal zu Mal wurden ihre Versuche gefährlicher. Sie bremsten bereits so nahe, daß wir die gesamte Annihilatorenmacht aufbieten mußten, um uns vor einer Gravitationssalve zu retten. Für die Feinde stand fest, daß wir früher oder später zur Zielscheibe ihrer Geschütze würden.

Leonid wandte sich an die Besatzungen der beiden Sternenflugzeuge und bat, jeder möge seine Meinung äußern.

„Es gibt zwei Möglichkeiten, dem Kampf zu entgehen. Die erste: Wir brechen aus der Umzingelung aus, überlassen die Plejaden dem Feind und fliehen zur Sonne. Leider vermag ich nicht zu garantieren, daß uns das ohne Vernichtungskampf gelingt. Es ist auch möglich, daß sich der Feind an unsere Fersen heftet und uns in eine Entscheidungsschlacht verwickelt. Die zweite Möglichkeit besteht darin, von der Verteidigung zum Angriff überzugehen. Ich bin sicher, daß wir es schaffen würden, einige Kreuzer des Gegners zu annihilieren. Sicherlich befindet sich auf einem unser verschwundener Freund. Trotzdem meine ich – wir sollten angreifen."

Wir trugen Verantwortung vor der Menschheit, waren verpflichtet, zur Erde zurückzukehren und zu berichten, was wir in den fernen Galaxisbereichen entdeckt hatten. Aber auch die Verantwortung für den möglichen Tod eines Freundes, der in Not war, wollten wir nicht abschütteln.

Die Schlacht entbrannte genau im Zentrum der Plejaden. Zwischen unbeweglichen Gestirnen eilten künstliche dahin. Achtzehn Fackeln stürmten von allen Seiten auf uns zu, mit jeder Sekunde wurden sie größer. Die Kreuzer des Gegners begriffen, daß wir bereit waren, uns zum Kampf zu stellen, und sie bremsten. Sie formierten sich in der Sphäre, deren Mittelpunkt unsere Sternenflugzeuge waren. Geschlossen rückten sie vor. Die Schiffe des feindlichen Geschwaders leuchteten so unheilvoll, daß die Sterne verblaßten. Alles hing jetzt davon ab, wer eher losschlug – wir oder sie.

Als sich die achtzehn Schiffe des Feindes, die die

Sphäre ihres Zielschlages noch nicht erreicht hatten, in unserem Wirkungsbereich befanden, setzten Leonid und Allan die Annihilatoren in Gang. Vorerst waren das nur die Reiseannihilatoren, nicht die Kampfannihilatoren, sie vernichteten lediglich den Raum, der Feind konnte den Eindruck haben, als näherten wir uns stürmisch. Sie sahen sofort, daß wir uns nicht in einer Richtung, sondern in allen Richtungen näherten. Panik erfaßte sie. Vier Kreuzer des Gegners lösten sich von den anderen, der Kegel des verschwundenen Raumes hatte sie gepackt. Sie wurden von uns angesaugt, wir entschlüsselten ihre Verzweiflungsschreie: „Hilfe, wir haben die Gewalt über unser Schiff verloren!“ und die panischen Befehle des Flaggschiffs: „Gebt volle Kraft zurück!“ Dann empfingen wir ein neues Kommando des Admirals der feindlichen Flotte: „Feuert aus den Gravitationsgeschützen! Feuert, feuert, sonst stoßt ihr mit ihnen zusammen!“ Ich jubelte innerlich, als ich diesen Befehl hörte. Selbst vor ihrem Untergang begriffen sie nicht, was ihnen zugedacht war.

Am Sternenhimmel flammten vier blutrote Sonnen auf und erloschen sogleich, wobei sie Nebelwolken bildeten. Die Wolken wirbelten, lösten sich auf, wurden unsichtbar; die Weltenleere wurde durch vier neue Gruben bereichert, die unheilvollen Kreuzer wurden Kilometer, einfach Kilometer, nicht Gas, nicht Moleküle, nicht Atome, sondern eine ihres körperlichen Inhalts beraubte Dimension – Millionen von Kilometern leeren Nichts!

Die übrigen Kreuzer des Gegners stoben in wilder Flucht davon. Leonid war drauf und dran, ihnen nachzusetzen, doch sie entschwanden in den Überlichtbereich. Bevor sie in die Unsichtbarkeit tauchten, fingen wir ein neues Gravigramm ihres Flaggschiffs auf. „Alle haben den Sternhaufen zu verlassen! Alle haben den Sternhaufen zu verlassen!“

Ich lief zu Romero. „André hat nichts verraten, Pawel! Der Befehl des Admirals läßt keinen Zweifel, daß sie bis zum letzten Augenblick nur einen Zusammenstoß fürchteten, keine Annihilation.“

Romero blickte mich lange an, ehe er antwortete. Ich bemerkte plötzlich, daß er abgemagert und gealtert war. „Glauben Sie mir, ich freue mich mit Ihnen“, sagte er müde. „Obwohl, wenn ich es mir recht überlege... worüber sollen wir uns freuen?“

Ich haßte ihn. Er glaubte nicht, daß André am Leben geblieben sein konnte und keine Geheimnisse verraten hatte. Für ihn gab es nur eine Erklärung: André war schon lange tot.

14

Wir hatten ein Sternensystem nach dem anderen besucht. Auf den Planeten, wo die Voraussetzungen für Leben bestanden und wo vor kurzem noch Leben geblüht hatte, gab es kein Leben mehr.

Wir waren zu spät in den Plejaden erschienen.

Ich hatte mich gewundert, als die Große Akademische Maschine den Namen der seltsamen Wesen mit dem infantilen Wort „Verderber“ übersetzte. Nach und nach mußte ich erkennen, wie genau die Übersetzung war. Dort, wo sie auftauchten, tauchte das Böse auf. Vor den Spuren ihrer Anwesenheit wollte man die Augen bedecken. Selbst der Gedanke, daß sie in einer Welt mit uns existieren, wurde unerträglich. Es ging schon nicht mehr darum, den Eroberern Einhalt zu gebieten. Wir mußten sie vernichten, finden und vernichten!

Immer wieder flammten in den Fernrohren der Vervielfacher und auf den Raumbildschirmen die gleichen Bilder auf: dichte Wolken von Asche und Staub über den Planeten, Festland und Ozeane zu einem morastigen Gemisch vermengt.

Wir versuchten, auf einem von den Verderbern zerstörten Planeten zu landen. Das war im Sternensystem der Alkyone, einem prächtigen, festlich hellen Stern. Vor nicht allzulanger Zeit hatte es hier wahrscheinlich an nichts gemangelt: nicht an Licht und Wärme, nicht an Wasser und Grün, nicht an Luft und Weite, nicht an Mineralien und Nahrung. In der traurigen Gegenwart war hier Staub, nichts als Staub... Über dem Planeten schwebten schwarze Wolken. Durch unsere Geräte nahmen wir den Planeten in Augenschein, die Ascheberge deuteten wir als vernichtete Städte. Als wir auf der Oberfläche landen wollten, wären wir fast im Staub ertrunken. Er floß wie Wasser dahin und glich pulverförmigem Graphit. Wir mußten kehrtmachen.

Was sollte geschehen? Jetzt wußten wir, daß in der Galaxis seltsame Mechanismen wüteten, ein kriegerisches, technisch hochentwickeltes Volk. Wir hatten uns in die galaktischen Weiten hinausgearbeitet und entdeckt, daß sie von Piraten in Besitz genommen worden waren. Aber noch war nicht alles klar. Wo hausten sie? Weshalb verübten sie ihre

Überfälle? Und wo waren die Wesen, die uns glichen? Wir hatten sie bisher nur in den Träumen der Engel gesehen, auf den Bildern der Atairen und unter den Skulpturen der Sigmabewohner. War es möglich, daß es dieses Volk, unsere potentiellen Freunde, nicht mehr gab? Es war nicht ausgeschlossen, daß wir Zeugen der letzten Phase eines kosmischen Krieges zwischen Zerstörern und friedlichen Sternenbewohnern geworden waren und daß in diesem Krieg alle Gegner der Verderber den Tod gefunden hatten. Das mußte geklärt werden. Zugleich war es Zeit, zur Erde zurückzukehren. Die Menschheit mußte die von uns gesammelten Fakten kennenlernen, damit die Entscheidungen richtig ausfielen. Wera schlug vor, die Flottille zu teilen. Ein Sternenflugzeug sollte Kurs zur Erde nehmen, das andere die Suche nach den Lebensbezirken der Gegner und den unbekannten Freunden fortsetzen. In diesen Monaten hatten wir uns von der Sonne um fünfhundert Lichtjahre entfernt und waren in die Plejaden vorgedrungen. Das nächste Erkundungsobjekt würde allem Anschein nach die Gruppe im Perseus sein, bis dorthin waren es viertausend Lichtjahre. Eine Expedition zum Perseus wäre in einem Jahr nicht zu bewältigen, doch sie war unvermeidlich. Solange wir nicht wußten, wohin die Verderberflottille entschwunden war, hatte niemand auf der Erde das Recht, sich in Ruhe zu wiegen.

„Ich kehre zur Erde zurück", schloß Wera. „Und ihr versteht, weshalb: Es wird Streit geben."

„Ich bin bereit weiterzufliegen", erklärte Olga. „Die ‚Raumfresser' ist für weite Reisen besser geeignet als die ‚Steuermann'. Wir laden einen Teil des Aktivstoffes von der ‚Steuermann' um. Die Besatzung wird um diejenigen vervollständigt, die sich zur Expedition melden."

Sie sagte das so einfach, als handle es sich um eine Reise von der Erde zum Sirius oder Alpha Centauri. Die anderen beeilten sich nicht mit der Antwort.

Ich dachte an die Erde und an die Ora. Zur Erde zog es mich kaum, eher lockte mich der Pluto, aber auch ohne Pluto würde ich leben können. Dagegen galt dem fernen Perseus all mein Sinnen und Trachten. Dort irgendwo war mein Freund, im letzten Augenblick hatte er mich gerufen. Und vielleicht würde es mir gelingen, einige Rätsel der Verderber zu lösen – wo sollte man sie lösen, wenn nicht bei ihnen selbst?

„Ich fliege zum Perseus", sagte ich.

Romero und Lussin entschieden sich für die Rückkehr zur Erde. Lussin nahm Trub mit.

Und dann brach der Tag des Abschieds an, eines traurigen Abschieds. Wera umarmte mich, ich küßte sie. Ich war mir nicht sicher, ob ich sie wiedersehen würde. Und vor ihr konnte ich meinen Kummer nicht verbergen.

„Wera, alles mögliche kann auf einer so weiten Reise passieren", sagte ich. „Vergiß nicht: Romero muß widerlegt werden. Wenn die Menschheit den Sternenbewohnern nicht zu Hilfe eilt, ist sie keinen Pfifferling wert."

Die letzten, von denen ich mich verabschiedete, waren Kamagin und Groman.

„Vor drei Jahren, vierhundertzwanzig irdischen Jahren, haben wir uns von der Erde getrennt“, sagte Kamagin. „Wir selbst haben uns kaum verändert, doch die Erde und die Menschen sind nicht wiederzuerkennen. Von Herzen wünsche ich Ihnen für Ihre interastralen Reisen mehr Erfolg, als er uns beschieden war.“

„Ihnen wünsche ich einen guten Empfang auf der Erde“, antwortete ich. „Und ein gutes neues Leben auf unserem grünen Mütterchen, der ewig jungen Erde!“

„Nimm ein Geschenk mit auf den Weg“, sagte Allan zu mir. Er reichte mir ein Bündel altertümlicher Bücher, seinen Schatz – Zeitschriften des zwanzigsten Jahrhunderts.

Olga und ich saßen im Observationssaal. Die Umrisse der „Steuermann“ wurden rasch kleiner, bald war sie ohne Geräte nicht mehr auszumachen, obwohl Allan sämtliche Scheinwerfer eingeschaltet hatte.

„Pflügen wir mit unserem Sternenpflug das All auf, Olga! Wer weiß, vielleicht glückt es uns, etwas über André zu erfahren.“

15

Die Reise zu den Sternhaufen des Perseus sollte über ein Jahr dauern, und zwar bei fünftausendfacher Lichtgeschwindigkeit. Solche Geschwindigkeiten waren noch nie erzielt worden, doch Leonid und Oshima zweifelten nicht, daß der Rekord gelingen würde.

„Nur Allan hat uns bisher um die Hälfte verlangsamt", wies Leonid nach. „Sein Sternenflugzeug ist eine Schnecke."

Als wir den Bereich der Lichtgeschwindigkeit verließen, gab sich Leonid seiner Leidenschaft für Schnelligkeit hin. Hätte die Leere, die vernichtet wurde, Laute von sich geben können, die ganze Galaxis wäre vom Krachen des berstenden Raumes erfüllt gewesen. Doch wir flogen im erhabenen Schweigen des Kosmos dahin. Vor uns trat wie ein blaugrauer Dunstschleier kaum sichtbar die Doppelgruppe im Perseus hervor, viele Monate mußten vergehen, ehe sie sich aus dem matten Nebelfleck in eine Schar von Gestirnen verwandeln würden.

Jedermann weiß, daß die galaktischen Räume leer sind. Doch es ist eins, dies zu wissen, etwas anderes, es zu empfinden.

Beim Flug von der Erde zur Ora spürte ich die Leere nicht, die Sterne entfernten und näherten sich, das Muster der Sternbilder änderte sich. Erst auf dem Flug zu den Plejaden hatte uns die gigantische Leere angeweht, ein Tag folgte dem anderen, eine Woche der anderen, tausendfach überholten wir das Licht – doch außerhalb unseres Schiffes blieb alles beim alten. Als wir uns dann von den Plejaden entfernten, begriff ich ganz, wie abgrundtief leer das Weltall ist! Bereits nach einer Woche hatte sich die herrliche Ansammlung, dreihundert Sterne auf einem Haufen, in ebenso ein Knäulchen leuchtender Wolle verwandelt, wie sie von der Erde aus zu sehen ist. Mitunter trafen wir verirrte Sterne, meistens waren es dunkle Zwerge, nie ein Gigant oder ein Übergigant. Auf keinem dieser Himmelskörper fanden sich Anzeichen von Leben. Das Leben ist in der Galaxis ein selteneres Geschenk als die Wärme und das Licht.

Jetzt besaß ich einen eigenen Sessel im Kommandeursaal, neben dem diensthabenden Kommandeur. Die Dechiffriergeräte fingen jede Welle und jedes Aufblitzen ein, die Protonen und die Neutronen, die Schwere- und die elektrischen Felder. Ihre Informationen gelangten in die Schiffsmaschinen, die erteilten den Automaten Befehle, und ich lauschte dieser unermüdlichen Forschungsarbeit, stellte den Mechanismen ergänzende Aufgaben. Jeden Tag ging ich ins Gravitationslaboratorium. Ich schaltete die Mechanismen ein, die Dechiffriergeräte fingen deren Impulse auf, die Schiffsmaschinen berechneten die Ergebnisse. Die Gehirnstrahlungen der Verderber, die André aufgenommen hatte, die Gravigramme der Kreuzer, die uns überfallen hatten, wurden wieder und wieder begutachtet.

Diese Arbeit hielt ich für meine Hauptaufgabe. Früher hatte André alles selbst gemacht. Wir hatten über seine hervorsprudelnden Theorien gewitzelt, hatten seine Gedankenblitze herablassend gutgeheißen, wir selber aber hatten uns kein Bein ausgerissen. Unaufhörlich brachte er blendende Ideen hervor. Begierig griff er jedes Rätsel auf, schlug sich damit herum, bis er es gelöst hatte – warum sollten wir uns da plagen? Alles, was sich machen ließ, machte er, und er machte es besser als jeder von uns – so empfanden wir. Nun war André nicht mehr da. Der geniale Generator neuer Ideen war verschwunden. Er mußte ersetzt werden, zumindest zum Teil.

Ich besaß nicht im entferntesten Andrés hinreißende Leichtigkeit. Doch unermüdlich überlegte ich – seine Intuition wollte ich durch stetes Bemühen ersetzen. Dort, wo er die Weite des Unbekannten mit zwei, drei Riesensprüngen überwand, arbeitete ich mich kriechend vor, irrte mich, kehrte zurück und kroch abermals vor. Auf jeden Fall war ich beharrlich.

Ich nahm mir in Gedanken tausendmal ein und dasselbe Bild vor: Mit Feldern pressen wir den schwächer werdenden Augenköpfigen zusammen, verzweifelt sendet er den Seinen: „Hilfe! Hilfe!" Seine Gravitationsrufe dringen mit normaler Lichtgeschwindigkeit hinaus, mit der gleichen Geschwindigkeit kommen die Antworten. Nach der Zeit, die den Ruf und die Antwort trennt, kann man die Entfernung zwischen der Sigma und dem Kreuzer ausrechnen, der dem Verderber zu Hilfe kam. Doch der Kreuzer konnte vor der Nacht nicht eintreffen, so hatte er mitgeteilt. Wieviel Tage oder Wochen Lichtweges trennten sie? Andererseits hatte sich der Augenköpfige mit dem Kreuzer so unterhalten, als befände sich der neben ihm.

Was ist das? fragte ich mich. Was kann den Raum mit Überlichtgeschwindigkeit durcheilen, ohne ihn zu vernichten?

Sogar im Schlaf versuchte ich dieses Rätsel zu lösen. Einmal stellte ich das Dechiffriergerät auf die Strahlungen meines Gehirns ein, und es bewies, daß ich mich auch im Ruhezustand mit diesem Problem herumschlug. Alles in mir arbeitete pausenlos daran, ich war, ob nun wach oder schlafend, wie ein Automat auf die Lösung eingestellt, und wenn ich gelegentlich abgelenkt wurde, so hörte ich zu und antwortete, während ich mich im stillen weiterhin bemühte, diesem Rätsel beizukommen.

Ganz allmählich begann sich, zwar noch undeutlich, die Lösung abzuzeichnen. Sie war derart einfach, daß ich es zunächst nicht glaubte. Aber alle Wege führten zu einem Punkt, alle logischen Fäden waren zu einem Knoten geknüpft. Ich übergab die gefundene Hypothese der Schiffsmaschine. Sie verkündete, die Hypothese berge keine Widersprüche in sich und könne als Ausgangsbasis dienen. Endlich war ich auf dem richtigen Weg! Bis zum brauchbaren Ergebnis war es noch weit, doch ich wußte, daß ich den Weg bis zu Ende gehen würde.

Ich bat Olga zu mir. Sie kam ins Laboratorium, hörte lange zu, ohne mich zu unterbrechen, dann sagte sie: „Also du meinst, daß dieses rätselhafte Agens zur Nachrichtenübermittlung, das sich in Augenblicksschnelle im Raum verbreitet, der Raum selbst sei?“

„Ja, der Raum selbst. Genauer, die Dichteschwankungen des Raums. Nur die Raumveränderungen können sich im Raum mit Überlichtgeschwindigkeiten ausbreiten – das ist mein Gedanke.“

Olga führte meine Hypothese weiter: „Wir haben gelernt, Materie in Raum zu verwandeln und aus dem Raum wieder Materie zu erhalten. Kurz und gut, wir operieren mit Extremen – schaffen und vernichten... Doch dazwischen gibt es ein Spektrum verschiedenartiger Zustände, die vielleicht nicht weniger wichtig sind als die Extreme... Wir müssen suchen, Eli, wir alle müssen suchen, nicht nur du allein.“

16

An diesem Abend konnte ich lange nicht einschlafen. Ich dachte an André. Er hätte mich für die Entdeckung der Raumwellen gelobt. Besser als jeder andere, besser als ich und Olga hätte er die Bedeutung dieser Entdeckung beurteilen können.

André stand vor mir. Ich hörte seine Stimme, ich schloß die Augen, um ihn besser zu sehen und zu hören. Er schritt im Zimmer auf und ab, schüttelte die kunstvollen Locken und stritt mit mir. Er war, wie stets, etwas komisch und sehr anziehend. Er war in Not, doch ich konnte ihm nicht helfen.

„Du bist schwer von Begriff, Eli“, sagte er ärgerlich. „Spottlust ist in dir mit ziemlicher Sturheit verquickt. Wenn ich geäußert hätte, wohin du mit solcher Mühe gelangt bist, dann hättest du dich erst einmal eine Weile über mich lustig gemacht. Jede Idee von mir hast du spöttisch aufgenommen – ist es nicht so?“

„Nein“, verteidigte ich mich. „Sei gerecht, André, so war es nicht! Vieles begriff ich sofort.“

Schonungslos widerlegte er mich. So grausam wie in meinen Träumen war er in Wirklichkeit nie gewesen.

„Und die Unsichtbaren?“ fragte er. „Die Unsichtbaren, Eli? Hast du nicht schallend gelacht, als du von ihnen hörtest?“

„Ja, die Unsichtbaren“, antwortete ich. „Stimmt, ich war erstaunt und lachte. Und ich bin grausam dafür bestraft, daß ich deinen Gedankenblitz nicht ernst nahm und mich nicht sofort um Schutz kümmerte. Wir sind alle bestraft, André, alle!“

„Meine anderen Ideen hast du auch verlacht, Eli“, bemerkte er, „denk besser nach.“

Ich rief mir seine Ideen und Theorien ins Gedächtnis zurück, sammelte Argumente – verspätet rechtfertigte ich mich vor André. Wie glänzend er begründet hatte, daß sich die Hyaden von allen Sternen der Welt entfernen. Vielleicht war schon eine Expedition unterwegs, um diese Hypothese zu überprüfen, und die Expedition hätte zweifellos bewiesen, daß die Hyaden in ein künstlich geschaffenes Loch im Weltraum stürzen.

17

Dieses ganze Jahr, da wir zur Doppelansammlung des Perseus flogen, war ich in die Erforschung der Raumeigenschaften vertieft. Das umgestaltete Laboratorium glich bald einem Werk. Von den Reise- und Kampfannihilatoren unterschieden sich die Laboratoriumsmechanismen nur durch die Leistungsfähigkeit. Jene wurden nach Milliarden Albert gemessen, von diesen kleinen entwickelte jedes keine Milliarde Kilowatt. Ich selber bestand auf einer so geringen Leistungsfähigkeit. Unser Sternenflugzeug sollte sich nicht durch meine Unvorsichtigkeit in eins jener Löcher im Raum verwandeln, die wir aus anderen Körpern schufen. Die Mechanismen vernichteten nicht den Raum, sondern veränderten seine Dichte, wobei sie längst nicht die Grenze erreichten, wo der Raum in Materie konzentriert wird und sich die Materie in Raum verwandelt.

Die zahllosen Experimente bewiesen, daß die Dichteschwankungen des Raums wellenförmigen Gesetzen unterworfen sind. Wir erhielten sphärische Wellen, konische, zylindrische – ein Dolchstrahl, der die Weite durchdringt. Und nur eins von den Gesetzen der Schwingungsbewegungen traf für die Dichtewellen des Raums nicht zu – sie verbreiteten sich stets mit Überlichtgeschwindigkeit. Die Lichtbarriere war für sie die unterste Grenze. Wir erhielten Raumwellen, die millionenmal schneller waren als das Licht, und wir hätten noch höher gehen können. Das Licht selbst war ein Grenzfall der Raumwellen, dadurch erklärte sich seine rätselhafte Beständigkeit in den sich bewegenden Systemen. Wir betraten eine erstaunliche Welt, die niemandem auf der Erde bekannt war.

Und als die Entdeckung wissenschaftlich erforscht war, richteten wir eine Abteilung mit neuen Maschinen ein: Raumwellengeneratoren, Empfänger und Dechiffriergeräte für Depeschen, die mit diesen Wellen übertragen wurden. Jetzt waren wir imstande, jede Schwingung zu empfangen – solche im Bereich der Lichtgeschwindigkeit, wenn sich die Raumwelle auf niederem Niveau fortbewegte und sich jeden Augenblick in ein Lichtaufblitzen verwandeln konnte, und auch solche, die sich milliardenmal schneller als das Licht verbreiteten. Von nun an würde es den Verderbern nicht mehr gelingen, sich unbemerkt an uns heranzustehlen. In der Optik waren sie weiterhin unsichtbar, nicht aber in den Raumwellen. Der Kampf Blinder gegen Sehende drohte uns nicht mehr. Und wieder wunderte ich mich, welch hohe Organisation diese ungeheuerlichen Wesen besaßen, die Zerstörer oder Verderber genannt wurden. Anhand der anatomischen Aufnahmen ihrer Körper stellten wir fest, daß das Herz eines jeden von ihnen nicht nur ein Gravitator und ein Gravitationsgeschütz war, sondern auch eine vollkommene Raumwellenstation.

Olga träumte davon, einen Dispatcherdienst für die Sternenschiffahrt einzurichten. „Heutzutage ist ein Sternenflugzeug verschwunden, sobald es sich auf die Reise begeben hat, denn es bewegt sich schneller als das Licht. Bald entfallen diese Schwierigkeiten, als hätte es sie nie gegeben. Wie auf der Erde die Auskunftsmaschine von jedem weiß, wo er sich befindet und was mit ihm ist, so wird der Dispatcher auf der Ora die Position jedes Sternenflugzeugs kennen, wieviel tausend Lichtjahre es auch entfernt sein mag. Schiffen am anderen Ende des Alls Befehle erteilen, unverzüglich Antworten erhalten – der Kopf dreht sich einem, so grandios ist das!"

„Die Erde hören!" sagte ich. „Die Erde sehen! Überall mit der Erde sein!"

18

Dann geschah, was sich während unserer galaktischen Odyssee schon einige Male ereignet hatte.

Der doppelte Sternhaufen χ und h Persei, als matter Dunstschleier ein Jahr seine Form, Größe und Helligkeit bewahrend, erwachte zum Leben und begann zu wachsen. Die Gruppe veränderte sich vor unseren Augen und auf den Diagrammen, veränderte sich täglich, dann stündlich, wuchs, dehnte sich aus, die Sterne wurden größer, füllten sich mit Glanz, gewannen an Leuchtkraft. Die Stunde kam, da die vordere Halbsphäre ganz von den Gestirnen des Perseus angefüllt war, die anderen Sterne blieben hinter uns. Schließlich verschwanden sie, der Haufen breitete sich auf die zweite Halbsphäre aus und trat vor uns auseinander.

Oshima, der zu dieser bedeutungsvollen Stunde Dienst hatte, drosselte die Geschwindigkeit.

Wir drangen ins Innere eines der größten Sternhaufen der Galaxis ein. Deutlich zerfiel er in zwei Sterngruppen. Längs des Sphärenäquators war der Himmel von einem dunklen Streifen durchschnitten, der diese Gruppen teilte – Gestirne gab es auch in dem dunklen Streifen, mehr als an jedem Abschnitt des irdischen Himmels. Rechts entfaltete sich die Gruppe h, links die Gruppe χ, Tausende gigantische Sterne. Der Himmel der Gruppen war nicht mit leuchtenden Punkten bedeckt, sondern loderte in Feuern – ich entzifferte Formelbuchstaben beim Schein des funkelnden Perseushimmels. Hier waren die Nächte nie so finster wie auf der Erde mit den matt blinkenden Eisstückchen in der Höhe, selbst in den verdunkelten Sälen traten die Gegenstände deutlich hervor, als auf den Bildschirmen die Sternscheinwerfer dieser Gruppen aufflammten.

Vorsichtshalber jagten wir den Äquator entlang, in dem Streifen Dunkelheit, der die Gruppen trennte, und verließen nicht den Überlichtbereich.

Dann fingen die Raumwellenempfänger schwache

Impulse auf. Periodische Verdichtungen und Verdünnungen des Raums fügten sich zu ein und demselben, immer von neuem wiederholten Satz. Wir vermuteten, daß das die Frage „Wer seid ihr?“ war, denn danach würden uns unbekannte Korrespondenten vor allem fragen. Die Dechiffriergeräte nahmen diese Lesart zur Grundlage und lieferten einen Kodeentwurf. Der Kode unterschied sich kaum von denen, die wir unseren Maschinen eingegeben hatten. Es bestand kein Zweifel, daß wir uns mit den Unbekannten würden verständigen können, deren Signale den Raum in Schwingungen versetzten.

Ich wollte Verbindung aufnehmen, doch Olga fürchtete, der Gegner versuche uns zur Offenheit zu provozieren. Es könne geschehen, daß wir dem Feind das Geheimnis in die Hände lieferten, wie wir uns vor ihm schützten. Die meisten Besatzungsmitglieder unterstützten sie.

„Unsinn!“ sagte ich, und Leonid stellte sich auf meinen Standpunkt. Gemeinsam stimmten wir die anderen um. Für die Verderber sei es unvorteilhaft, vor der Zeit zu zeigen, daß wir entdeckt wären, ihre Geschütze seien nur auf kurze Distanz wirksam, folglich würden sie bemüht sein, uns möglichst nah heranzulassen. Wer Verbindung zu uns suche, sei nicht der Feind.

Unserem Kode legten wir die Elementetafel zugrunde, wie es unsere Vorgänger getan hatten, wenn sie mit vernunftbegabten Wesen zusammentrafen. Die Raumwellengeneratoren sendeten diese Tabelle in all die Richtungen, aus denen Impulse kamen.

Gleich nach unseren Übertragungen verbreiteten

sich abermals Dichtewellen im Raum, doch nicht wir wurden angesprochen. Wahrscheinlich verhandelten unsere Korrespondenten miteinander. Die unbekannten Wesen fragten und antworteten, redeten dringlich aufeinander ein, zumindest hatte ich den Eindruck, und die Schiffsmaschine widerlegte mich nicht. Stern spricht mit Stern, die dort lebenden Wesen stimmen ihr Verhalten uns gegenüber ab, dachte ich, während ich die aufgezeichneten Dichteschwingungen betrachtete. Wir drangen tiefer in den Haufen ein, waren hundertmal schneller als das Licht, und rings um uns pulsierte der Raum, streitend, wer wir sein könnten.

„Wir schwenken nach links", sagte Olga eines Tages, als wir zusammen den Dienst antraten. „Wir werden die Gruppe χ erforschen, dort scheinen die Sterne dichter zu stehen als in der Gruppe h. Gibt es etwas Neues, Eli?"

„Bisher nicht. Die geheimnisvollen Verhandlungen dauern an. Aber wir zeichnen alle Raumschwingungen auf, und wenn wir die Sprache der Übertragungen entschlüsseln, können wir lesen, worum es in den Gesprächen ging."

Die Dechiffriergeräte verwandelten den ersten Kodeentwurf in einen klaren Schlüssel. Nun hatten wir eine gemeinsame Sprache.

Dann diktierte ich ein Telegramm, das unsere Besatzung gebilligt hatte: „Wir kommen von weit her. Im Sternbild Plejaden wurden wir von achtzehn kosmischen Schiffen angegriffen. Wir haben entsetzliche Zerstörungen auf Planeten gesehen, wo es ein entwickeltes Leben gegeben hat."

Die Korrespondenten, die versucht hatten, sich mit uns in Verbindung zu setzen, schickten die Antwort: „Wir haben euch verstanden. Macht unverzüglich kehrt. Euch droht Untergang, flieht, so schnell ihr könnt.“

Erschüttert blickte ich Olga an. Sie war blaß geworden, rang nach Atem. „Wie soll man das verstehen?“ begann ich, wurde aber unterbrochen.

Das Alarmsignal gellte durchs Schiff. Leonid und Oshima riefen Olga und mich in den Kommandeursaal.

19

Bei Gefechtsalarm werden sämtliche Lageinformationen, die in ruhigen Zeiten nur in den Kommandeursaal übermittelt werden, jedem Besatzungsmitglied zur Kenntnis gebracht, und die Schiffsmaschinen summieren und verallgemeinern pausenlos alle Meinungen. In solchen Stunden wird das Kollektiv zum Kommandeur, und der nominelle Schiffskommandeur verfügt nur in dem Maße über die Macht, als er den kollektiven Willen der Besatzung ausführt, sein eigener Wille ist darin von großer, nicht von entscheidender Bedeutung.

Leonids Miene hatte sich verdüstert, doch er war ruhig. Oshima wirkte verstimmt. Olga und ich nahmen unsere Plätze ein, und Oshima erklärte: „Wir flogen mit einer Geschwindigkeit von hundertzehn Einheiten. Ich befahl den Automaten, um zwanzig Prozent zu bremsen. Als sie das Programm ausgeführt hatten, erwies es sich, daß unsere Geschwindigkeit nicht achtundachtzig war, wie sie hätte sein müssen, sondern fünfundneunzig. Rings um uns verschwindet der Raum von allein, annähernd um sieben Lichteinheiten."

Olga überlegte.

Das unverständliche Verschwinden von Raum stand vielleicht mit der fürchterlichen Warnung in Zusammenhang. Aber wozu hatte es jemand nötig, unseren Flug zu beschleunigen, da wir ohnehin mit Überlichtgeschwindigkeiten flogen?

„Wir müssen umgehend entscheiden, was zu tun ist", sagte Olga. „Wollen wir weiter vordringen oder schleunigst den Rückflug antreten, wie die unbekannten Freunde raten?"

„Oder die Feinde", versetzte Leonid. „Ich bin nicht überzeugt, daß die Depesche von Freunden ist. Ich schlage vor, die Reise fortzusetzen."

Auch eine neue Depesche unserer rätselhaften Korrespondenten: „Ihr habt noch Zeit, euch zu retten! Ihr fliegt dem Untergang entgegen!" erschütterte uns nicht. Ich schickte unsere Antwort: „Wir setzen die Reise fort. Erklärt, worin ihr die Gefahr seht!"

„Während sie ihre Gedanken sammeln, wollen wir uns bemühen, selber herauszubringen, was hier vor sich geht", sagte Olga. „Wir müssen unsere Geschwindigkeit variieren. Zunächst erhöhen wir um dreißig Einheiten."

Als die Automaten das aufgegebene Programm ausgeführt hatten, flogen wir mit hundertfünfundzwanzig Einheiten. Zusätzlicher Raumschwund wurde nicht beobachtet. Wenn vorher jemand bestrebt gewesen war, unseren Flug zu beschleunigen, so befriedigte ihn die jetzige Geschwindigkeit des Sternenflugzeugs.

„Nun entledigen wir uns dieser dreißig Einheiten, aber in Etappen“, kommandierte Olga.

Sobald wir die hundertfache Lichtgeschwindigkeit unterschritten, machten sich Anzeichen fremder Einwirkung bemerkbar. Je mehr wir bremsten, desto größer wurde die fremde Einwirkung. Die Eigengeschwindigkeit des Sternenflugzeugs verringerte sich auf sechzig Einheiten, die summarische Geschwindigkeit betrug fünfundsiebzig, auf fünfzehn zusätzliche Einheiten trieb uns jemand an.

Eine Zeitlang flogen wir mit dieser Geschwindigkeit – wir gingen mit der eigenen Geschwindigkeit nicht herunter, und die zusätzliche wurde uns nicht erhöht. Mir fiel die Nachricht ein, die Spychalski zur Erde übermittelt hatte: „Die Verderber pressen die Welt zusammen.“ Das ist ihr Zusammenpressen der Welt, dachte ich. Sie schöpfen den eigenen Raum aus, um uns auf die Distanz eines Gravitationsschlages heranzuziehen. Sie riskieren es, das kosmische Gleichgewicht ihrer kleinen Welt zu zerstören, um nur mit dem Gegner abrechnen zu können.

„Die Fahrtannihilatoren vollständig drosseln“, befahl Olga. „Die Flugträgheit durch die Bremsanlagen tilgen.“

Bald darauf wurde kein Albert mehr für die Fortbewegung ausgegeben. Doch das Sternenflugzeug setzte seinen Flug mit einer Geschwindigkeit von fünfundzwanzig Lichteinheiten fort. Jemand verschlang energisch den uns trennenden Raum.

Die Empfänger fingen eine neue Nachricht auf. Diesmal war sie nur mühsam zu entschlüsseln. Es gab Lücken, eine Dichtewelle unterbrach die andere. „In Kompressionskegel geraten... Ziehen zusammen bis zweiunddreißig Licht... Noch ist Zeit... Werft euch mit aller Macht heraus... Erbarmungslose... Leider machtlos... Kehrt um..."

„Ihr Rat ist klar", sagte Olga nachdenklich. „Sie empfehlen, wir sollen uns hier herausarbeiten, solange noch Zeit ist und unsere Leistungsfähigkeit ausreicht."

„Und der Feind, der uns zu sich zieht, unterbricht die Sendungen, damit die Ratschläge der Freunde nicht zu uns dringen", ergänzte ich.

„Ich meine, wir sollten das Gegenteil von dem tun, wonach der Feind trachtet", fuhr Olga fort. „Ich würde zunächst doch aus der Gruppe ausbrechen. Zurückkommen können wir immer noch."

Leonid sagte gereizt: „Ich begreife nicht, wovor du Angst hast! In der Depesche ist gesagt, daß die Grenze der Raumzusammenziehung bei zweiunddreißig Lichteinheiten liegt. Wir entwickeln aber fünftausend Einheiten! Notfalls durchbrechen wir ihren dreißigfachen Schutzwall wie ein Nashorn ein Segeltuch. Nach wie vor bestehe ich darauf, daß wir die Expedition fortsetzen. Keine ihrer Aufgaben ist bisher erfüllt!"

Olga wandte sich mir zu. „Und die Raumwellen, Eli?"

Ich wußte, was sie beunruhigte. Wenn wir umkamen, dann war auch unsere für die Menschheit so wichtige Entdeckung verloren. Wieviel Zeit würde verstreichen, ehe andere auf sie stießen? Die Menschheit würde um einen Kopf größer, wenn sie nutzte, was wir schon ungehindert gebrauchten – hatten wir das Recht, diese Errungenschaft aufs Spiel zu setzen? Doch wer konnte beweisen, daß unser Risiko unvernünftig war?

„Ich bin dafür, die Expedition fortzusetzen. Ich sehe keinen Anlaß zur Panik."

Leonid befahl, die Annihilatoren in Gang zu setzen. Ungestüm näherten wir uns dem Zentrum der Sterngruppe χ.

20

Ich entsinne mich gut meines Zustandes, als wir ins Gewimmel des gigantischen Sternhaufens vordrangen. Damals ahnte ich nicht, daß unsere gewagte Expedition beinahe tragisch für das Sternenflugzeug enden und ich mich für lange Monate in einen Invaliden verwandeln würde.

Ich saß am Rande, neben Leonid, hinter ihm Olga und Oshima. Die Geschwindigkeit unseres Schiffes nahm zu. Die Sterne wirkten nicht mehr wie Punkte, sondern wie Erbsen, sie glänzten wie kleine Monde. Bei den besonders hellen Gestirnen war eine Korona zu beobachten. Ihre Pracht wirkte bedrohlich. Eine geheimnisvolle Gefahr schien von diesem imposanten Bild auszugehen.

Oshima unterbrach meine Überlegungen. „Die Flugbahn unseres Schiffes ist auf das Gestirn gerichtet, das unter einem Winkel von fünfundvierzig Grad zu sehen ist."

Er wies auf einen Stern, der seitlich vor uns flimmerte. Ich betrachtete ihn durch den Vervielfacher. Er besaß drei Planeten. Alle drei kamen mir sonderbar vor. Sie glänzten intensiv. Die Analysatoren stellten fest, daß das metallische Planeten waren.

Im Raum spielte sich ein Hexentanz von Dichteschwingungen ab. Jemand generierte unermüdlich Wellen, ein anderer schlug sie energisch nieder. Die Dechiffriergeräte waren außerstande, sich in diesem Durcheinander von Nachrichten und Störungen zurechtzufinden. Nur ein vielfach wiederholtes Wort ließ sich aus dem Chaos fischen: „Nicht! Nicht!"

„Die unbekannten Freunde bemühen sich verzweifelt, uns eine Mitteilung zukommen zu lassen, aber unsere unbekannten Feinde wirken dem wütend entgegen", sagte ich.

„Zweifellos hängt ihre Mitteilung mit jenem Stern zusammen", erwiderte Olga. „Er ist schon unter einem Winkel von fünfunddreißig, nicht mehr von fünfundvierzig Grad zu sehen. Wir werden zu ihm abgedrängt, doch jemand warnt uns, hinzufliegen."

„Nennen wir ihn den Drohenden. Der Name paßt zu ihm."

Leonid korrigierte den Kurs, nachdem er sich überzeugt hatte, daß sich die Maschine nicht irrte. Nun wich der Drohende zurück. Ich schlummerte im Sessel ein.

Als ich erwachte, stritt sich der gereizte Leonid mit Oshima. Ich erfuhr, daß sich vorn Sterne zeigten, weiße und rote Giganten von ebenso wütender Leuchtkraft wie der Drohende. Trotz der ausgeschalteten Annihilatoren riß es uns auf sie zu, der Raum zwischen uns wurde vernichtet. Die Schiffsmaschine stellte fest, daß wir in ein Gebiet hoher Krümmung geraten waren und auf einer geodätischen Linie einem unbekannten Punkt zuflogen. Die Raumkrümmung war unbeständig, anscheinend änderten unsere Feinde sie ungehindert, indem sie sie bald vergrößerten, bald verminderten.

„Wir müssen wenden und durch die Krümmung stoßen", forderte Leonid. „Sobald wir die von ihnen geschaffene krummlinige Metrik zertrümmert haben, werden sie nicht mehr versuchen, uns die Flugrichtung zu diktieren."

„Ich habe eine höhere Meinung von ihren Möglichkeiten und ihrer Hartnäckigkeit", entgegnete Olga. „Doch wir haben keinen anderen Ausweg, als scharf abzubiegen."

Während Leonid und Oshima Befehle erteilten, sprach Olga mit mir. „Ich fürchte, wir sind in eine schwierige Lage geraten, Eli. Daß die Verderber tiefer als wir in die Natur der Gravitation eingedrungen sind, habe ich gewußt. Aber daß sie die Metrik des Weltraums ändern, ist für mich eine Überraschung."

„Nun, nicht des Weltraums, vorläufig nur ihres interastralen Raums", versetzte ich. „In ihrer malerischen Gruppe haben sie so viel Materie und so wenig Raum, daß es sie keine große Mühe kostet, jede beliebige Krümmung an jeder beliebigen Stelle herbeizuführen." Ich sah selber ein, daß meine Erklärung leichtsinnig war.

15–52

Leonids Manöver gelang. Die künstliche Krümmung wurde von unseren Annihilatoren gesprengt. Das Sternengrüppchen, das seinen Rachen für uns aufgesperrt hatte, ich nannte es das ungute, entfernte sich nach rechts. Die Analysatoren sagten aus, daß sich der Raum auf unserer neuen Trasse wenig vom euklidischen Raum unterscheide. Leonid jubelte. Unser Schiff hieß nicht umsonst Sternenpflug! Mächtige Furchen schnitt es in den Kosmos, alle Konstruktionen und Strukturen des Raums, Metrik genannt, krachten, wenn es loslegte.

Olga ärgerte sich über ihn. „Ich bin nicht überzeugt, daß die Krummlinigkeit von uns beseitigt wurde!"

„Du streitest gegen etwas, das offensichtlich ist, Olga!"

„Keineswegs! Wahrscheinlich stören supergigantische Mechanismen die Raummetrik. Nimm einmal an, die Mechanismen wären gestoppt worden, als wir den Kurs änderten."

„Aber warum? Kannst du mir erklären, warum?"

„Zumindest vermute ich es. Wir sind gerade dorthin abgebogen, wohin man uns lockte, und das ist nun ein ziemlich geradliniger Pfad, um in eine Falle zu geraten."

Ich streifte durchs Schiff. Die Empfänger zeichneten nach wie vor den Wirrwarr der Schwingungen auf, ohne sie zu entschlüsseln. Der Observationssaal war voller Kosmonauten, die gerade dienstfrei hatten. Man rief mich. Ich war zum Kommandeursaal zugelassen und zum Teil dafür verantwortlich, was dort geschah.

„Freunde, ihr kennt die Situation“, antwortete ich auf die Fragen, mit denen ich überschüttet wurde. „Man wirbelt uns zwischen diesen Teufelssternen umher.“

Die Sterne der Gruppe χ gliederten sich in dicht beieinanderliegende Häufchen zu einem bis zwei Dutzend Gestirnen. Wieder wurden wir zu einem dieser Häufchen hingetragen. Die Analysatoren fixierten das Verschwinden von Raum auf unserer Trasse und deren bedeutende Krümmung.

Olga hatte gebeten, eine Kursänderung zu genehmigen.

Die im Saal Sitzenden schwiegen. Die Maschine summierte unsere Stimmungen und Gedanken und meldete, daß die Besatzung den Kommandeur unterstütze. Nach der dritten Kursänderung sahen sogar die Optimisten allmählich ein, daß etwas nicht in Ordnung war.

Leonid bat mich in den Kommandeursaal.

Er wirkte grau und erregt. Während der wenigen Tage, die wir im Perseus verbracht hatten, war er so abgemagert, wie man nur in alten Zeiten durch Krankheiten abmagerte. Seine Stimme zitterte vor Wut.

„Zum zweitenmal werden wir auf den Drohenden zugetragen! Wir haben den Kreis in diesem Teufelshaufen geschlossen!“

21

Zunächst begriff ich nur, daß Leonid außer sich war und in solcher Wut das Schiff nicht befehligen durfte.

„Laß uns überlegen, dann entscheiden“, riet ich. Langsam führte ich das Fernrohr über die Sphäre, um ihm Zeit zu lassen, sich zu beruhigen. In der Optik bot sich ein Bild, das dem glich, welches wir sahen, als wir zum erstenmal an dem Drohenden vorbeiflogen. Wie damals waren wir von dem grell flammenden Stern Monate Lichtweges entfernt. Im Überlichtbereich war der Raum durchsichtig. Falls die Verderber einen Angriff auf uns vorbereiteten, so hatten sie es nicht eilig damit.

„Wir müssen umkehren“, sagte Leonid. „Aber wohin wenden wir uns? Was haben wir davon? Wie lange werden wir noch zwischen den Sternen umherirren?“

Er erzählte, während des Dienstes von Olga und Oshima habe sich der Raum erneut zu krümmen begonnen, jede Stunde sei die Metrik anders. Deshalb werde der Kurs stark verzerrt, und anstatt den Drohenden weit rechts zu lassen, jage das Schiff genau auf ihn zu.

„Es ist noch weit bis zu ihm“, bemerkte ich. „Wir haben Zeit zum Überlegen. Auf jeden Fall müssen wir uns auf die Abwehr von Gravitationsschlägen vorbereiten.“

Leonid stoppte die Fahrtannihilatoren. Jetzt flogen wir, weil jemand vor uns den Raum vernichtete. In ungefähr drei Tagen würden wir, falls sich nichts änderte, ohne ein Gramm Energie zu verbrauchen, direkt ins Planetensystem des Drohenden hineinsegeln.

„Wenn ich den Rückwärtsgang einlege, halten uns ihre Annihilatoren nicht auf", sagte Leonid.

„Wozu auch? Beim Rückwärtsgang kehren wir ins Zentrum der Gruppe zurück, warum sollen sie uns da aufhalten? Und noch eins vergißt du, Leonid: Sie haben wahrscheinlich schwächere Annihilatoren als wir, hingegen bereitet es ihnen keine Mühe, die Metrik zu ändern und vernichtende Gravitationsschläge zu führen. Wenn sie all ihr Können zu einem Ausfall vereinigen, ergeht es uns übel!"

Im Saal erschienen Olga und Oshima. Die Zeit war zu unruhig, um den Dienstplan strikt zu beachten. Olga hatte schon früher nicht daran gezweifelt, daß wir zum Drohenden hintrieben.

„Ihr Plan ist klar. Sie werden uns zwischen den Sternen zappeln lassen, bis unsere Vorräte, die die Annihilatoren speisen, aufgebraucht sind. Dann haben sie leichtes Spiel, uns so weit an eins ihrer Planetensysteme heranzuziehen, um einen Schlag gegen uns zu führen."

„Wenn es die Verderber nicht eilig haben, dann haben wir es auch nicht nötig, uns zu überstürzen", sagte ich. „Wir sind zum Perseus geflogen, um mehr über sie zu erfahren, doch bisher reißen wir nur mal vor dem einen, mal vor dem anderen Stern aus. Laßt uns den Kurs auf den Drohenden fortsetzen und sehen, was das für ein Ding ist."

„Das scheint mir vernünftig, obwohl es gefährlich ist. Versuchen wir es trotzdem!"

Wir flogen mit abgeschalteten Annihilatoren auf den unheilvollen Stern zu.

„In der Optik des äußeren Planeten Kreuzer des Gegners“, meldete mittags die Schiffsmaschine.

Durch den Vervielfacher betrachtete ich die metallischen Planeten. Die beiden inneren waren bleiern, der dritte, äußere, hatte eine glänzende Hülle aus Gold.

Die Schiffe des Gegners kreisten über dem Goldenen Planeten, als wären sie seine Trabanten. Sie glichen den Ungeheuern, von denen wir in den Plejaden angegriffen worden waren. Ich zählte zehn Kreuzer.

„Wo mögen sie jetzt sein?“ fragte Olga. „Ungefähr drei Wochen Lichtweges sind wir von ihnen entfernt. Wir sehen ein Bild der Vergangenheit.“

„Im Überlichtraum sind sie nicht, das bezeugen die Geräte. Beruhige dich, Olga, bisher greift uns niemand an.“

Noch aufmerksamer als den Goldenen Planeten musterte ich die beiden inneren Planeten. Sie waren mir bekannt. Ihr Bild hatte André in den Todesvisionen des Augenköpfigen entschlüsselt. Eine trostlose Ebene, metallische Berge, metallische Anlagen, Gebäuden ähnlich... Irgendwo dort, auf den toten Bleifeldern oder tief im Bleiinneren, schmachteten die Gefangenen. Vielleicht war André unter ihnen...

„Die Automaten haben alles fixiert, was man erkennen kann. Es ist Zeit umzukehren“, sagte Leonid.

Er schaltete die Annihilatoren auf Rückwärtsgang. Eine Zeitlang hingen wir unbeweglich da, kämpften gegen die Saugwirkung des Goldenen Planeten – von ihm gingen die Kräfte aus, die den Raum vernichteten, die beiden bleiernen Planeten hatten keinen Einfluß auf diesen Prozeß, dann lösten wir uns aus dem Abgrund, in den man uns hineinziehen wollte. Leonid beschleunigte beständig unsere Fahrt. Er steuerte unser Schiff zum Drohenden zurück. Seine Stimmung hatte sich gebessert. Wie stets bei großen Prüfungen wurde er von Kampfesfieber gepackt.

„Wir werden an diesem Verderberstern so schnell vorbeiflitzen“, sagte er, „daß dort keiner mit dem Augenkopf auch nur zwinkern kann. Ich gedenke meine eigenen Schnelligkeitsrekorde zu brechen.“

Langsam steigerte er die Geschwindigkeit. Nacheinander lebten die Fahrtannihilatoren auf. Noch niemals hatte die „Raumfresser“ den Raum so mächtig verschlungen. Hinter uns wand sich eine breite Schleppe von Gas- und Staubnebel. Links funkelte der Drohende, der immer größer wurde. Wir stießen mit sechstausend Lichteinheiten vor. Mir wurde der Mund trocken, laut schlug mein Herz. Nur Olga starrte schweigend nach vorn, auf den von der Seite auf uns zurasenden Drohenden.

Wir siegten, das war klar! Der Winkel zum Drohenden wurde größer, er flog uns nicht mehr entgegen, sondern entfernte sich seitwärts. Die Schiffsmaschine meldete eine ungestüm zunehmende Krümmung. Unser Sternenflugzeug vernichtete nach wie vor Millionen von Kubikmetern Leere, verbrannte sie zu kosmischer Gas- und Staubasche. Aber all das vollzog sich in einer Metrik, die uns unverständlich war, die der euklidischen fernstand. Wir brachen nicht nach außen durch, sondern bogen scharf auf die uns diktierte krumme Linie ab.

Der Drohende trat immer weiter zurück, jetzt befand er sich senkrecht zur Flugachse. Dafür waren die anderen Gestirne in Bewegung geraten. Der Punkt, den wir angeflogen hatten, war nicht mehr vor, sondern hinter uns. Wir beschrieben einen gigantischen Halbkreis um den Drohenden und drangen auf dem Rückweg ins Zentrum der Gruppe ein.

22

Wir waren fast alle mit den Nerven herunter. Noch nie hatten wir die Leistungsfähigkeit so forciert, doch wir wurden nicht zurückgeschleudert, sondern lediglich herumgeschwenkt.

Olga sagte: „Die Lage hat sich zugespitzt, sie ist aber nicht hoffnungslos. Was uns beim Drohenden nicht gelungen ist, kann in einem anderen Bezirk gelingen. Außerdem haben wir noch eine letzte Möglichkeit – kämpfend durchzubrechen!"

Die „Raumfresser" bog um den Drohenden und wurde erneut zum unguten Sternbild getragen, von wo wir erfolgreich geflohen waren.

Nicht alle Sterne zogen uns an. Einige sandten gewaltige raumannihilierende Kegel aus, die unser Sternenflugzeug ansaugten. Rasch entfernten wir uns von solchen aktiven Gestirnen. Das Mißtrauen, das wir ihnen gegenüber hegten, schlug in Furcht um, als wir bei einem ein System metallischer Planeten entdeckten, wie es sie um den Drohenden gab, und auf den Planeten Kreuzer der Verderber. Man wollte uns näher lotsen, um einen Schlag gegen uns zu führen, daran gab es keinen Zweifel.

Doch wir trafen auch andere Gestirne. Von ihnen wurden keine raumvernichtenden Kegel ausgestoßen, sie trachteten nicht danach, uns anzusaugen. Bei diesen Gestirnen fanden wir ebenfalls Planetensysteme, doch ihre Planeten glichen nicht den metallischen Kugeln der Verderber, sondern unseren Sonnenplaneten. Mir war, als sähe ich Städte auf einem der Planeten.

„Wir müssen im Bereich eines inaktiven Sterns durchbrechen", beschloß Olga. „Man versucht uns zu hindern, deshalb müssen wir möglichst schlau vorgehen."

Der neue Durchbruchsplan sah so aus: Zunächst mäßig schnell die Hindernisse abtasten, dann ebenso heftig wie beim Drohenden vorspringen. „Rings um die inaktiven Sterne ist es schwieriger, den Raum zu krümmen, als in den von den Verderbern besiedelten Bezirken", sagte Olga. „Wir brechen dort durch die Sperren, wo sie am schwächsten sind."

Die Feinde hielten uns in einer Falle gefangen und dachten gar nicht daran, uns freizugeben. Sie krümmten die interastralen Weiten unbegreiflich leicht und energisch. Nicht einmal in die Nähe der inaktiven Sterne ließen sie uns, im Raum war kein Durchkommen zu ihnen. Wir steuerten sie an und flogen an ihnen vorbei. Als wir wieder einmal ungewollt abschwenkten, tauchte vor uns ein unheilvoller aktiver Stern auf, und wir erkannten rings um ihn metallische Planeten und Flottillen kosmischer Kreuzer.

Olga analysierte die Taktik der Verderber. „Den Weg zu den inaktiven Sternen riegeln sie verbissen ab, offenbar besteht hier die reale Möglichkeit zu entwischen. Zu den aktiven Gestirnen saugen sie uns hin, allerdings ohne sonderliche Energie. Offenbar wollen sie warten, bis wir erschöpft sind. Auf ihr Warten müssen wir spekulieren und ihren Plan gegen sie selbst richten."

Im Halbdunkel des Kommandeursaales wirkte Olgas Gesicht ungemein entschlossen. Sie war die einzige unter uns, die keinen Augenblick den Mut sinken ließ.

„Was hast du dir ausgedacht, Olga?"

„Das wirst du bald sehen, Eli!"

Die Raumwellenempfänger fingen nach wie vor die Raumschwingungen auf, eine Übertragung konnte teilweise entschlüsselt werden. „Macht weiter... Die Sperren sind nicht grenzenlos... Der einzige..." Diese Depesche wurde aufgefangen, als wir gegen die Krümmung im Bereich eines inaktiven Sterns anrannten. Unsere Sternfreunde wußten nicht, daß wir Aktivstoff sparen mußten.

Wir stürmten eine Reihe von inaktiven Sternen. Unsere Angriffe wurden nicht heftiger, sondern schwächer. Zunächst bildete ich mir ein, unsere Vorräte an Aktivstoff gingen tatsächlich zur Neige, doch Olga beruhigte mich. „Hoffentlich gewinnen die Feinde den gleichen Eindruck wie du. Ich habe nichts dagegen, wenn sie sich freuen, daß unsere Kraft am Ende ist."

Wir verminderten weiterhin die Geschwindigkeit. Die Krümmung hatten wir mit fünf- bis sechstausend Einheiten berannt, innerhalb des Sternhaufens hatten wir uns mit Hunderten fortbewegt, jetzt waren wir nur noch Dutzende Male schneller als das Licht. Und da erklärte Olga, was sie im Schilde führte. Die Verderber krümmten den Raum, wenn wir versuchten, an einem aktiven Stern vorbeizuspringen, doch sie hinderten uns nicht, ihnen selbst näher zu kommen. Folglich mußten wir auf einen ansaugenden Stern zufliegen und die Kampfannihilatoren gegen seine Planeten einsetzen, sobald wir nahe genug heran waren. Einen Planeten würden wir, ob er nun aus Metall oder überdichtem Plasma bestand, in ein gigantisches Raumloch verwandeln und durch die entstandene Leere fliehen – etwas anderes blieb uns nicht übrig.

Olgas Plan war kühn. Ich hatte vermutet, sie habe vor, die kosmischen Kreuzer der Verderber in ein Gefecht zu verwickeln. Das war immerhin eine erprobte Methode, Leonid und Allan hatten bereits vier feindliche Schiffe vernichtet, es würde gelingen, auch mit vierzig fertig zu werden, sofern es keinen anderen Ausweg gab. Aber Planeten vernichten... Die Menschheit hatte Erfahrung bei der Schaffung von Planeten, allein für die Ora hatten zwei Generationen gearbeitet. Ein Kügelchen vertilgen, das etwa fünfmal größer als die Erde war und Tausende Mal mehr Masse besaß... Einen metallischen Planeten, der durch eigene Mechanismen geschützt war, durch eine Flottille galaktischer Schiffe und vielleicht durch die Unterstützung anderer genauso mächtig bewaffneter kosmischer Körper...

Alles sprach zu unseren Gunsten. Die Vorräte an

Aktivstoff reichten aus, um jeden beliebigen Planeten zu vernichten, welche Masse er auch haben mochte, ein gleichzeitiger Schlag sämtlicher Annihilatoren wäre so stark, daß ein Planet augenblicklich zerfiele, wir brauchten nur nah genug heranzufliegen.

„Ich wiederhole: Andere Chancen, hier herauszukommen, gibt es nicht!" sagte Olga. „Noch ein Dutzend Kreise in dem Sternhaufen, noch zwei Dutzend Vorstöße gegen die Zähne ihrer Krümmung – und wir werden eine Beute der Räuber."

Olga erhielt die geforderten Vollmachten für eine kosmische Schlacht.

23

Wir jagten nicht mehr dahin, den Raum vor uns gewaltig aufwickelnd, sondern schleppten uns am Grunde des Überlichtbereichs fort. Nur noch ein paarmal abbremsen, dann gerieten wir auf die andere Seite der Lichtbarriere, wurden für jeden Beobachter mit Teleskop sichtbar. Ich dachte wirklich, Olga habe vor, im Bereich unterhalb der Lichtgeschwindigkeit aufzutauchen, das Schiff in einen gewöhnlichen Körper zu verwandeln, der den Gesetzen der elementaren Mechanik unterliegt. Aber sie verfolgte andere Ziele.

Von fern wirkte unser Sternenflugzeug wahrscheinlich wie ein Materieklümpchen der Verzweiflung und Willenlosigkeit, das sich fast ohne Energie mal hierhin, mal dorthin warf. Aber wie wir uns auch warfen und die Richtung ändern mochten, die Raumkrümmung gab uns die Flugbahn zum Drohenden auf.

Zum drittenmal wurden wir zu ihm hingetragen. Irgendwelche ungeheuerlichen Mechanismen arbeiteten emsig, brachten den Kosmos durcheinander, damit wir in den aufgerissenen Schlund schlitterten. Und Olga führte das Sternenflugzeug gehorsam die vorgeschriebene Bahn entlang, sie unternahm nicht einmal den Versuch, seitlich auszubrechen. Mir stockte der Atem, als ich sah, wie rasend schnell der rote Drohende größer wurde.

Willenlos flog das Schiff, bis die Raumkrümmung durch die Raumvernichtung abgelöst wurde. Wieder schnellte vom Drohenden ein raumannihilierender Kegel heraus, und wir wurden angesaugt. Unser Sternenflugzeug zuckte zurück, als wäre es zur Besinnung gekommen. Erneut wurden wir in den Schraubstock der nichteuklidischen Metrik genommen. Mit jedem Mal wurden die Aktionen des Feindes sicherer, doch unser Widerstand ließ nach. Schließlich trat der Augenblick ein, da die Leistungsfähigkeit des Sternenflugzeugs nicht ausreichte, um aus dem Kegel, der es umschlossen hielt, auszubrechen. Von den Lichteinheiten, die durch die Feinde generiert wurden, löschten wir durch Rückwärtsbewegung zunächst vierundzwanzig, dann zwanzig, fünfzehn, zehn...

Wir kämpften verzweifelt. Bald hatten wir keine eigene Geschwindigkeit mehr, der fremde Wille hatte uns völlig in der Gewalt. Und es wurde klar, wohin man uns zog. Der Drohende war von unserer Flugachse abgewichen. Wir wurden zum Goldenen Planeten dirigiert – zum Stützpunkt der feindlichen Kreuzer, dem Schlag ihrer Gravitationsmechanismen entgegen.

Wenn man in diesen schweren Augenblicken von Erleichterung sprechen durfte, so empfand ich Erleichterung. Auf dem Goldenen Planeten konnte außer den Verderbern mit ihrer Vorliebe für große Schwerkraft nichts Lebendiges existieren. Keinem ihrer Gefangenen drohte die Vernichtung.

Olga riß mich vom Vervielfacher los. „Was gibt es zu sehen, Eli?“ Da sie die Arbeit der Schiffsmechanismen leitete, griff sie selber selten zum Fernrohr.

„Immer dieselben Kreuzer.“

„Kommen sie uns entgegen?“

„Im Überlichtbereich ist der Raum sauber.“

„Sie werden bald angestürzt kommen. Der Goldene Planet verringert die Annihilation. Offenbar meinen sie, man brauche uns nicht mehr beschleunigt zur Schlachtbank zu treiben. In ein paar Minuten werden sie sich überzeugen, daß sie uns zu früh begraben hatten.“

Olga schaltete die Fahrtannihilatoren ein und raste genau auf den Goldenen Planeten zu.

Was vorher geplant worden war, blieb weit hinter dem zurück, was Olga so kaltblütig und entschlossen tat.

Das Schiff hatte bereits sechstausend Lichteinheiten erreicht, und die Geschwindigkeit nahm ständig zu – wir griffen an, siebentausendmal schneller als das Licht.

Und da bemerkten wir, daß die Verderber ihren Fehler erkannt hatten. Im Überlichtbereich erschienen zehn uns entgegenjagende Pünktchen. Mit Hilfe von Raumwellen orteten wir sie genau. Ich war überrascht über den Mut unserer Feinde.

Die Verderber waren tapfer. Sie hätten von dem Planeten wegfliegen können, der dem Untergang geweiht war. Die Besatzungen der Kreuzer hätten ihr Leben retten können, dazu waren sie schnell genug, dazu reichte auch noch die Zeit. Statt dessen stürzten sie sich in den sicheren Tod, um zu versuchen, von denjenigen die Vernichtung abzuwenden, die auf dem Planeten geblieben waren.

Äußerste Erregung ergriff mich, als ich die todbringenden Punkte auf uns zukommen sah. „Olga, greif an!" rief ich. „Zu früh!" antwortete sie. „Zu früh, Eli!"

„Greif an!" flehte ich, von Angst gepackt. „Begreif doch, sie überholen die eigenen Gravitationsschläge! Jede Sekunde des Zögerns bedeutet neue Überlastungswellen, die dann über uns hereinbrechen!"

„Die Gravitatoren schwächen sie ab!" sagte sie unbeirrt. „Ich darf nicht zu früh angreifen, weil ich den Planeten auf der Achse behalten will. Der Planet versperrt mir den Ausgang in die Freiheit, nicht die Schiffe."

Die galaktischen Kreuzer des Gegners nahmen Gestalt an. Sie waren Stunden Lichtweges entfernt, Sekunden unseres rasenden kosmischen Laufs. Und in diesem Augenblick schaltete Olga die Kampfannihilatoren ein. Sofort zerflossen die Körper auf den Raumwellenbildschirmen zu Nebel, wirbelten auf, verschmolzen zu einem funkelnden Fleck. Als wir hindurchjagten, erblickten wir in der Optik zehn hell aufflammende und sogleich verlöschende Sterne. Die Flottille des Feindes existierte nicht mehr.

Jetzt sahen wir in der Optik nur den langsam größer werdenden, zum Untergang verdammten Goldenen Planeten, der, wie die Geräte zeigten, verzweifelt Schwerefelder zu seinem Schutz generierte. Dann brachen wir in den Streifen der Gravitationssalven ein, welche die vernichteten Kreuzer abgefeuert hatten, und es erwies sich, daß unsere Gravitatoren nicht imstande waren, sie abzuwehren. Ich wurde zusammengepreßt, stöhnte, neben mir stöhnte Oshima, Leonid fluchte. Diese erste Welle war die schwächste, die Kreuzer hatten sie vor ihrer Vernichtung ausgestoßen, als ihre Geschütze offenbar nur noch vermindert leistungsfähig waren. Bestimmt hatten die Verderber gewußt, daß ihre Schläge schwächer wurden, und bei ihrem Weiterflug lediglich ein Ziel verfolgt – den frontalen Zusammenstoß, die gegenseitige Vernichtung.

Dagegen war die zweite Überlastungszone so gewaltig, daß mir der Atem fehlte, um zu stöhnen. Ich wurde gequetscht, rasender Schmerz zerriß mir die Körperzellen. Neben mir röchelte Leonid am Boden, er hatte das Bewußtsein verloren, vielleicht war er schon tot. Nur Olga, die sich an die Sessellehne klammerte, gelang es, ihre Kräfte zusammenzuhalten. Sie wußte, daß sie bei klarem Verstand bleiben mußte, und sie blieb es.

„Olga!“ sagte ich heiser und versuchte mich aufzurichten. „Olga, der dritte Schlag...!“

16–52

„Halte aus, Eli!“ rief sie keuchend. „Haltet aus, Freunde! Gleich vernichten wir sie!“

Die dritte Überlastungswelle brach in dem Moment auf uns herein, als ich den verfluchten Goldenen Planeten zerfallen sah. Eine riesige Scheibe flammte im Überlichtbereich auf und zersprang. Fetzen wurden zu Nebel. Doch in der Optik erblickten wir eine gigantische Explosion, eine Flammensäule, die aus dem Innern des Planeten aufschoß. Olga hatte genau gerechnet, erbarmungslos hatte sie den Schlag geführt. Alles war im Bruchteil einer Sekunde zu Ende. Der entsetzliche Planet, der uns mit seinen ungeheuren Gravitationsmechanismen den Ausgang aus dem Sternhaufen versperrt hatte, war nicht mehr. An seiner Stelle gähnte ein neues Loch im All, ein Durchbruch im kosmischen Raum. Bevor mir die dritte Gravitationswelle, die zu spät herangeflogen war, als daß sie die Verderber hätte retten können, das Bewußtsein raubte, sah ich als letztes den Drohenden, der weit zur Seite fortgetragen worden war und sich wieder in einen rötlichen Punkt verwandelt hatte, sah ich den klaren Himmel, an dem ferne Sterne leuchteten, die prächtige Milchstraße – die gigantische Weite des Universums.

Aus dem Sternengefängnis, das uns beinahe zum Grab geworden wäre, waren wir in die Freiheit ausgebrochen, in den Kosmos.

Dritter Teil

Die Erde

1

„Eli!“ rief mich eine Stimme. „Eli! Eli!“

Ich wollte antworten, wollte sagen, daß ich lebe. Vielleicht bin ich erblindet, ansonsten ist alles in Ordnung, wollte ich der Stimme zurufen. Ich stehe gleich auf, ruft nicht so verzweifelt, ich ertrage es nicht! Laßt mich, bat ich schweigend.

Damals schien mir, meine Gedanken wären klar. Da ich jetzt die Aufzeichnungen meiner Gehirnstrahlungen durchsehe, erkenne ich, daß mein Verstand kaum flackerte, nur dunstiges Glimmen formlosen Fieberwahns erhellte ihn. Zehnmal starb ich, zehnmal holte man mich zum Leben zurück, bis ich mich selbst – zuerst unsicher, dann immer hartnäckiger – daran zu klammern begann. „Eli!“ flehte die Stimme. „Eli! Eli!“

Sie verließ mich nicht. In der finsteren äußeren Welt war nichts außer dieser Stimme, sie war diese ganze Welt. Eine enge, schreiende, unruhige Welt. Und schließlich reagierte ich auf ihren Ruf. Ich öffnete die Augen.

An meinem Bett saßen Olga und Oshima. Sie blickten mich an. „Er kommt zu sich“, flüsterte Olga.

Ich schloß die Augen wieder. Es hatte mich ungeheure Mühe gekostet, die Panzerplatten der Lider zu heben. Ich mußte mich von der Anstrengung erholen. Aber die Stimme drängte: „Eli! Eli!" Ich stöhnte.

„Hör auf!" flüsterte ich und öffnete die Augen erneut.

Olga weinte leise. Oshima wischte sich die Tränen. Die äußere Welt weitete sich und verstummte.

„Freunde!" sagte ich und versuchte, mich aufzurichten.

„Bleib liegen!" bat Olga. „Du darfst dich nicht bewegen, Eli."

Ich hatte plötzlich Angst. Mir fiel der Drohende ein. Ich mußte mich vergewissern, daß wir uns von der schrecklichen Gruppe χ im Perseus entfernten...

„Bleib liegen!" sagte Olga und streichelte meine Hände. „Du würdest nichts erkennen. Wir sind weit weg von der Stelle."

Ich vernahm noch, daß es bis zu den Sternhaufen im Perseus dreitausend Lichtjahre waren, dann verlor ich abermals die Besinnung.

So begann meine Genesung.

2

Ich hatte am meisten abbekommen. Die dritte Gravitationswelle war stark gewesen, doch die anderen hatten keine Quetschungen und Knochenbrüche erlitten. Acht Mann waren ohnmächtig geworden, unter ihnen Leonid – sie kamen zu sich, als das Sternenflugzeug die Weite gewann.

„Mir schwanden ebenfalls die Sinne", sagte Olga. „Als ich sah, in welchem Zustand du warst...

Ich erinnerte mich, wie du gebettelt hattest, mit den Kreuzern möglichst rasch abzurechnen..."

Ich scherzte: „Jedenfalls sind wir mit den Verderbern auch höchst verderblich umgesprungen. Jeder in dieser abscheulichen Gruppe zittert bei dem Gedanken, wir könnten zurückkehren."

„Warum nennst du die Gruppe abscheulich? Hast du nicht gesagt, sie sei schön? Und nicht alle ihre Bewohner denken furchtsam an unsere Wiederkehr. Wir haben Freunde dort."

„Meinst du die Galakten?"

„Ja, Eli. Entsinnst du dich der inaktiven Sterne, von denen uns die Verderber so energisch abdrängten?"

„Also bewohnen die Galakten diese Sterne? Stimmt das?"

„Du wirst dich selbst davon überzeugen, wenn du dich mit den von der Schiffsmaschine bearbeiteten Informationen vertraut machst. Und es gibt mehr freundliche Sterne in den Perseusgruppen als von Verderbern besiedelte. Anders verhält es sich mit dem interastralen Raum – der wird anscheinend uneingeschränkt von den Verderbern beherrscht. Leider sind unsere Empfänger nicht stark genug, bei zunehmender Entfernung riß die Raumwellenverbindung ab."

3

Im Observationssaal hing der Rückkehrplan: eine leuchtende Linie – unser Weg zur Erde; ein darauf entlangkriechender roter Punkt – unser Sternenflugzeug. Der rote Punkt näherte sich dem Ende der leuchtenden Linie, elf Monate trennten uns von den Sternhaufen des Perseus, fast fünftausend Lichtjahre. Zwei Drittel des zurückgelegten Weges war ich ohne Bewußtsein gewesen. Einen Monat später landeten wir auf der Ora.

4

Als in der Optik die Ora erschien, waren wir im dritten Jahr unserer interastralen Odyssee. Allerdings war das ein Bild der Vergangenheit, das sich fortwährend änderte – die Vergangenheit näherte sich der Gegenwart.

Denkt man darüber nach, erscheint es einem seltsam: Gewöhnlich tritt die Gegenwart zurück und wird Vergangenheit. Hier war es umgekehrt: Die Vergangenheit wurde Gegenwart.

Als uns noch etwas mehr als ein Lichttag von der Ora trennte, tauchte die „Raumfresser" aus dem Überlichtbereich und setzte den Flug im unzerstörten Raum als gewöhnlicher materieller Körper fort. Erst da wurden wir entdeckt. Ein Sternenflugzeug eilte uns entgegen. Wir stellten bald fest, daß es die „Steuermann" war. Nach wie vor wurde sie von Allan befehligt. Von weitem überschüttete er uns mit Begrüßungsdepeschen, fragte an, was sich ereignet habe während unserer Fahrt, ob wir André aufgespürt hätten. Die Frage nach André beantworteten wir sofort, alles übrige wollten wir erzählen, wenn wir uns gegenüberstanden. Er drohte, in die Überlicht-Unsichtbarkeit zu springen, um schneller bei uns zu sein. Unter allgemeinem Gelächter funkte Olga: „Spring nur! Dein Schiffchen werden wir trotzdem sehen!“

Als die Sternenflugzeuge auf parallelem Kurs lagen, übertrug Allan das Kommando seinem Gehilfen und wechselte zu uns über.

Wir führten ihn in den Klub. Dort hatte sich die gesamte Besatzung versammelt.

Allan nahm in einem Sessel Platz und betrachtete uns mit strahlenden Augen.

„Wie geht's den Kosmonauten und dem Engel auf der Erde?“ fragte Olga.

„Prächtig! Trub fühlt sich wie im Paradies, nur die kleinen Kinder fürchten sich vor ihm, sein Flügelschlag ist ein bißchen zu geräuschvoll – das ist das einzige, was ihm Kummer bereitet. Die Jungs veranstalten Wettflüge mit ihm, natürlich kann er es den Aviettes nicht gleichtun. Die Kosmonauten werden umgeschult – man bildet sie zu Kapitänen für Sternenflugzeuge aus. Vor Bräuten können sie sich kaum retten, unheimlich, wieviel Mädchen sich in sie verliebt haben! Es sind wunderbare Burschen, jünger als jeder von uns, und dabei haben sie doch über vierhundert Jahre auf dem Buckel – meiner Ansicht nach reizt das die Mädchen.“

Ich erkundigte mich bei Allan, welche wichtigen Vorhaben auf der Erde in Angriff genommen worden wären. Zwei Organisationen seien entstanden – die eine, „Sternenflugzeugbau“, habe, wie seinerzeit beschlossen, ihren Stützpunkt auf dem Pluto eingerichtet. Die zweite hingegen, „Planetenbau“, könne man kaum als Organisation bezeichnen, da die Hälfte der Menschheit darin mitarbeite. Auf der grünen Erde blieben nur die alten Leute, die Kinder und die Mitarbeiter der irdischen Werke. Es herrschten ein Wirrwarr und Getöse, daß einem Außenstehenden die Haare zu Berge stehen würden, doch Außenstehende gebe es nicht, jedermann wäre beteiligt, und jeder trage nach Kräften zum allgemeinen Tohuwabohu bei. Das fange schon damit an, daß die Arbeit noch nicht genügend organisiert sei. Womit soll sich „Planetenbau" befassen? Eine Richtung, anscheinend die natürlichste, werde bereits verwirklicht: Neue Planeten entstünden um einsame Gestirne, Nachbarn der Sonne. Gebaut werde unter den Losungen: „Schluß mit den leeren Sternen!", „Für die Sterne unseres Galaxisbezirks eine höchstmögliche Zahl an Planeten!", „Jeder Stern soll Planeten für alle Lebensbedingungen haben!", „Ein lebensuntauglicher Planet ist ein Feind – finde ihn und statte ihn neu aus!" – und so weiter in dieser Art. Die besiedelten Planeten seien voll von Plakaten mit solchen Aussprüchen, man könne sich ihrer nicht erwehren. „Vom Aldebaran auf der einen Seite bis hin zum Kreuz des Südens auf der anderen ist kein Stern zu finden, auf dem nicht mit Volldampf gearbeitet wird", fuhr Allan fort. „Aber in letzter Zeit sind Stimmen laut geworden, die diese Richtung kritisieren. Man hat, so sagen sie, einen leichten, aber unergiebigen Weg eingeschlagen. Allmählich setzt sich der Gedanke durch: sich nicht an die Natur anpassen, sondern die Natur an sich anpassen. Nicht Schwärme von Planeten rings um fertige Sterne errichten, sondern ein besonderes Planetengebiet für die ganze Skala möglicher Lebensbedingungen aufbauen, und zwar mit ihren speziellen Gestirnen. Das ist zwar schwieriger, aber auch interessanter. Die Ora ist Beispiel für solch einen allseitig brauchbaren Planeten. Der Bauplatz ist bestimmt – die Umgebung des Sirius und seines Trabanten, eines weißen Zwergs, ein kompakter Winkel im All zwischen Orion und Großem Hund. Hier, auf diesen universell ausgestatteten Planeten mit automatisierter Produktion und Dienstleistung, sollen nach und nach alle Sternbewohner gesammelt werden, die es daheim zu eng und unbequem haben. Die Planetenprojekte befinden sich im Stadium erster Entwürfe, Dienstreisende flitzen von Sternbild zu Sternbild, vereinbaren mit den künftigen Bewohnern die Bedingungen: die Größe der Kugeln, die Temperaturen der Sonnen, die Dauer von Tag und Nacht, die Atmosphäre und die Schwerkraft, die Wohnstätten und die Ernährung. Aber während das alles kalkuliert wird, zerteilen Flottillen von Sternenpflügen, Faultiere der alten Serie, bereits den Raum unweit des Orion, wickeln Staubnebel zur weiteren Verarbeitung für Planeten oder Sonnen auf."

5

Auf der Ora stieg ich ins andere Sternenflugzeug um. Die „Raumfresser" wurde Spychalski unterstellt, zur Erde sollte die „Steuermann" fliegen. Die Besatzung der „Raumfresser" blieb wegen der Übergabe noch kurze Zeit auf der Ora, ich flog eher als sie.

Noch vor der „Steuermann“ startete ein Kurierflugzeug mit der Nachricht von unserer Rückkehr aus dem Perseus zur Erde.

Während der Monate meiner Krankheit waren auf der „Raumfresser“ drei Anlagen zur Generierung und zum Empfang von Raumwellen hergestellt worden, die sich wenig von der ersten Vorrichtung unterschieden, die uns in dem Sternhaufen so ehrlich gedient hatte. Wir nannten diese Mechanismen RWS-1, das heißt Raumwellenstation, erstes Modell. Eine RWS-1 gaben wir Spychalski, die zweite bestimmten wir für den Pluto, die letzte jedoch sollte ich zur Erde bringen. Ich wollte auch alle Aufzeichnungen und Berechnungen mitnehmen, die auf der Reise angefertigt worden waren, damit sie von den großen Maschinen bearbeitet würden.

Spychalski war begeistert, als er erfuhr, was das für Anlagen waren. Man muß wie er ein Leben lang blind geflogen sein und plötzlich sehend werden, um seinen Zustand zu begreifen.

6

Auf dem Pluto hatten wir zwei Tage Aufenthalt. Ich erkannte diesen Planeten nicht wieder.

Im alten Projekt hatten wir eine großartige Atmosphäre vorgesehen, die nicht schlechter als die irdische war, ausgedehnte Wälder, sogar einen Ozean. Die Atmosphäre hatte man erzeugt, Gärten und Parks waren angelegt worden, doch an die

Wälder und den Ozean war nicht mehr zu denken – an den dafür bestimmten Stellen erstreckten sich Aggregate ohne Menschen, Hunderte, Tausende Kilometer Betriebe...

„Arbeitsplanet“, so hatten wir den Pluto untereinander genannt. „Summender Planet“, so hätte man ihn jetzt nennen müssen. Es summte am Äquator und an den Polen, im Innern und in der Stratosphäre, Pluto wurde vom Getöse der Mechanismen erschüttert, selbst bei Vulkanausbrüchen hörte man dieses pausenlose Getöse.

In Aviettes überflogen wir den Planeten.

Wir flogen über das Lager für Fertigerzeugnisse. Über Tausende von Kilometern erstreckten sich die Gebirgsgrate der Sternenflugzeuge – eine gigantische Flotte, an die letzte Hand gelegt wurde, bevor sie in den Ozean der Weltenleere hinausflog. Selbst die „Raumfresser“, vor kurzem noch einzigartig in ihrer Größe, hätte neben diesen Giganten klein gewirkt.

Dieser grollende, ungestüme Pluto gefiel mir besser als mein früherer, der bedachtsam gearbeitet, sich gemächlich erholt hatte... Damals hatte es maßvolle Tätigkeit gegeben, heute fand ich Begeisterung. Wir alle wollten Begeisterung!

7

An alles hatte ich gedacht, wenn ich mir die Begegnung mit der Erde vorstellte, nur nicht daran, daß das eine feierliche Begegnung sein würde. Ich hatte es eilig gehabt, vor meinen Kameraden zu-

rückzukehren, und bezahlte dafür – mir allein wurde, wenn auch nicht die ganze vorgesehene allgemeine Ehrung, so doch ein bedeutender Teil davon dargebracht. Vom Mars an wurde unserem Sternenflugzeug von einer kosmischen Flottille das Ehrengeleit gegeben.

Zu Hause, in der alten Wohnung am Grünen Prospekt, atmete ich in der Runde meiner Freunde erleichtert auf. „Mir ist, als hätte ich meine Kameraden bestohlen", klagte ich. „Hätte ich das gewußt, wäre ich um keinen Preis allein gekommen."

„Sie werden mit ihrem Empfang zufrieden sein", tröstete mich Wera. „Und du wirst nicht nur als Besatzungsmitglied begrüßt, sondern auch gesondert. Ich kann dir eine Freude bereiten. Dein Projekt, die Erde als Ohr, Stimme und Auge des Weltalls auszurüsten, ist angenommen."

Ich war so überrascht, daß ich keine Worte fand. Meine Gedanken hatte ich noch niemandem mitgeteilt.

„Fern von der Erde hast du die Methoden der Erde vergessen", sagte Wera lächelnd. „Hat man dir nicht erzählt, daß auf dem Pluto eine Staatsmaschine aufgestellt worden ist? Du flogst über dem Planeten spazieren, und die Maschine fixierte deine Gedanken. Sie erwiesen sich als so wichtig, daß sie unverzüglich zur Erde gesendet wurden, und die Große zögerte nicht, sie jedem zur Kenntnis zu bringen. Als du auf dem Pluto ins Flugzeug stiegst, stritten die Menschen bereits, ob du recht habest oder nicht. Morgen bist du in den Großen Rat eingeladen – du sollst deine Idee begründen."

„Also ist der Plan noch nicht angenommen?" fragte ich. „O ja, warum denn nicht? Im Prinzip haben sich alle dafür ausgesprochen. Aber man will dir Fragen stellen. Und bevor wir das Projekt in die Tat umsetzen, mußt du dich noch auskurieren – dein Gesundheitszustand gibt der Medizinischen Maschine zu Besorgnis Anlaß."

Für mich war mein Gesundheitszustand kein Anlaß zur Besorgnis. Die Begegnung mit meinen Freunden und die frohe Nachricht über die Annahme meines Projekts waren für mich besser als jede Arznei. Weras Zimmer faßte kaum die Gäste. Trub verstärkte die Enge noch. Aus dem Kosmodrom war er mit uns in den Aerobus geklettert, er wußte schon, daß Engel gegen diese Maschinen nichts ausrichten. Doch den Lift lehnte er rundweg ab und erklärte, er wolle sich mit eigener Kraft zum achtzigsten Stockwerk aufschwingen. Ehrlich gesagt, ich glaubte ihm nicht. Trub ist etwa hundert Kilogramm schwer, und die Höhe beträgt immerhin rund dreihundert Meter. Aber er schaffte es. Zunächst ruhte er sich in den Gärten jeder zwanzigsten Etage aus, dann auf den Veranden jeder fünften Etage. Er schwitzte und war ungemein stolz. Allmählich fügte er sich unseren irdischen Bräuchen, dennoch bewahrte er sich seine Eigenheiten. Lussin hat einen Narren an ihm gefressen. Trub zuliebe hat er darauf verzichtet, den vogelköpfigen Gott zu züchten.

Irdische Wohnstätten sind für Engel ungeeignet.

Trub sah ein, daß es undenkbar war, hier zu fliegen. Aber selbst wenn er einen Schritt machte oder nur die Flügel regte, fiel unweigerlich etwas von der Wand oder vom Tisch zu Boden.

Jeanne erschien mit Oleg. Das war ein hübscher dreijähriger Junge, lebhaft, mit klugen Augen, seinem Vater äußerst ähnlich, mir war, als hätte ich den kleinen André vor mir.

Hundertmal hatte ich mir die Begegnung mit Jeanne ausgemalt, hatte im stillen die Worte wiederholt, die ich sagen wollte, hatte überlegt, was für einen Gesichtsausdruck ich haben müßte. Alles hatte ich vergessen, die Worte und auch die Miene. Sie lehnte ihren Kopf an meine Schulter, weinte leise, und ich umarmte sie.

„Ich weiß alles über André", sagte Jeanne. „Jeden Tag höre ich seine Stimme – seine Abschiedsworte für mich und Oleg vor dem Angriff der Verderber... Und ich weiß, daß nichts versäumt wurde, um ihn zu befreien oder wenigstens seine Spur zu finden. Ich weiß sogar, daß er ‚Eli!' und nicht ‚Jeanne!' gerufen hat vor seinem Tod."

„Vor seinem Verschwinden, Jeanne. André ist nicht tot. Deshalb hat er mich gerufen und nicht dich – er geriet in Not, nicht der Tod drohte ihm, in dem Augenblick dachte er gar nicht daran, sich vom Leben zu verabschieden. Wenn sie ihn hätten umbringen wollen, dann hätten sie das sofort getan, sie kämpften mit ihm, um ihn lebend zu fangen. Sie werden ihn behüten und beschützen, nicht töten! Was haben sie vom Tod eines Menschen? Ich bin überzeugt, sie kümmern sich um seine Gesundheit mehr, als du es auf der Erde getan hättest."

„Ihr habt vier feindliche Kreuzer vernichtet. Vielleicht war André auf einem von ihnen."

„Nein. Die Zerstörer waren damals zwar selbstsicher, aber ihren einzigen Gefangenen hätten sie nicht den Wechselfällen des Kampfes ausgesetzt. Sie konnten mit einem Sieg rechnen, doch nicht damit, daß sie keine Verluste erleiden würden. Und es versteht sich von selbst, daß sie André an einen ruhigen Ort brachten, möglichst weit vom Kampfgeschehen entfernt."

„Du sprichst, als hättest du sie mit eigenen Augen beobachtet."

„An ihrer Stelle hätte ich so gehandelt. Ich habe keinen Grund zu der Annahme, daß Feinde dümmer sind als ich." Sie versank in Gedanken, schwankte. Ich hatte Hoffnung in ihr erweckt, sie klammerte sich daran und hatte Angst, die Hoffnung könne trügerisch sein. Plötzlich sagte sie: „Spricht für Andrés Tod nicht, daß die Verderber aus ihm nichts... Verstehst du mich, Eli? Romero meint, die Verderber hätten alle Geheimnisse aus ihm herausholen können. Es ist ihnen nicht gelungen. Das stimmt doch?"

Ich ertappte mich bei demselben tief in mir verborgenen Angstgefühl, André könne schwach sein. Ich wußte nicht, ob wir, seine Freunde, Martern zu ertragen imstande wären; daß er weniger als wir dazu imstande war, wußte ich.

„Und wenn er verschwunden ist, wie du sagst, und nicht umgekommen, gibt es dann irgendeine Chance, ihn aus der Gefangenschaft zu befreien? Eine Galaktische Flotte steht bereit, neue Expeditionen zum Perseus sollen unternommen werden – meinst du wirklich, es wird gelingen, André zu retten?"

„Auf jeden Fall werden wir es versuchen. Eins kann ich dir versichern: Wenn die Zeit kommt, in die Perseushaufen zurückzukehren, werden wir dort jeden Planeten von innen und außen absuchen."

8

Als die Gäste gegangen waren, blieben Wera und ich allein.

„Die Große hat deinen Plan so erläutert: Zunächst die Erde in eine riesige Raumwellenstation verwandeln, dann erst in große Schlachten gehen."

„Völlig richtig."

„Wir haben die Große Galaktische Flotte gebaut", sagte Wera nachdenklich. „Du hast die Schiffe auf dem Pluto gesehen – jedes ist stärker als eine ganze Flottille von ‚Raumfressern'. Und es war bereits beschlossen, diese Flotte zum Perseus zu entsenden. Jetzt, da dein Projekt verwirklicht wird, müssen wir die Expedition aufschieben."

„Nicht aufschieben, sondern gehörig vorbereiten. Gigantische Schlachten stehen bevor, deren Maßstäbe sogar wir uns, die wir eben aus dem Perseus zurückgekehrt sind, kaum vorstellen können. Vergiß nicht, daß unsere Gegner nun unsere Macht kennen – und sie werden die Zeit nicht ungenutzt verstreichen lassen, Wera!"

„Deshalb haben dich alle so leidenschaftlich unterstützt", bemerkte Wera. „Den Krieg hast du vortrefflich geplant. Es bleibt, den Frieden zu planen."

„Das ist ein und dasselbe, Wera. Der Krieg wird mit einem Sieg enden. Der Sieg ist der Anfang vom Frieden."

„Das ist nicht ein und dasselbe, Bruder."

„Drück dich deutlicher aus..."

„Sieh mal, der Krieg an sich löst keine großen Probleme."

„Ist es deiner Ansicht nach keine Lösung, die Augenköpfigen niederzuwerfen, ihre Kriegsmacht in Staub zu verwandeln?"

„Der Anfang einer Lösung, ihr Ausgangspunkt, nicht mehr. Eine echte Lösung werden wir erzielen, wenn wir unsere Gegner für ein friedliches Leben gewinnen!"

Ich starrte Wera entgeistert an. „Du bist verrückt geworden! Unsichtbare, die friedliche Felder bestellen! Erhoffst du dir tatsächlich einen Erfolg von Verhandlungen mit dieser Höllenbrut?"

„Wenn ich einen Erfolg von Verhandlungen erhoffte, hätte ich mich nicht für eine Kampfflotte eingesetzt. Ich verstehe genausogut wie du, daß es sinnlos ist, die Verderber überreden zu wollen. Sie müssen niedergeworfen werden."

„Und sämtlich ausgerottet werden, Wera."

„Das ist undurchführbar, Eli. Wo ist die Garantie, daß nicht einzelne Verderbergruppen rechtzeitig oder nach der Schlacht in andere Kosmosgebiete ausweichen und sich dort vervollkommnen, so daß sie den Menschen überlegen werden, wie sie einst den Galakten überlegen wurden? Und kannst du dich dafür verbürgen, daß es nicht jetzt schon irgendwo im Zentrum der Galaxis Kolonien von ihnen gibt? Hundertfünfzig Sterne allein in unserer Galaxis, hast du etwa die Absicht, sie auf ihre Verderbtheit hin zu überprüfen? Außerhalb unserer Galaxis gibt es Milliarden anderer Galaxien! Verbürgst du dich dafür, daß unsere Feinde nicht dorthin vorgedrungen sind?"

„Dafür verbürge ich mich nicht. Sie können überall sein. Es geht darum, sie in dem Perseushaufen auszurotten."

„Das heißt, eine Schlacht gewinnen und danach vielleicht in einen endlosen Vernichtungskrieg treten? Du wirst sagen, das sei nur eine Möglichkeit, sie brauche gar nicht zu bestehen. Doch wenn man die Politik für Jahrtausende festlegt, berücksichtigt man alle Möglichkeiten, die Wirklichkeit werden könnten. In einer sogenannten Entscheidungsschlacht die Oberhand gewinnen und den Nachkommen als Erbe die ewige Gefahr allgemeiner Vernichtung lassen – nein, Eli, sag, was du willst, daran ist nicht viel Vernunft!"

Während ich zuhörte, versetzte ich mich in Gedanken zum Perseus. Wieder erblickte ich den Goldenen Planeten. Irgendwie erinnerte er an den Pluto – war genauso eine kosmische Werkstatt. Zwar wurden dort nicht Sternenflugzeuge hergestellt, aber er veränderte die Krümmung der ihn umgebenden Welt, er verstand es, ihre Weiten als Materie zusammenzuwickeln – er ruhte nicht im Raum wie unsere Planeten, sondern veränderte ihn! Wieviel tausend derartige Planeten gegen einen Pluto? Und auf allen wurde mit Hochdruck gearbeitet; die verfluchten Augenköpfigen versuchten, unsere Fähigkeit zu übernehmen, Materie in Nichts zu zerstäuben, wie wir von ihnen die Fähigkeit übernommen hatten, die Dichte dieses Weltennichts zu ändern. Für ihren wissenschaftlichen Scharfsinn war das keine allzu schwierige Aufgabe, sie beeilten sich... Was wäre, wenn unserer Flotte neugeschaffene Annihilatoren entgegendonnerten?

„Vorläufig sind wir ihnen weit voraus", sagte Wera, „und wir dürfen nicht zögern, unseren Vorsprung auszunutzen."

„Du sagtest, der Sieg im Krieg ist erst der Anfang?"

„Ja, der Anfang. Zuerst zwingen wir sie mit Gewalt, ihre Bestialitäten einzustellen, dann beziehen wir sie nach und nach in die Assoziation der freien und vernünftigen Wesen der Galaxis ein. Du hast selbst gesagt, daß sie arbeitsam und unerschrocken und ihre technischen Errungenschaften gewaltig seien. Würde man uns nicht Vorwürfe machen, wenn wir solch ein Volk für immer von der weltweiten Zusammenarbeit ausschlössen?"

„Ich sehe keine Wege, um mit ihnen zusammenzuarbeiten!"

„Gestern hast du die Verderber selbst noch nicht gesehen. Wenn wir gleich immer alles sehen könnten, gäbe es keine Entwicklung. Ich glaube nicht an Verbrechen, die aus Liebe zum Bösen begangen werden. Wenn die Verderber Verbrecher geworden sind, dann sind ihre Verbrechen folglich vorteilhaft für sie – das ist der Grund!“

„Hast du vor, eine andere Methode zu finden, um die Bedürfnisse der Verderber zu befriedigen?“

„Vergiß nicht, nach der Vereinigung der Erde, als keiner mehr ausgebeutet wurde, lebte die Menschheit insgesamt noch lange auf Kosten anderer, freilich unvernünftiger Wesen. Ist es bei den Verderbern nicht ähnlich? Sie unterjochen ihre Nachbarn, weil das eine leichte Methode für sie ist, ihre Bedürfnisse zu befriedigen. Vielleicht finden wir andere Wege, sie zu befriedigen, sofern diese Bedürfnisse lebensnotwendig sind!“

„Willst du mit deinen Überlegungen die Missetaten der Verderber rechtfertigen?“

„Keineswegs. Verstehen bedeutet nicht rechtfertigen. Man kann verstehen und verurteilen. Die Sklaverei wird nicht moralisch, weil der Sklave seinem Herrn Nutzen bringt. Ein Übel hat seinen Wipfel und seine Wurzel. Hackt man den Wipfel ab, ohne die Wurzel zu roden, können neue Triebe sprießen. Wir werden die Verderber zwingen, sich zu unterwerfen, werden ihre Gefangenen befreien – so hacken wir den Wipfel des von ihnen hochgezüchteten Bösen ab. Danach werden wir beseitigen, woraus das Böse entstand, und zu dem Zweck müssen wir herausfinden, welche Wurzeln es genährt haben. Wenn die Verderber die Gewebe lebendiger Organismen benutzen, um ihr eigenes Leben funktionstüchtig zu halten, dann sollen sie mit der Produktion synthetischer Gewebe und Organe befassen, wir wollen ihnen dabei gern helfen.“

„Eins sage ich – es ist nicht einfach, Teufel in Engel zu verwandeln."

„Wie es auch nicht einfach ist, Engeln menschliche Lebensart beizubringen. Doch wir müssen uns damit abgeben."

9

Wie schön sie doch war, unsere sympathische grüne Erde!

Den ganzen Vormittag streifte ich durch die Straßen der Hauptstadt. Ich saß vor dem Haus mit dem vorspringenden Dach am Erdgeschoß, wo ich während meines letzten Hauptstadtaufenthalts vor dem Regen Schutz gesucht hatte.

Jemand setzte sich neben mich. Zunächst beachtete ich meinen Nachbarn nicht, dann wandte ich mich um. Neben mir saß Mary Glun.

Ich hatte sie nicht so hübsch in Erinnerung. Allein die breiten Brauen harmonierten nicht mit ihrem feinen Gesicht. Aber sie wölbten sich über so dunklen, nachdenklichen Augen, daß das Mißverhältnis nicht auffiel. Schon bei unserer ersten Begegnung hatte ich ihre dunklen Augen bemerkt, doch damals hatte ich den Eindruck, sie wären zorndunkel.

„Ich muß mich bei Ihnen entschuldigen", sagte Mary. „Ich weiß nicht, warum ich in Kairo auf diesem Platz so grob zu Ihnen war. Deshalb hatte ich mir vorgenommen, mich unbedingt zu entschuldigen, falls wir uns treffen sollten. Aber Sie flogen zur Ora, nachher zu den Plejaden und zum Perseus...

Nun sind Sie wieder da, und ich habe mich entschuldigt!"

Sie erhob sich, doch ich hielt sie zurück. Ich wollte scherzen.

„Wissen Sie eigentlich, daß ich vor meinem Abflug die Auskunftsmaschine nach unserer gegenseitigen Tauglichkeit befragt habe?"

Mary wollte durchaus nicht verlegen werden. „Ja, ich weiß es. Ich weiß auch, daß wir in keiner Hinsicht zusammenpassen. Alles Gute, Eli."

Ich versuchte nicht mehr, sie zurückzuhalten. Was sie von der Auskunftsmaschine erzählt hatte, war Schwindel, die Beschützerinnen geben persönliche Geheimnisse nicht preis. Dann sagte ich mir, Mary habe sich ihrerseits nach mir erkundigt und wisse daher, wie wenig wir einander entsprachen. Ebendeshalb entfernt sie sich, damit ich nicht ihr kleines Geheimnis durch Fragen entdeckte. Es tat mir leid, daß sie gegangen war.

Von der Höhe des Zentralen Ringes war die Hauptstadt gänzlich zu übersehen. Der Tag war klar, an solchen Herbsttagen rückt die blaue Ferne greifbar nahe heran. Im Winter hatte ich auf Skiern die dreißig Kilometer lange Magistrale auf dem Rücken des Zentralen Ringes durchmessen, im Sommer war ich hier spazierengegangen, nichts war mir fremd, und doch war mir, als sähe ich die Hauptstadt zum erstenmal wirklich.

Wie einfach die große Stadt angelegt ist. Drei Ringe schneiden, von der Museumsstadt ausgehend, vierundzwanzig Magistralen. Die ganze Hauptstadt erschöpft sich in der Verflechtung von drei Ringen und Radien, die durch die Ringe gezogen sind. Von Romero erfuhr ich die Geschichte der Hauptstadt. Nach dem vollständigen Sieg des Kommunismus begann man nach allem Hervorragenden zu forschen, was begabte Menschen in der Epoche der Klassentrennung ersonnen hatten. Das bezog sich auf Projekte von Maschinen, auf die Umgestaltung der Natur, auf große Bauarbeiten und dergleichen – und unter diesem „dergleichen" auf Architekturvorhaben. Jemand entdeckte ein Heft mit Entwürfen des damals bereits verstorbenen Boris Land, eines Architekten, der Wohnhäuser projektiert hatte, Sporthallen und Stadien. Boris gehörte allem Anschein nach zu denen, die „begabter Pechvogel" genannt wurden. Tagsüber erarbeitete er Standardgebäude, und nachts entwarf er phantasiereiche Städte. Unter seinen eindrucksvollen Phantasien war eine Stadt für zweihunderttausend Einwohner – ein Hochhaus, von einem Park umgeben. Seine Hausstadt konnte mit den Mitteln des ersten Jahrhunderts des Kommunismus mühelos errichtet werden. Und obwohl bereits damals klar war, daß sich die Gigantenstädte überlebt hatten, beschloß die Menschheit, eine Hauptstadt als Denkmals- und Arbeiterstadt zu bauen, die letzte konzentrierte Stadt der Erde, die erste, die alle Bequemlichkeiten barg, nach denen die Menschen verlangten. Innerhalb der Ringgebäude waren Werke und Lagerhallen untergebracht. Außen hingegen erhoben sich in Terrassen die Wohnmassive, von Parks getrennt. Die Vorzüge wurden bald zu Mängeln.

Zunächst erwiesen sich die prächtigen Chausseen,

die sich innerhalb der Gebäude in jedem zwanzigsten Stockwerk entlangzogen, als unnötig. Es kamen zentrale Sicherheitsmaschinen mit Beschützerinnen auf, Elektromobile und Trolleybusse waren gestorben. Niemand wollte auf einer Chaussee fahren, wenn die Möglichkeit bestand, risikolos durch die Luft zu jagen und dort Purzelbäume zu schlagen. Das Leben und Treiben, das für alle Zeiten in die luxuriösen, palastartigen Tunnel verbannt sein sollte, brach ungehindert wieder ins Freie aus.

Dann gingen allmählich die Werke ein. Sie wurden so weit automatisiert, daß an kilometerlangen Fließbandsystemen kein Mensch mehr anzutreffen war. Als im Schoße der Gebäude die Werkhallen eingerichtet wurden, war man bestrebt gewesen, den Weg des Arbeiters von der Wohnung zum Betrieb zu verkürzen, doch der Arbeiter selbst wurde unnötig – weshalb also Werke in der Nähe von Wohnstätten? Mehr und mehr automatische Werke wurden in Wüsten erbaut. Einige der frei gewordenen Räume der Hauptstadt wurden von Instituten belegt, Wintergärten und Parks entstanden zu Tausenden in jedem Ring – Lieblingsplätze für Kinder und alte Leute. Aber nicht alle leeren Räume konnten ausgefüllt werden. Die Hauptstadt leidet an Kavernen. Drei Viertel ihres Volumens werden nicht ausgenutzt. Inzwischen ist klargeworden, daß sich die Idee, riesige Menschenmengen auf eine Stadt zu konzentrieren, überlebt hat.

Ich war in Eile, die ganze Erde war in Eile – die Große Galaktische Flotte hatte den Pluto verlassen und wurde um die Ora konzentriert. Die Schiffe mußten mit überweiten Ortungsgeräten versorgt werden, es war jetzt undenkbar, sie ohne solche Anlagen in die kosmischen Weiten zu entlassen. Die ganze Arbeit lastete auf mir. Ich überwachte die Projektierung der gigantischen Raumwellenstation RWS-3 und leitete die Fertigung von Anlagen für Sternenflugzeuge, die wir RWS-2 genannt hatten. Die freien Räume der Hauptstadt waren dem neuen Werk zur Verfügung gestellt worden, doch sie reichten nicht aus, einige Institute mußten ausgesiedelt und in Lager verlegt werden. Noch nie hatte die Hauptstadt so ungestüm und angespannt gelebt wie in den Wochen, da wir die fertigen Sternenflugzeuge mit den neuen Anlagen ausstatteten.

Es handelte sich nicht mehr um die RWS-1, die uns im Perseus so treu gedient hatte. Die Forschungen auf der Erde hatten gezeigt, daß ihr Aktionsradius zu klein war, bereits in einer Entfernung von zwanzig Lichtjahren ließen ihre Ortungseigenschaften nach. Sie taugte nur zum Abtasten nahen Raumes, bei Reisen von der Sonne zum Sirius und den Sternen des Zentaur, nicht weiter. Als Telesender konnte sie bei weiten Entfernungen nur mit Höchstleistungsstationen arbeiten, die es allem Anschein nach in der Galaxis noch nicht gab – ich kam zu diesem Schluß, weil wir, als wir uns vom Perseus entfernten, rasch die Verbindung zu den Galakten verloren hatten.

Das Modell RWS-2 dagegen ortete mühelos Objekte in einer Entfernung von hundert Lichtjahren. Sternenflugzeuge, die mit solchen Mechanismen ausgerüstet waren, verloren nicht mehr die Verbindung zueinander, selbst wenn der Abstand zwischen ihnen so groß war wie der zwischen Wega und Sonne. Angriffe aus der Unsichtbarkeit brauchten sie nicht mehr zu fürchten. Wie weit der Feind auch entfernt sein mochte, er konnte nicht unbemerkt bleiben. In dem Radius von hundert Lichtjahren hielten die RWS-2-Anlagen außerdem hervorragend die gegenseitige Televerbindung aufrecht, und mit leistungsstärkeren Stationen konnten sie auch weit über diese Grenzen hinaus sprechen.

Solch eine Höchstleistungsstation RWS-3 errichteten wir auf der Erde. Kein Sternenflugzeug hätte einen derartigen Mechanismus aufnehmen können. Ihr Leistungsverbrauch – fünf Milliarden Albert – überstieg um Dutzende Male die Leistungen sämtlicher auf der Erde eingerichteten Energieanlagen. Alle Planeten arbeiteten, damit die RWS-3 montiert und in Betrieb genommen werden konnte. Sie allein schaltete neben sich sämtliche Großbetriebe auf der Erde aus. Der Große Rat hatte die Errichtung der RWS-3 als wichtigsten Bau des Interastralen Bündnisses anerkannt.

Die Hauptmechanismen der Station sollten in der ehemaligen Wüste Sahara ihren Platz finden. Auf Tausenden von Quadratkilometern bauten wir hier das größte Auge und Ohr des Alls. Die RWS-3 würde den Berechnungen nach in einem Radius von zehntausend Lichtjahren wirken. Das Zentrum der Galaxis, in den Sternbildern Schütze und Schlangenträger verborgen, erreichten wir nicht, schon gar nicht die äußeren Galaxien, aber die Sternhaufen im Perseus, die Hyaden, die Plejaden, die Giganten Rigel und Beteigeuze – alle diese fernen Himmelskörper unserer Sternwelt gerieten in den Wirkungsbereich der Station. Die Stunde war nicht mehr fern, da eine augenblicklich herzustellende Verbindung die Himmelskörper des Bündnisses zu einem Ganzen zusammenfügen würde.

Während auf dem Bauplatz in der Sahara die Gebäude errichtet und die Maschinen montiert wurden, arbeitete ich im Experimentierwerk, das im Zentralen Ring untergebracht war.

Nur zweimal wurde unsere Tätigkeit unterbrochen. Einmal als die Besatzung der „Raumfresser" zur Erde zurückkehrte. Endlich wurde ich das Gefühl der Betretenheit los, das mich seit meinem feierlichen Empfang gequält hatte. Olga und ihre Kameraden wurden noch viel feierlicher begrüßt. Eine Woche lang jubelte die Erde, zwei Tage jubelte auch ich.

Zur zweiten Pause kam es, als meine Kameraden Wera, Lussin (mit Trub natürlich) und viele andere zur Ora abflogen.

„Ich hoffe, du bleibst nicht lange auf der Erde zurück", sagte Wera zum Abschied.

Ich lächelte und wies auf meinen Gehilfen Albert Bytschachow, der mit mir auf dem Kosmodrom erschienen war. Albert, ein blonder, fröhlicher Mann, leitete die Montage in der Sahara.

„Er hält mich fest, Wera. Ehe er nicht alle Winkel im Perseus ausgeleuchtet hat, kann ich nicht daran denken, die Erde zu verlassen.“

Nach der Verabschiedung kehrten Albert und ich in die Hauptstadt zurück. Die Abreise meiner Freunde hatte mich aus der Bahn geworfen. Ich hatte Lust, die verwaisten Prospekte entlangzuwandern.

„Fahren Sie nach Hause, ich komme heute nicht“, sagte ich und entließ die Aviette. Ich dachte wieder an meine Arbeit – an die Schnellverbindung mit Sternenflugzeugen, die auf weiten Reisen waren. Wie einst Olga, so träumte auch ich von Dispatcherplaneten auf den galaktischen Trassen.

11

Dies war der letzte große Feiertag des Jahres. Abgesehen von den Feierlichkeiten anläßlich der großen Tage, die an die Befreiung der Menschheit erinnern, werden auf der Erde die Wenden in der Natur gefeiert – die Wintersonnenwende, die Große Schneeschmelze, der Erste Regen, die Sommersonnenwende, das Große Sommergewitter, der Erste Schnee. In diesem Jahr waren nicht alle zuversichtlich, daß das Fest des Ersten Schnees gelingen werde. Das Fest erforderte zu viel Energie. Die Ressourcen der Erde waren für den Bau der dritten Raumwellenstation hingegeben. Noch andere Erwägungen wurden vorgetragen: Die Hälfte der Bevölkerung war zu den kosmischen Bauten geflogen, und denjenigen, die geblieben waren, stand nicht der Sinn nach Feiern – auf der Station für überferne Verbindung fieberte man der Inbetriebnahme entgegen.

Aber die Erdachsenverwaltung erfüllt strikt ihr Programm. Wenn auf der Erde nur noch ein Mensch wäre, der die Lustbarkeiten wünschte, würden für ihn sämtliche festgesetzten Feste ausgerichtet.

Ich meine, das ist richtig. Als mein Gehilfe Albert sah, welches Ausmaß die Vorbereitung gewann, protestierte er bei der Großen. „Die Menschheit hat jetzt keine Zeit zum Feiern, mit Ausnahme einzelner Spaßvögel vielleicht. Für wen strengt sie sich an?“

Die Große antwortete mit ihrer Elektronenvernunft: „Jeder Mensch ist all dessen wert, wessen die Menschheit wert ist.“

Nach dieser Erklärung vergaß Albert seine Proteste und knapste in seinem Zeitbudget Stunden zum Feiern ab.

Wie immer waren die Schneewolken rechtzeitig vorbereitet worden. Sie wurden über dem nördlichen Stillen Ozean zusammengepreßt. Weil es mich interessierte, flog ich mit einer kleinen Reiserakete hin, doch auf Kamtschatka kletterte ich in eine Seeaviette. Die Beschützerin hatte mir geraten, ich sollte mich möglichst warm anziehen, doch ich mißachtete ihren Rat und bereute es tief. In den Wolkenmassen war es höllisch kalt.

Ringsum erstreckte sich ein undurchdringlich weißer Schleier, der mehr Ähnlichkeit mit knisternder Watte hatte als mit dem feuchten Nebel von Sommerwolken. Mir war neu, daß man nicht nur die Feuch-

to.“ Ich zog mich rasch an und lief zum Aerobus, der in die Sahara flog.

Dort war schon alles vorbereitet, um die Verbindung herzustellen. Bei uns würde die RWS-3 die Arbeit aufnehmen, auf der Ora die RWS-2, die wir dorthin geschickt hatten. Nur wenig Gäste waren anwesend, unter ihnen befand sich Jeanne. Ich geleitete sie in den Saal und setzte mich neben sie. Sogleich bat sie mich, ihr während der Vorstellung die Stellen zu zeigen, wo die Schlachten mit den Verderbern stattgefunden hatten. Ich versprach ihr, mein möglichstes zu tun. Die stille, schlicht gekleidete Jeanne rührte sich nicht mehr von ihrem Platz, nachdem sie einmal saß, obwohl bis zur Inbetriebnahme noch viel Zeit war.

Dann erschien Mary. Lächelnd drückte sie mir die Hand.

Sie war guter Laune. Zum erstenmal sah ich sie so vergnügt.

Albert hatte den Auftrag, die Anlage in Gang zu setzen. Man sagte ihm ungewöhnliche mathematische Fähigkeiten nach. Während der kurzen Zeit unserer Zusammenarbeit hatte ich mich überzeugt, daß das nicht übertrieben war. Zwar rechnete er nicht so schnell wie eine Maschine, aber in der Klarheit der Ideen, die sein Gehirn unaufhörlich hervorbrachte, erinnerte er an André, vielleicht war ich ihm deshalb so zugetan. Albert nahm in seiner Spezialkabine Platz, die hier im Saal hinter uns errichtet war. Vor uns leuchtete ein dunkler Kasten auf, einer Theaterbühne ähnlich, die Stereoempfänger.

„Ein Strahl im Raum“, sagte Albert um zwölf Uhr.

Äußerlich geschah alles ohne Effekte – die Erde erbebte und ertönte nicht, die Atmosphäre wurde von keiner Flamme zerteilt, die Sessel zitterten nicht. Aber jeder von uns wußte, daß ein Energiestrom von unerhörter Stärke und Konzentration in den Weltraum schnellte. Nähme dieser Strom eine andere, mehr stoffliche Form an und träfe irgendein Planet auf ihn – es gäbe nicht einmal eine Explosion, der Planet verschwände einfach, als hätte es ihn nie gegeben. Und allein bei dem Gedanken, daß wir der Freisetzung ungeheurer Kräfte beiwohnten, empfand ich Stolz und Freude. Wenn unsere Bemühungen keine anderen Ergebnisse gebracht hätten, als solche Massen aktiver Energie dem menschlichen Willen unterzuordnen, dann wäre auch das bedeutend gewesen.

„Ein Sternenflugzeug im Strahl“, meldete ein Automat wenig später. „Entfernung – der halbe Weg zur Ora.“

„Das ist die ‚Steuermann‘“, rief Albert. „Es sind die Umrisse eines alten Sternenflugzeugs.“

Der Stereoempfänger leuchtete matt, ein einsamer dunkler Punkt bewegte sich in ihm. Das konnte jedes beliebige Sternenflugzeug sein, ob alt oder neu.

„Die Ora im Strahl!“ schrie Albert, er kam dem Automaten zuvor.

Die Ora näherte sich, wurde rasch größer im Nebel des Raumbildschirms. Bisher waren das unsere Impulse, die von ihr reflektiert wurden, dann begannen ihre eigenen zu wirken. Wir erblickten den Saal der Empfänge, viele Menschen, unter ihnen Wera, Olga, Allan und Martyn Spychalski.

„Also wie ist es?“ sagte Spychalski so feierlich, wie es diesem Ereignis angemessen war. „Eröffnen wir die erste galaktische Schnellübertragung? Die Ora meldet der Erde: Wir sind im Strahl.“

Ich antwortete für alle, die sich in der Station befanden, sowie auch für diejenigen, die in diesem Augenblick auf unserem Planeten zuhörten und beobachteten: „Die Erde umarmt euch herzlich!“

Spychalski berichtete, die Raumwellenstation sei termingemäß aufgestellt und in Betrieb genommen worden, vorher habe man mit Hilfe des ersten Modells Verbindung zu den Sternenflugzeugen und den nahen Gestirnen gehalten. Die Verbindung klappe ausgezeichnet. „Stern spricht unmittelbar mit Stern, Verspätungen gibt es nicht!“ sagte er. Danach widmete er sich den laufenden Sorgen der Ora. Es drehte sich um die üblichen Erfolge und Schwierigkeiten eines gigantischen Bauwerks im Kosmos – wie wird der Plan, neue Planeten zu schaffen und künstliche Sonnen zu montieren, erfüllt, wann wurde wieviel Material auf welchen Stern geliefert, wer von den Besatzungen der kosmischen Schiffe und Bulldozer (so nannte er die Sternenpflüge) ist unter die Besten vorgerückt, wer hinkt nach. Doch für uns, deren Herzen im gleichen Takt mit denen unserer Freunde schlugen, die die Kosmosräume umgestalteten, war jede Kleinigkeit wichtig.

„Die Vorbereitung der Expedition ist beinahe abgeschlossen“, sagte Wera. „Auf fast allen Schiffen sind die Mechanismen eingebaut. Wir teilen dem Großen Rat mit, daß die Galaktische Flotte auf den Befehl wartet, zum Perseus aufzubrechen."

Zu mir sagte sie: „Und wir warten auf dich, Bruder."

„Ich bin bald bei euch, Wera", antwortete ich. „Bald."

Albert schaltete die Ora ab. Die erste Übertragung war gezwungenermaßen kurz gewesen. Jetzt mußte geklärt werden, wie weit unsere Mechanismen reichten.

„Ich richte den Strahl auf die Hyaden", sagte Albert.

Zu den Hyaden war es bedeutend weiter als zur Ora, bis dorthin waren es hundertzwanzig Lichtjahre. Vor uns erschienen nacheinander die Planetensysteme, im interastralen Raum wurden vier von unseren Sternenflugzeugen geortet. Albert lenkte den Strahl von den Hyaden ab und verstärkte die Strahlungsenergie der Mechanismen. Auf dem Raumbildschirm erschienen die Gestirne der Plejaden.

„Dort ist es passiert", sagte ich zu Jeanne.

„Fünfhundert Lichtjahre Entfernung", erklärte Albert.

Die Plejaden waren leer. Kein einziges Sternenflugzeug war unterwegs. Die prächtige Ansammlung war tot. Albert lenkte den Strahl ins Zentrum des Sternhaufens, auf die Maja, er leuchtete den Raum aus, wo die Schlacht zwischen dem menschlichen Geschwader und der Flottille des Gegners stattgefunden hatte – der Raum war dunkel und öde, der Staub von der kürzlichen Schlacht hatte sich noch nicht zerstreut.

Albert leuchtete den Rand der Gruppe ab. Nacheinander sahen wir die drei Planeten der festlichen hellen Elektra: den nahen rauchumhüllten, den fernen, von ewigem Eis gebannten und den mittleren, die zerstörte Sigma, wo wir André verloren hatten. Die Sigma war grau und glanzlos, sie wurde nicht mehr vom abendlichen Schein automatischer Leuchten erhellt. Jeanne weinte leise, sie wischte sich nicht die Tränen, um den im Stereoempfänger schwebenden Planeten nicht aus den Augen zu verlieren. Ich war selbst aufgewühlt, als ich den Unglücksplaneten wiedersah. Erneut vernahm ich Andrés letzten verzweifelten Schrei: „Eli! Eli!"

„Versuchen wir jetzt, die Ansammlung im Perseus zu erreichen", sagte ich zu Albert.

Der entscheidende Moment des Versuchs brach an. Die Erde schleuderte ihre mächtigen Ortungs- und Rufstrahlen fünftausend Lichtjahre weit hinaus. Jetzt mußte sich erweisen, ob unser Projekt richtig berechnet war oder ob wir eine Niederlage erleiden würden.

Kurze Zeit verstrich in schweigender Erwartung. Dann entbrannte auf dem Raumbildschirm die prachtvollste Ansammlung unseres Galaxisbezirks – zwei Sternhaufen, ein paar Tausend der hellsten Gestirne... Das Bild kannte ich, genau ein Jahr hatte ich es Tag für Tag im Kommandeursaal des zum Perseus jagenden Sternenflugzeugs betrachtet. Und wieder konnte ich den alten, unheimlichen Eindruck nicht loswerden, als sähe ich

Sternenfäuste aufeinanderprallen – wie Splitter waren die Sterne auseinandergestoben.

„Er sagte, er habe einen Sternhaufen schreien gehört", flüsterte Jeanne kummervoll. Auch ich hatte an diesen sonderbaren Ausspruch von André zurückgedacht.

Die Ansammlung schwoll an, ihre Sterne liefen auseinander – der Ortungsstrahl der Mechanismen drang in ihr Inneres ein. Jetzt waren wir in der Nähe des Drohenden. „Im Überlichtbereich zwei Flottillen Sternenflugzeuge", meldete der Automat.

Wir erblickten Punkte, die im leuchtenden Nebel des Stereoempfängers langsam dahinzogen. In der ersten Gruppe waren fünf, in der zweiten sieben Schiffe. Wohin wollten sie? Die blockierten Planeten der Galakten angreifen? War es eine übliche Reise in dem von ihnen ungeteilt kontrollierten Raum oder der grimmige Versuch, die inneren Sternfeinde zu vernichten, ehe wir, die äußeren Feinde, kamen?

„Senden Sie die Mitteilung", sagte ich zu Albert.

Es handelte sich um einen aus wenigen Worten bestehenden Aufruf, er war auf der Erde erörtert, den kosmischen Stationen und Bauobjekten zur Kenntnis gebracht worden, es war der erste Aufruf der Menschheit an die gesamte Sternwelt:

„Hier sprechen die Menschen. Hört uns an, Sternbewohner! Allen Vernünftigen und Gerechten bringen wir Frieden und Wohlstand. Wartet auf uns!"

„Ich sende den Aufruf, während ich den Perseus weiter orte", teilte Albert mit. „Im dritten Verbindungskanal empfange ich sämtliche Raumwellensendungen."

Die Kreuzer des Feindes strebten nach wie vor ungestüm irgendeinem Objekt zu, nichts deutete darauf hin, daß sie unsere Botschaft empfangen hatten. Beide Perseusgruppen schwiegen, die Sterne reagierten nicht auf den mächtigen Ruf der Menschheit. In der von unserem Strahl durchdrungenen Sternensphäre blieb das Weltall unerschüttert. Das Schweigen des Kosmos hatte keine Bedeutung. Die Sterne brauchen Zeit, um über unseren Aufruf nachzudenken. Wichtig war etwas anderes: Wir hatten jetzt eine Methode, um mit den fernen Winkeln der Galaxis so zu sprechen, als säßen unsere Gesprächspartner neben uns. Sie schwiegen noch, aber wir sahen sie schon, und sie hörten uns – bald würden sie antworten!

Es war gelungen, die Erde in das Ohr, das Auge und die Stimme des Alls umzuwandeln!

„Ich schalte die Ortung, die Sendungen und den Empfang auf automatischen Betrieb", sagte Albert und ließ es im Saal hell werden.

Zu Jeanne sagte ich: „Du hast den Ort gesehen, wo André verschwunden ist, die Orte, wo er jetzt vermutlich schmachtet. Es ist nicht ausgeschlossen, daß unser Aufruf zu ihm dringt und er begreift, daß wir, schon gut vorbereitet, aufbrechen, um ihn zu befreien! Glaub mir, Jeanne, glaub mir, wir brauchen nicht mehr lange zu warten!"

Ich wandte mich nach Mary um. Sie war nicht mehr da.

„Deine Bekannte ging, als sich der Perseus zeigte",

sagte Jeanne. „Sie erhob sich leise und ging hinaus. Ich wollte dich darauf aufmerksam machen, aber du sahst so gespannt nach den Kreuzern... Bist du traurig, daß sie fort ist, Eli?“

„Kein bißchen“, sagte ich heiter. „Im Gegenteil – es freut mich.“

Danach wandte ich mich an Albert: „Also die Anlage ist in Betrieb genommen. Entsprechend dem Beschluß des Großen Rates bin ich von diesem Augenblick an frei. Ich wünsche Erfolg, Albert.“

Er drückte mir fest die Hand.

13

Nun blieb nicht mehr viel. Die Sachen waren beizeiten gepackt worden und erwarteten mich auf dem Kosmodrom. In drei Stunden startete der Abendexpreß zum Pluto. Ich rief Mary an. Sie hatte rote Augen, ich erkannte das sogar in der Videosäule.

Sie fuhr zusammen, als ich plötzlich vor ihr aufleuchtete.

„Sie haben versucht wegzulaufen“, sagte ich. „Ich will, daß Sie unverzüglich zu mir geflogen kommen. Ich brauche Sie sehr, Mary...“

Sie blickte zur Seite, dann sagte sie unwirsch: „Schön, heut abend. Sofern ich Lust verspüren sollte, Sie zu sehen...“

„Heute abend ist es zu spät, Mary. Ich fliege zur Ora.“

Überrascht schaute sie mir in die Augen. Sie

begriff, daß ich nicht scherzte. „Gut, ich rufe eine Aviette."

Gleichzeitig langten wir auf dem Kosmodrom an. Ihre Stimmung war erneut umgeschlagen. Jetzt war sie feindselig und gehässig. Sie reichte mir nicht die Hand, offenbar hatte sie vor, mich zum Abschied zu verspotten. „Wir fliegen zum Perseus, und ich will, daß Sie mit uns fliegen."

Sie schaute so verwundert drein, daß ich lachen mußte. Dann geriet sie in Rage: „Ich gehöre nicht zu denen, die Witze mögen", sagte sie empört. „Ich bedaure, daß ich hergekommen bin."

Ich hielt sie fest. „Das ist kein Witz, Mary. Noch nie hatte ich einen größeren Wunsch! Was hält Sie auf der Erde? Es wird Ihnen gefallen, das verspreche ich! Auf dem Pluto versorgen Sie sich mit allem, was Sie für die weite Reise brauchen."

Leseprobe aus dem 2. Band, Snegow „Die Invasion im Perseus", der demnächst erscheint

Alles war Wiederholung, alles war anders.

Ich hatte mich wie ein Entdecker gefühlt, als ich zur Ora flog. Auf den Halbsphären des Raumbildschirms war die Sternenwelt von ungetrübter Helligkeit gewesen. Jetzt jagten wir einen glatten Weg dahin, Dutzende von Schiffen vor und hinter uns. Bekannte Sterne näherten sich uns und erloschen in der Ferne – es gab nichts Neues. Ich eilte zur Ora. Sternentourist wollte ich nicht mehr sein. Ich war jetzt Soldat der größten Armee, die von der Menschheit je aufgestellt war, und würde nicht pünktlich den Gestellungsort erreichen!

„Ich verstehe dich nicht", sagte Mary und runzelte die breiten Brauen. Gerade hatte ich über die Verzögerung gejammert: Fünfzig startklare Schiffe mußten fast einen Monat auf dem Pluto schmoren, weil an einem Schäden festgestellt worden waren. „Ohne dich fliegt man nicht zum Perseus – wozu regst du dich auf? Und wird die Welt weniger schön, wenn du ihren Anblick schon einmal genossen hast?"

„Sie hört auf, überraschend zu sein", murmelte ich. Wir saßen im Observationssaal, finster blickte ich auf den Aldebaran, er wurde einfach nicht größer.

Mary hat etwas mit Wera gemein, obwohl sie sich äußerlich nicht ähneln. Die geradlinige, trockene Frauenlogik ist jedenfalls bei beiden gleich.

„Schönheit ist Vollkommenheit, das heißt ein Maximum des stets Erwarteten und Gewünschten", sagte Mary.

„Etwas Gewünschtes und Erwartetes, das nicht überrascht – gib zu, Eli, das ist doch Unsinn."

„Gib auch du zu, Wera...", begann ich und stockte.

Mary lachte laut. „Ich habe deine Schwester nur auf Raumbildschirmen gesehen", sagte sie. „Aber es ist nicht das erstemal, daß du mich Wera nennst. Und du versprichst dich nur dann, wenn du unrecht hast und du dich rechtfertigen willst. Stimmt's?"

Ich küßte Mary. Küssen scheint die einzige Beschäftigung zu sein, die keine Begründungen, keine Rechtfertigungen erfordert.

Sie beklagte sich dennoch: „Ich dachte, du würdest Reiseführer auf meiner ersten Sternenfahrt sein. Einst nannte man die Reisen Jungverheirateter Hochzeitsreisen. Ich habe den Eindruck, unsere Hochzeitsreise langweilt dich."

Ich mußte sie auf andere Gedanken bringen; rief mir ins Gedächtnis zurück, was ich über die Gestirne wußte, erzählte ihr von dem Flug zu den Plejaden und zum Perseus. „Rings um uns der Sternenabgrund, und wir fallen in ihn hinein", sagte ich erregt. „Das muß man spüren, Mary – der Sternenabgrund, und du fällst hinein, fällst, fällst..."

Die Ora bot sich uns nicht einsam dar, sie war hundertfach vorhanden – jeder der um die Ora konzentrierten galaktischen Kreuzer funkelte wie ein kleiner Planet.

So viele Freunde empfingen uns, daß ich beim Umarmen, Schulterklopfen und Händeschütteln müde wurde.

Trub kam geflogen und erhöhte das Durcheinander. Ziemlich zerdrückt befreite ich mich aus seiner geflügelten Umarmung.

Im ersten Jahr seines Aufenthalts auf der Erde hatte Trub das Alphabet gemeistert und vor dem Abflug zur Ora die Prüfung für die Anfangsschule abgelegt, und dazu gehören Integralrechnung und elementare Theorie der Materie. Auf der Ora hatte Trub Schulen für seine Artgenossen eingerichtet. Die Engel zeigten sich technisch ungewöhnlich begabt. Es zog sie besonders zu elektrischen Apparaten.

In den Boxen hinter den Pegasusställen erregte ein feuerspeiender geflügelter Drachen unsere Aufmerksamkeit. Er lag, flammendrot, in seinem dicken Panzer da, aus seinen Nüstern wölkte Rauch, und als er eine Flamme ausatmete, erscholl Grollen.

„Er hat ja eine Korona!" rief Mary.

„Ein Entlader!" erklärte Lussin stolz. „Schleudert Blitze, die einen Gegner in Schutt und Asche legen. Gut, nicht?"

Auf dem Kopf des Drachens erhob sich tatsächlich eine Korona – drei vergoldete Hörner. Von den Hörnern sprangen Funken, rötlicher Schein verklärte den Kopf des Ungeheuers. Blitzen, die einen Feind in ein Häuflein Asche verwandeln, glichen die Fünkchen nicht.

„Probier's aus!" sagte Lussin. „Wirf einen Stein. Oder was anderes."

Es ist nicht einfach, auf der sauberen Ora ein Steinchen zu finden, deshalb warf ich mein Taschenmesser.

Der Drachen ruckte den Kopf herum, seine Augen funkelten, der Rumpf krümmte sich raubtierhaft, ein Blitz löste sich von der Korona und traf das Messer im Flug – es flammte auf und verwandelte sich in Plasma. Ein zweiter, noch heftigerer Blitz zuckte auf meine Brust zu. Würden die Orabewohner nicht durch individuelle Felder geschützt, wären wir bestimmt geblendet worden, und ebenso sicher hätte ich mich in ein Plasmawölkchen aufgelöst.

„Er kann auf einen Schlag drei Blitze schleudern", erklärte Lussin begeistert. „In drei Richtungen. Er heißt Donnerschleuderer."

„Gut und schön", sagte ich. „Ein effektvolles Wesen.

Aber was sollen uns im Perseus Donnerschleuderer und Pegasusse?"

„Es wird sich schon eine Verwendung für sie finden, Eli."

Ich ahnte damals nicht, wie recht Lussin haben würde.

Mary und ich gingen hinaus, verließen Lussin mit seinen Geschöpfen und Trub.

Es war Abend, die künstliche Sonne erlosch.

Lange schlenderten wir die Prospekte entlang, betraten die leerstehenden Hotels.

Ich erzählte Mary, wie ich die Atairen, die Wegabewohner und die Engel kennengelernt hatte. André hatte hier seine großen Entdeckungen gemacht.

Die fast gänzlich erloschene Sonne entflammte zum Mond – Vollmond war auf der Ora.

„Du bist ein sonderbarer Mensch, Eli", sagte Mary. „Weshalb hast du dich eigentlich in mich verliebt?"

„Ganz einfach. Weil du Mary bist. Die einzige und unwiederholbare Mary."

„Du wunderst dich sicherlich, daß unsere Unterhaltung vertraulichen Charakter trägt", begann Wera am nächsten Tag. „Auf Beschluß des Großen Rates soll ich mit dir erwägen, wen wir zum Admiral unserer Flotte ernennen. An einen Admiral werden andere Anforderungen gestellt als an die Kommandeure von Schiffen oder Geschwadern."

Ich zuckte die Achseln. „Zunächst muß ich wissen, was das für Anforderungen sind."

„Erstens allgemein menschliche – er muß tapfer, entschlossen, standhaft und zielstrebig sein und eine rasche Auffassungsgabe haben... Ich hoffe, ich brauche nichts zu erläutern! Zweitens spezielle – er muß fähig sein, ein Schiff und Menschen zu befehligen, sich in den galaktischen Räumen zu orientieren, den Gegner und seine

Kampfmethoden zu verstehen. Und schließlich die besonderen Eigenschaften – er muß außerordentlich klug sein und urteilen können, er muß ein Gefühl für das Neue sowie auch ein gutes teilnahmsvolles Herz und Verständnis für unsere historischen Aufgaben haben... Denn dieser Mensch, unser Admiral, wird der oberste Vertreter der Menschheit sein angesichts der bisher wenig bekannten, aber zweifellos alten und machtvollen galaktischen Zivilisationen."

Ich lachte laut. „Du zeichnest nicht das Bild eines Menschen, sondern einer Gottheit."

„Nur solch ein Mensch wird gebraucht. Keinem anderen können wir das Oberkommando anvertrauen."

Wir gingen die Kandidaten durch.

Olga, Leonid, Oshima, Allan. Ich sagte, André würde sich am besten eignen, wenn er nicht in Gefangenschaft wäre. Wera lehnte auch ihn ab – sie meinte, André habe zwar einen scharfen, aber keinen großen Verstand.

Ich wurde ärgerlich, dieses Kandidatenspiel langweilte mich allmählich. Mir war es gleich, wer mich befehligen würde. Sollte man sich doch an die Große Maschine wenden, der leidenschaftslose Apparat würde gewiß eine genaue Antwort geben.

„Wir haben uns an die Große gewandt."

„Davon hatte ich keine Ahnung."

„Es wurde geheimgehalten. Wir hatten die Maschine ersucht, zu prüfen, ob unser vom Großen Rat einstimmig gewählter Kandidat der richtige sei. Die Maschine hat unsere Wahl bestätigt."

Ich war verletzt, sehr sogar. Den Beschluß des Großen Rates hätte man vor mir nicht geheimhalten dürfen, dies und das verstehe ich ja auch von den Perseusangelegenheiten...